U0098284

思想觀念的帶動者

文化現象的觀察者

本土經驗的整理者

生命故事的關懷者

{ PsychoAlchemy }

啟程，踏上屬於自己的英雄之旅
外在風景的迷離，內在視野的印記
回眸之間，哲學與心理學迎面碰撞
一次自我與心靈的深層交鋒

The Feminine in Fairy Tales, Revised Edition

童話中的女性
從榮格觀點探索童話世界
【馮‧法蘭茲談童話系列】

瑪麗-路薏絲‧馮‧法蘭茲（Marie-Louise von Franz）——著

黃璧惠——譯

童話中的女性：從榮格觀點探索童話世界

童話：在夢與神話間行旅的女性

洪素珍（國立台北教育大學心理與諮商學系副教授）

　　夢、神話以及童話等素材，向來為精神分析重視，運用廣泛。榮格學派對它們的象徵意涵尤為看重，視作原型在集體無意識不同層次上的重要表現。其中，古典榮格學派分析師瑪麗 - 路薏絲・馮・法蘭茲（Marie-Louise von Franz）對童話分析尤為擅長，《童話中的女性》（*The Feminine in Fairy Tales*）結合夢境與童話，論述女性困境，探求出路，引人入勝。

　　夢、神話與童話匯集於原型，對被意識心智潛抑或者忽略之處加以補償。終極的原型則表現為自性（Self）的神話，是為宗教的基礎。但對於女性，或者是兒童而言，宗教，尤其側重陽性的西方一神教，於陰性面向有欠缺，弱化了女性自我（ego）的認識觀點，於是從神話再製而成的童話，成為女性補償心智的夢境，心靈實質崇仰的宗教。

　　榮格（Carl Jung）在 1925 年間曾造訪中部非洲地區的艾爾貢（Elgon）原始部落，發現當地土著若出現「大夢」（big vision），必須將夢境內容公諸於眾。而如何判斷意象大小呢？當地人說，凡有那種要公開一吐為快的強烈感受者，就是大夢。榮格認為，那是當集體無意識強力襲來時，個體無法承受，故爾若斯。

集體無意識在夢境中常以原型的人物和故事形態顯現，這些意象和內容結構越接近心智無法理解如「生從何來？死往何去？」的問題時，便形成神話，成為宗教前身。

　　人類學自十九世紀興起以來，對宗教源起的爭論，幾乎無日無之。其中基於進化論思想者，以宗教人類學之父、英國人類學家泰勒（Edward Burnett Tylor）主張「萬物有靈論」（Animism）為代表的觀點最為流行，認為那是人類最初、最原始的宗教形式。這個想法，為「巫術—宗教—科學」連續發展的進化結構模式奠立基礎。

　　不過，宗教人類學法國學派先驅的社會學家涂爾幹（Émile Durkheim）則認為，作為宗教儀式象徵物的動物圖騰，反映該社會群體的宇宙觀以及社會結構，因此「圖騰信仰」（Totemism）才是宗教的最基本形式、「宗教乃是對社會本身的集體崇拜」，只有透過社會的「集體表徵」（représentations collectives）才可能認識到特定社會的集體意識。

　　以研究原始部落民族的象徵性思維著稱的法國人類學家呂西安・列維－布魯爾（Lucien Lévy-Bruhl）繼承涂爾幹「圖騰信仰」的學說，認為原始民族的思考沒有對立性，不對意識和無意識作區分，帶有巫術性格的神話人物，是與社會群體相關的集體表徵。對榮格而言，他所指稱的原型與列維－布魯爾的「集體表徵」並無二致。

　　列維－布魯爾指出，原始民族思考的特色之一是不以理性為準的「前邏輯」（pre-logical）的邏輯；而宗教的神聖人物，尤其在複雜的一神教系統內的神，則是理性邏輯的產物。原始社會對於神話和宗教是混淆的，集體表徵除了神話人物之外，也涵括了宗教的

神，它們都是「神的故事」。因此，集體表徵的集體性上升到國族的層次，充滿陽性邏輯。如榮格便批評基督教因忽略與壓抑了陰性面向，而無法完整涵括心靈。

如前所述，艾爾貢人需要公開大夢。既然有大夢，當然有「小夢」（little vision）。小夢屬於個人，它們所補償的，除了個人情緒外，也會是特定族群心靈長期潛抑後集聚而成的情結。這些夢境，藉熟悉的原型出現，也可能具神話的集體表徵性質，藉神話人物顯現，但說的卻是另一套故事；或者根本就是神話的變形，敘說著凡人觀點。因此，這些小夢其實不完全「小」，只是不屬主流，而被典型的「大」所淹沒。

這就是童話，神話—宗教連續觀點的另一面，通常以被社會長期忽略的女性或者孩童為主角，說著他們想跟世界說的故事。

比如，波瑟芬妮（Persephone）是大地女神荻密特（Demeter）的女兒，被地獄之主黑帝斯（Hades）強虜為后。荻密特透過萬神之王宙斯（Zeus）介入協調，波瑟芬妮可以在春季約六個月的時間回到大地與母親團聚，這時，地面充滿生機，希臘人稱其為春天女神；而當她回到地府，回復到冥后身分後，不僅大地凋零，甚至本身也變得冷酷無情，連死亡都被吸進她的黑暗中。希臘人因此不敢直呼其名，而以「少女」（Kore）代之。這位暗黑少女唯一一次出現憐憫心的事跡，是被音樂詩人奧菲斯（Orpheus）打動，釋放他的妻子尤麗狄絲（Eurydice）還陽，但終因尤麗狄絲未能守住不得回望地獄的承諾，功虧一簣，不得不死。類似事件的另一次，則是賽姬（Psyche）為求其夫小愛神（Eros）回頭，應小愛神之母愛神阿芙蘿黛蒂（Aphrodite）要求，下地府求助，帶回冥后所交待、

一個絕對不能打開的盒子。賽姬於回程，不敵好奇心開蓋，放出睡魔，而立刻沉睡。還好，經過丈夫向其母與宙斯求助，才將她救回，列入神籍，終獲不死之身。

　　神話層次的大夢，往往直指人性，因著生死、愛憎、貪著、仇恨與癡迷等根本性的痛苦矛盾，而產生震撼的結果；儘管神話主角也會是女性，但表現的往往是符合男性阿尼瑪（Anima）形象的投射，或者是女性片面阿尼姆斯（Animus）的風格，缺乏女性的整體性。我們看到令人生畏的冥后，與負向智慧老人的暴君原型無異；而我見猶憐的賽姬則傾全力於滿足所有人（包括善妒的婆婆，以及自尊心太強的丈夫），惟缺少自己的個性與需要。

　　同樣的大地甦醒沉睡、死亡復活循環，同樣因為感天動地而終於不死的賽姬等神話，如果重新以女性心靈角度改寫，就成了睡美人的童話版本。美麗的公主無需哀求憐憫，英俊的王子自會拼命去喚醒她，暗喻著男性反過來去滿足女性情慾，與神話觀點大相逕庭。女性在童話裡，成為主角，成為補償神話築夢不足的缺憾。

　　《童話中的女性》從女性視角分析童話微言大義，補充國族大夢片面神話觀點之不足。馮·法蘭茲利用榮格心理學理論潛入童話內在，分析之深刻，令人折服。

序言

　　本書是根據 1958 至 1959 年間我在蘇黎世榮格中心的一系列演講所完成。我想表達我對尤娜‧湯瑪士（Una Thomas）最熱情的感謝，安德里亞‧戴克斯（Andrea Dykes）協助她完成了演講內容的逐字稿。後來由派翠西亞‧貝瑞（Patricia Berry）修簡原文。在此版本中我修改了原文，訂正了一些錯誤，並稍微增加部份內容。我想要對薇薇安‧麥克奎爾博士（Dr. Vivienne MacKrell）的幫忙和支持表達最大的謝意，以及對艾麗森‧卡佩斯太太（Mrs. Alison Kappes）負責繕打修訂部份致上感謝。

瑪麗-路薏絲‧馮‧法蘭茲

導論

當代西方女性似乎在尋求足以界定自我認同的意象，這種追尋的動機，來自於現代女性的迷惘以及深層不確定感。正如榮格所指出的，西方世界這種不確定感是因為在基督宗教中，女性缺乏形上學的典範所致。新教教義必須接受這樣的責難：它是純男性的宗教。天主教至少還有聖母瑪利亞（Virgin Mary）作為女性原型（archetypal）代表，但是這種女性原型的意象仍不完整，因為她只包含了神聖女性原則當中崇高和光明的那一面，無法表達**完整的**女性原則。我在研究童話時，偶然首次發現其中的女性形象對我而言似乎能彌補這種缺憾。童話表現了鄉野中教育程度較低的村民，所擁有的創造性想像。童話的優勢是質樸的（非文學性或修飾過的），並且是在集體中經洗鍊，未曾被個人問題所混淆的純粹原型素材。在十七世紀之前，對童話感興趣的都是成人，童話被放在育兒的位置是後來才有的發展，這可能和西方文化排斥非理性並強調理性觀點有關，導致童話被認為是沒有意義的，這種荒誕故事只適合兒童閱讀而已。一直到今天我們才重新發現，童話具有深廣的心理學價值。[1]

童話中的女性形象

如果我們想尋找人類行為中的女性原型模式，馬上會被一個問題給困住，那就是：童話故事中的女性角色，很可能是男性塑造出來的，因此並不能代表女人心中的女性特質概念，反而是代表榮格所稱的阿尼瑪（Anima）——也就是男性心中的女性特質。最近有些研究聚焦在「說故事者是誰」這個問題上，這些研究顯示

童話中的女性：從榮格觀點探索童話世界

故事的敘述者有時候是男性有時候是女性，因此故事的創始者也可能是如此。即使整個童話故事都圍繞著一個女主角，也很難證明那個故事是和女性心理學有關。許多有關女人受苦的長篇故事都是男人寫的，也因此存在著男性阿尼瑪問題的投射。尤其是那些女性屢遭拒絕的母題，她們必須經歷很長的受苦歷程才能夠找到適合的新郎，例如在阿普留斯（Apuleius）《金驢記》（*Golden Ass*）中的〈丘比德與賽姬〉（Amor and Psyche）。[2] 在古代不同的靈知教派（gnostic）教示中也出現了蘇菲亞（Sophia）這樣的人物，她是神聖智慧的女性化身，許多神奇的故事都是關於她的敘述：她是神（Godhead）最小的女兒，想要認識名為深淵（Abyss）的未知天父，卻因這個大膽的願望而捲入眾多麻煩與苦難當中，墮入物質世界而後懇求救贖。這種蘇菲亞墮入物質世界的主題不只出現在近出，也出現在猶太人教卡巴拉（Jewish kabbalistic）傳統中失傳的女性神性「舍姬娜」（Shekhinah）觀念中。這些宗教著作的作者都是男性，因此我們可以說蘇菲亞這個角色代表了男性阿尼瑪的某些面向，而在其他時候我們也可以說這個角色同樣代表了女性的心理學。如果我們想要關注女性心理學和阿尼瑪心理學這兩者如何互相交織在一起，問題多少就變得有點複雜。

現實中的女人對男性的阿尼瑪會有影響，而男性心中的阿尼瑪也會對現實存在的女人造成影響。女性對男性的愛欲（eros）具有教育及轉化的影響力，尤其是對從事許多智性活動的男性，因為他們的愛欲多少都有混亂或未分化的傾向。當先生拖著疲累的身子回家，看完報紙後就去睡覺（如果他是個瑞士人的話尤其如此），他並不認為需要對太太展現任何的情感，也看不見這個女性的個人及

她的需求。對此，女性就可以發揮轉化的效用了，如果她可以挺身為自己的權利說話而不要展現阿尼姆斯（Animus），並且如果她和自己所愛的男人關係良好的話，就可以告訴他有關女性心理的事情，幫助他區分自己的情感。因為男性的阿尼瑪會帶有他母親的許多特質，那是他的第一個女性經驗。一般而言，對於男性與其愛欲功能關係的形成與建構，女性具有很強的影響力。

　　但從另一方面來看，女性受到男性阿尼瑪投射的影響也很深。例如，當女性表現出某些特定行為時，她們很快就會注意到男性混亂或震驚的反應，因為這些行為並不符合他的阿尼瑪形象。即便是很小的女孩也會發現，如果她們扮演父親的阿尼瑪，把手臂環繞著他的脖子等等，她們就可以從父親那裡得到許多自己想要的東西。爸爸的女兒們會把媽媽推到一邊，因為媽媽總是嚴格要求指甲乾淨並乖乖上學。她們會用一種迷人的方式叫著爹地，於是爸爸就落入圈套了。她們就是這樣經由調適自己而學會如何使用男性的阿尼瑪。習慣以這種方式表現的女性，我們稱之為「阿尼瑪女性」（anima woman）。這種女性只是單純地扮演著自己當下中意的男性所暗示給她的角色而已，她們對於自己的知覺僅止於作為男性反應的鏡映。她們的愛人會讚揚她們有多麼美好，但如果她們身邊沒有男人的話，她們就會覺得自己好像什麼都不是。只有透過男人對她們的反應，才會讓她們覺察到自己的女性人格。

　　因此有些女性把自己完全置身於阿尼瑪的投射當中。我認識一位女性，她的腳很纖細，但是她先生卻喜歡她穿著高跟鞋。雖然醫生告訴她不應該這麼做，但她還是穿著高跟鞋來折磨自己。像這樣的女性她們會害怕失去先生的寵愛，於是如果先生只喜歡她作為一

個阿尼瑪人物，她就被迫要扮演那個阿尼瑪角色。這樣的互動可好可壞，但是女人就會深受男性阿尼瑪角色的影響。這個現象將我們帶到一個既原始、簡單但卻是集體性的層次上，使我們無法將阿尼瑪的特質和真正的女性區分開來，因為這兩者經常混在一起，而且在某種程度上又是彼此相互作用的。

如同我先前提過的，在基督教文明中女性意象的代表並不完整；如同榮格曾經說過，「她」在上議會（Upper Parliament）並沒有代表。我們可以說阿尼瑪是受到忽視的，而真實的女人對於她的存在、她的本質、她是什麼、或她可以成為什麼並不確定。因此她或者退化到一種原始的本能模式並緊守不放，以保護自己免受文明加諸在她身上的投射；或者就落入阿尼姆斯之中，建構出她自己的一種圖像以彌補內在的不確定感。在像南印度一樣的母系社會結構中，女人對於自己的女性氣質具有自然的信心。她們知道自己的重要性，也知道自己以特殊的方式有別於男人，但這並不隱含任何的自卑。因此她們可以展現自己人性的存在，並以自然的方式生活著。

在原始的層次上，真實女性的意象和男性阿尼瑪的意象，或多或少是同一種東西，而且，人類的文明正在經歷某種緩慢而循環的轉換歷程，大約得要三百到四百年。這種緩慢的發展運動極可能是成千上萬個別反應的總和，或許是由許多女性被拒絕和不被欣賞的痛苦經驗所組成，並在暗地裡醞釀，經過幾世紀之後浮上檯面，使得二十世紀初的集體女性解放爆發成為一種運動引起人們的注意。

於是我們就以這樣的兩難情境揭開序幕：童話故事中的女性人物既不是阿尼瑪模型，也不是真實的女人，而是兩者兼具，因為

有時候是前者，有時候又是後者。而且有些童話故事闡述真實的女性多一點，有些則說明男性的阿尼瑪多一點，端視最後一位寫故事的人的性別而有差異，這樣的猜測是很公允的。我有一位朋友在學校裡擔任繪畫老師，有一次上課時，他以童話故事〈忠實的約翰〉（Faithful John）為主題，要學生從中選擇一個場景來作畫。在我看來，那個故事鏡映的是男性的心理學，其中只有一個蒼白的阿尼瑪角色而已。這位老師把這個故事給了男女合班的學生，讓他們自由挑選任何場景作畫。所有的小孩都充滿熱情，男孩們自然而然就選擇了英雄和戲劇性的場景，而女孩們則挑選了故事中唯一的女性角色，她們認同那個女性角色就如同男孩們認同那些男性角色一樣，因此他們所畫出來的圖畫，就展現出截然不同的故事面貌。

由此可見，依照重述故事者的性別，就會強調出不同的特質。於是我們可以如此假設：在某些童話故事中，女性的造型有較大的影響力，有些則是男性造型影響較多，但我們永遠都無法確定其中女性角色所代表的是女人或者是阿尼瑪。比較好的辦法是同時以這兩種角度去詮釋童話，那我們就會看到有些童話從女性的角度去詮釋時會得到很豐富的素材，但若從男性的角度去詮釋時，卻似乎並沒有那麼發人深省。有了這樣的印象之後，我選擇了幾則可以由女性角度詮釋的格林童話，但是我並不能說它們和阿尼瑪的問題毫無關連。

童話乃集體無意識的補償

至於故事當中的角色，一般都會說神話是神的故事，而童話

是凡人的故事，亦即在童話中的英雄和參與者是凡人，在神話中的則是神和半神；但我卻認為這種看法是錯誤的。這種理論的問題在於，有些童話故事中的人名指的是神。例如在我即將討論的〈睡美人〉（The Sleeping Beauty）或〈野玫瑰〉（Briar Rose）故事的許多版本中，小孩被稱為太陽和月亮。那麼，太陽和月亮的媽媽就不是凡人了，所以你可以稱它是一種象徵。若小孩被稱為太陽和月亮，或在其他版本中叫做清晨與黃昏，那麼你就知道這講的是神的國度了。因此你無法根據這種差異來建立一種理論。從心理學的角度來看，我們知道他們是原型人物，當我們用人類的心理學來理解他們時，我們知道在本質上他們和凡人及人類人格並沒有任何關係。因此我會假設童話故事和神話並沒有什麼差別，但他們都和原型人物有關。

如果我們真的想對這個概念有所感覺的話，我們就必須問問自己，為什麼人們在敘說故事時，有時候會使用自己國家宗教所崇拜的神祇之名、以其**集體表徵**（représentations collectives）來命名故事人物，而在其他故事中卻不這麼做。這兩者的差異和歷史性的因素有關，在此我無法進一步討論它。我們姑且這樣假設：人們可以利用夢境和醒著時的幻象，將自己無意識中的人物投射到虛空之中，並且也能夠討論這些人物。

我有一個非常單純的女性個案，她是個木匠的女兒，在原始的鄉間長大，生活非常貧窮。她就算不是個真正的思覺失調症患者，也是個嚴重的邊緣型思覺失調個案。她有最令人驚奇的聲音、幻象、夢境以及原型的素材，雖然她去學做美髮師，但卻因為有許多幻想而無法繼續下去，只好去做清潔工，但又因為她很容易與人

爭吵，既有點瘋狂又難以相處，因此必須等到四下無人的時候才可以開始清理空曠的公司。她已經被丟棄到人類社會的邊緣地帶，但她卻是個很有宗教信仰的人，除了被自己的幻象所吞噬而不具外在功能之外，她甚至可以和德國天主教神祕主義者德雷絲・馮・科內爾斯羅伊特（Teresa von Konnersreuth）相比。她曾想與我進一步接觸，但在分析的前 60 分鐘卻毫無進展，因為她的自我情結過於脆弱。起先，她必須對場地和我產生感覺，然後她說她沒有辦法馬上談論像上帝這樣的主題。我想那也的確是，因為她的情況是需要有親密感和友誼才能夠分享一個天大的祕密，於是對這個特殊的個案我同意不要那麼常見面，並可以挪出整個下午見她。我們也不在諮商室會面，而是會去小酒館一起喝點飲料，或是到別處去。她有時都不說話，或是講了一個半鐘頭盡是說些無關緊要的話題，讓我非常精神耗竭。通常我要不是開始緊張地看著手錶，要不就是告訴她我必須在七點前回去，好將她拉回現實。然後她才突然開始談她的內在經驗，就像突然跳進夢境，而且當它是真的一樣。為了加強她的意識面好讓她從原型世界出來，我會對她說：「對啊！但那只是一個夢。」對此她總是表示贊同沒有太感困惑，但我注意到她隨後就無法再進行下去了，因為她就像個藝術家在工作時被打斷一樣受到了干擾。如果你的藝術靈感正在萌芽，新的靈感正傾洩而出，卻遭到這種阻斷的話，你就會像殘廢一樣的失去線索。剛湧出來的創造性靈感必須不被打擾，特別是當這些靈感還沒有確實成形之前，人們不該去談論它，因為它們就像新生兒一樣的脆弱。

　　具有創造力的人們通常都很容易受到干擾，我在這個女人身上也注意到同樣的情形。因此我通常都把我的評論留到最後，在那時

候我想我應該有幫助她更接近現實了，因此就順著童話的模式，在故事最後通常會有個評語把你從故事情境中踢出來——但那也只在最後才會出現。

　　那個女人告訴我最不可思議的原型故事，而且把它們當成真的一樣看待，而就在這**當下**（*in flagranti*），就有一個童話故事可能的起源案例了。因為有人告訴你一個經典的文學戲劇故事，並在最後評論說那只是個夢境！像這樣的案例，一開始時敘述者是完全認同故事本身的，但在重新敘述故事的過程中，故事就改變了，其中個人的主題也被排除了。故事最後的評論很可能是這樣：「公雞啼叫咕—咕咕—咕—黎明到了，而我的故事也結束了。」因為該是醒來的時候了！公雞啼叫的時候，就是你該起床的時候了。或者，他也可能這麼說：「有一個美好的婚禮和豐盛的晚宴，但我在廚房裡卻什麼也沒得到，因為廚子一腳把我踢醒，於是我站在這裡告訴你這個故事。」也就是說他飛回現實世界中了。換成吉普賽人的說法：「他們結了婚，從此過著幸福快樂的日子，但我們是**窮鬼**，正飢餓地吸吮自己的牙齒。」接著他們又繼續討錢去了。

　　如此一來，聽故事的人就知道童話並不是一件普通人的真實事件，他們會很清楚地知道故事裡的人事是發生在另一個場域，是我們稱之為無意識（unconscious）的領域。他們會覺得那是屬於另外一個世界，並且和我們意識中的現實有很大的差異。人們以這種方式在非常原始的層次上和無意識有一種切換式的接觸。場景的切換並沒有明確的界線，強調的反而是感覺層次。童話故事真正告訴我們的是無意識中的人物，他們屬於另外一個世界。我們可以說神話中的人物和宗教上的神會互相混淆，因為他們都符合了法國人類學

家呂西安・列維－布魯爾（Lucien Lévy-Bruhl）所稱的**集體表徵**，但童話恰恰相反，童話是會遷移的，也不能連結到國族的集體意識，它含有大量補償性的素材，並且通常和集體的意識觀念相衝突或者互補。

我那位思覺失調的清潔女工有時候會帶來充滿了基督教傳統的夢境，例如天父會出現並對她說話，隨後出現的事情就和她在基督教教育中所學相符。要稱呼一個人物為天父，而稱另外一個為聖靈（Holy Ghost），這對她而言並不太困難。有一次她的幻境中出現一位俊美男子，那時她在山上，而他就站在她身邊，有個聲音說：「妳必須把這漆成綠色以救贖自己和人類。」她說她做不到，那聲音說：「我會幫助妳。」她後來似乎不知怎樣就完成了任務，因而被准許從山上下來。下一幕是她在一個旅館中醒了過來。我問那是誰的聲音，她說那是聖靈。雖然那個聲音並不符合，但是那個俊男卻符合**集體表徵**中的聖靈形象，她也毫不費力地就指認出來了。

若在另外一個宗教系統，那個人物可能會得到不一樣的名字。如果出現一個人物卻不符合**集體表徵**，或是如果什麼稱呼都無法符合這個人物時，你就只得說有某件事發生了，它似乎像**什麼跟什麼**，但你無法將它置於任何一個集體觀念上。假設有個這樣的經驗，例如有個女神擁有所有大地之母的特質，但卻像古希臘時期的包玻（Baubo）女神一樣的放肆性感。如果你從小在天主教家庭長大，你不能稱這個人物是聖母瑪利亞，但既然那是你唯一擁有的女性神聖人物代表，你就只能稱這位為大母神（Mother），或者給她一個怪誕的名字，像是長青小母（Little Mother Evergreen）之類的。但是那並不是一個正式的名字，我們也不會用宗教的態度去崇

拜這個人物。童話故事就是以這種方式產生的，很多時候都是建立在這種內在經驗之上，它們並不那麼符合**集體表徵**，因此童話人物通常沒有名字，或是使用很古老的名字，而不會用宗教性的象徵或已知宗教系統中的名諱。他們比神話提供更多關於無意識正在進行的補償功能訊息。

這種在**集體表徵**中沒有被表達出來，但在某種集體層面又想要表達的是什麼東西呢？我們可以從這一點得到有價值的訊息。因為童話故事也會採用正式的名字並敘述關於宗教人物的卑劣行徑。有一個國家流傳著不少關於耶穌基督的故事，他的行為蠻橫，例如他和聖彼得四處閒逛，害得他被旅館主人毆打，因為聖彼得總是過於天真，自然就成了那個挨打的人。捷克斯拉夫還有這麼一則童話：一名無助的老人坐在樹上，需要人幫忙攙扶才能從樹上下來，在故事最後，竟然說那個緊張無助的老男人，正是上帝本人。你能想像上帝本人是個無助的老男人無法從樹上爬下來嗎？但是故事裡有個心地善良的小女孩必須幫助他從樹上下來，這對我們既存的上帝概念就是很有用的補償作用。

那位清潔女工的個案有時會對上帝很憤怒。她說他很糟糕，他會追女人，有時候她必須把他關在臥室門外。她會說：「上帝又太靠近了。」她覺得他很齷齪而且是個騙子，有時候她也必須欺騙他才能讓他安靜一會兒。但你能想像當她把這些想法告訴牧師時會是什麼樣的狀況呢？她從前都會將這些事告訴牧師們，但沒有一個人會聽她的！當上帝太靠近時，她會覺得很不舒服，但那也是她會出現幻象的時侯。當他不是那麼靠近時，她覺得比較舒服和正常，也比較接近現實。這個個案教我見識到一個未受教育的純樸心靈如何

面對來自集體無意識（collective unconscious）中的強大意象。

在童話故事中也有類似的情形，**集體表徵**的人物或者不被使用抑或受到濫用。在前面的故事中，基督只是一個像無賴般的英雄，而上帝是個無聊老人或是坐在樹上的老男人，然而故事中暗示著那就是上帝。故事中的人物是匿名的，因為如果使用他們的真名，那麼故事就會變得太震撼了，那將導致最令人驚訝的發現，也會還原它們真正的意義。

這種貌似扭曲的作法並非如它表面所呈現的那樣，而是和補償作用的定律有關，這也是榮格發現的——補償作用乃是無意識產物的特質。夢境或者補償了我們意識觀點的偏頗，抑或補償了它的空隙。而童話故事也是一樣，因為他們也多半是說故事者無意識中的單純產物。就像夢境一樣，可以幫助我們的意識態度找到一個健康的平衡，也因此具有療癒的功能。

正因為過去二千年來，西歐宗教在意識層面上並不曾讓女性原則有充分的表達，因此我們可以預期在童話故事裡頭會發現特別多的女性原型人物，以表達被忽視的女性原則。我們也預料可以從她們身上重拾許多遺失的異教女神遺風。

註釋

1　原書註：See Marie-Louise von Franz, *An Introduction to the Interpretation of Fairy Tales* (Dallas: Spring Publications, 1978).

2　原書註：See Marie-Louise von Franz, *The Golden Ass of Apuleius: The Liberation of the Feminine in Man* (Boston: Shambhala Publications, 1992).

睡美人（上）

睡美人（野玫瑰）[1] 的故事

我想要討論的童話故事在英文翻譯中稱為〈野玫瑰〉，或者通常稱為〈睡美人〉。這是由格林兄弟所收集到的一則德國童話翻譯而來。格林兄弟一開始是從文學的角度來看童話故事，後來它變成一種現代運動，也開始出現許多不同版本的集結。在盎格魯撒克遜的世界，我們這個故事只有透過翻譯才得以為人知曉。即使在德國，在格林兄弟還未把這個故事挖掘出來之前，它也鮮少為人所知。格林兄弟是透過一名住在法國卡希爾（Cassel）的女性知道這個故事，她也是他們故事的主要來源。這個故事一出現馬上就獲得了廣大的迴響，詩人們會在寫作時用到它，而它也掀起了一陣文學的復興。它非常自然地適合用來承載詩人們的阿尼瑪投射。

有趣的是，這則童話故事本身也經歷了像睡美人一樣的命運，它從人們記憶中消退，然後又突然復活，後來則大受歡迎。它有兩個不同的版本，一個是義大利文，一個是法文，都是十四世紀的小說或愛情故事。故事雖然相同，但還是有些微差異，因此我們可以歸納說：它是非常古老而又突然地復甦了。在法國十四世紀的小說中，那位喚醒公主的英雄用的是帕西佛瑞特（Perceforet）的名字，於是這個故事就連結到的帕西法爾（Parsifal）和聖杯的傳奇故事。這個故事是眾多敘述騎士英雄冒險故事中的一則。在義大利文的版本中，騎士英雄稱做歡樂兄弟，女英雄則叫做愉快姐妹。兩者都是在文藝復興時期所寫下的諷刺小說。在帕西佛瑞特版本，公主誕生時有三位女神受邀而來：有一位用的是露西娜（Lucina）的名字，她是古羅馬時代掌管生育的女神朱諾（Juno）；忒密斯（Themis）

則是個希臘名字；另一個神仙教母則用了維納斯（Venus）的名字——這又回溯到了古代的神話。這是個有趣的事實，為中世紀後期代表母親原型的女性角色提供了一些線索。

到了文藝復興時期，他們將這些故事人物冠上古代的名字，這或許是一種發現，也或許是一種誤用。但不幸的是，他們這樣做卻讓童話故事在歷史上蒙上退化的特性；這是一種不真實的方式，因為在文藝復興時期，人們對於愛與性的觀點基本上都是依據基督教信仰，因此採用古代名字多半不太真實。[2] 在十一、十二世紀時，人們就已經在使用古代名字了，但他們所說的英雄與神的事蹟與原始的古代諸神是相當不同的。除此之外，還有一種理論在文學圈內受到很大的爭議，他們認為〈睡美人〉是由《埃特納》（Aetnae）而來的古代主題，它是著名的希臘詩人埃斯庫羅斯（Aeschylus）所寫的最後悲劇之一。其中的故事是這樣的：塔莉亞（Talia）是魅力女神之一，鐵匠之神西費斯特斯（Hephaestus）的女兒，也是宙斯所愛的眾多女人之一，她也因此而受到希拉（Hera）的嫉妒與迫害。宙斯把塔莉亞藏在地面之下，直到她產下兩名男孩為止，他們的名字稱為帕利克（Palikes）。

有個女孩從現實表面消失，經過一段時間才又再度出現，這種想法被認為是〈睡美人〉早期版本的代表。在義大利的〈睡美人〉版本中，那位女主角事實上就被稱為塔莉亞，這也成為支持該理論的證據。我想這也未免有點牽強附會，但無論如何，它們之間也可以被解釋成具有原型的血緣關係。

從心理學的角度來看，我們無法對這種文學性的爭議多所置喙。一般而言，對於童話的保存和遷移抱持幻想式的理論這點我

們是比較存疑的，因為我們知道無意識也有再創造的可能性。從另一方面來看，童話故事何以能夠相傳幾百年，這的確也是令人震驚的事。這些雖然都是確切的事實，但也不應該過度誇大。我還沒有決定要相信什麼，也不知道什麼才是比較真實的，但至少可以確定的是這必然是和一個非常古老又非常原型的主題有關，而在這之中你自然就會見到這種女性角色進入休眠後經過一段時間再重新出現的觀念。例如，在荻密特（Demeter）神話中，波瑟芬妮（Persephone）就是在冬天消失，到了春天才又重返地面母親的懷抱——換言之就是有一位少女神消失，死亡或是睡著了，經過一段時間之後才又重返人間。從匈牙利學者卡爾·克蘭伊（Karl Kerényi）對少女（Kore）神話的評論中，你知道這是一種世界性的神話，而我們以下所講的故事正是其中的一個特別版本。[3]

睡美人（The Sleeping Beauty, or Briar Rose）

很久以前，有個國王和王后因為沒有小孩，所以每天都感到非常悲傷。有一天，當王后正在洗澡而心裡還懸念著她的願望時，突然有一隻青蛙從水裡跳出來對她說：「妳的願望就快實現了，在一年結束之前妳將會有一個女兒。」

正如青蛙所說，預言果然實現了，王后生了一個美麗的小公主，國王高興得不知所措，他下令舉行一個盛大的宴會，邀請所有的親戚、朋友和相識的人，以及所有對小孩仁慈又具愛心的智慧女人參加。在他的國度裡總共有十三位智慧女人，

但國王只有十二個金盤，因此有一位就得要待在家裡而無法赴宴。

宴會一結束，每位智慧女人都為嬰兒獻上自己所帶來的禮物——品德、美貌、財富等等——但正當第十一位智慧女人完成獻禮時，第十三位智慧女人突然闖了進來。她因為沒有受到邀請而非常激動，既不打招呼也目中無人，只是大聲的說：「公主將在她十五歲那天用一個紡錘刺傷自己，然後死去。」所有的人都嚇壞了！但這時第十二名智慧女人站了出來。雖然她無法解除那個詛咒，但卻能讓它的傷害減低，於是她說：「公主不會死去，但是她將沉睡一百年。」

國王很自然地想要保護自己的小孩，於是下令將全國的紡錘燒毀。但是當公主長到十五歲那天時，國王和皇后都不在家，她獨自留在城堡之中。

這位公主四處隨意閒逛，走到一座老舊的塔樓，不慎走上了狹窄的樓梯來到一扇門前，門上插著一把生鏽的鑰匙。她把鑰匙轉了一下，門應聲而開。裡面坐著一個老婦人，手上拿著紡錘正在用亞麻紡著線紗。公主說：「午安，好心的婦人，您在這裡做什麼呢？」

老婦人點點頭說：「我在紡紗。」

公主又問道：「這是什麼東西，這麼愉快地旋轉著？」於是她拿起那個紡錘想要自己試著用手紡紗。但當她這麼做時，可怕的預言馬上就實現了，她就這樣刺破了自己的手指，瞬間倒在鄰近的一張床上，沉沉睡去。

這沉睡蔓延到整個宮殿。國王和王后在大廳睡著了，其

他的臣子也隨之睡去。馬廄裡的馬、屋簷下的鴿子、牆上的蒼蠅，甚至連爐子上的火苗都停止跳動。烹煮的肉不再吱吱作響，廚子原本正扯著小廚男的頭髮，也鬆手開始打起鼾來。甚至連風都停止吹動了。

於是，皇宮四周開始長出一圈茂密的野玫瑰圍籬，一年比一年長得更高，直到城堡幾乎看不見為止。而國境內遍傳著野玫瑰佳人的傳說，不時就會有王子費盡千辛萬苦想穿越荊棘進入城堡，卻都無法成功，因為玫瑰的刺就像手臂一樣將他們牢牢掐住。這些年輕王子們無法自救，就在痛苦中消逝身亡了。

經過許多年之後，有位鄰國的王子來到這片土地，他聽到公主的傳說以及多少王子試圖穿越荊棘而葬身的故事。但無論多少人試圖勸退他，那年輕王子仍然聽不進去，他毫不退卻。

剛好就在第一百年的最後一天，當野玫瑰正好要甦醒過來的時候，那年輕王子正好走近圍籬，荊棘就變成了盛開的玫瑰，自動為他打開一條通道，等他經過之後又自動閉合起來。他看到馬和狗睡得酣熟，屋簷下的鴿子把頭藏在翅膀底下。蒼蠅在牆上睡著了，廚子把手放在小廚男頭髮上，女僕站在砧板前面，手上還抓著尚未拔毛的雞。整個國家都在沉睡當中，國王和王后也是如此。最後，他來到塔樓前，打開那個小房間的門，看到玫瑰公主睡在裡面。他彎下身親吻了她。當他這麼做時，她睜開了雙眼露出微笑歡迎他。於是他們一起走下階梯，國王和王后以及整個王國都甦醒了，所有的人都面面相覷不知發生了什麼事。馬廄中的馬衝了出來，狗兒們搖著尾巴，鴿子們飛了出去，蒼蠅開始慢慢爬行，爐上烈焰繼續烹煮著肉，發

出吱吱聲響；廚子賞了小廚男一巴掌，打得他嚎啕大哭；女僕開始猛力地拔著雞毛。整個國家又再度動了起來。

不久，王子和玫瑰公主舉行了盛大的婚禮，從此一生都過著幸福美滿的生活。

與此類似的故事也有一些不同的版本[4]，通常的母題都會有某些數量的神仙教母出現，而其中一位總是邪惡的，因為沒有足夠的金盤可以供她使用。但是神仙教母的數量或多或少都有不同，有時候是七和八，有時候是二和三。根據格林兄弟的版本，有七位受邀，而第八位被遺漏了。但在格林故事稍後的版本，也有說六位受到邀請，而第七位被忽略了。數字部份並不固定，但這卻應該被留意，以避免造成任何過於僵化或快速的斷論。有特定人數出現，但唯獨有一位被遺漏，這或許是因為她受困在塔內而遭到遺忘，或者是因為沒有足夠的金盤或高腳杯。而身為一名女性，她帶著滿腔怒火露面並且詛咒那個小孩，並且通常都是帶著死亡的詛咒，這個死亡詛咒後來則由一位慈愛的神仙教母予以軟化。在某些版本中，那些想要穿越野玫瑰圍籬的人都遭到荊棘撕裂而慘死，在另外的版本中，他們則受困在樹籬內睡著——像是一種沉睡的傳染病。在另一個版本，有位王子到來，他下定決心解救漂亮的女孩，荊棘圍籬於是變成了玫瑰圍籬，在面前為他打開，而在他通過之後閉合起來。根據一個經典的德國版本，他只不過是個幸運兒，恰巧在一百年後的某一天經過那裡，所以並沒有功勞的問題。根據其他版本，他則以英雄之姿披荊斬棘魔咒才得以解除，使眾人再度甦醒——廚子一

巴掌打下，整個皇宮都甦醒過來，生命重新恢復生機。兩人結婚並過著幸福快樂的日子。

　　就一個童話故事而言，這是個相當快速的結局，通常隨之而來的還會有複雜和困難的挑戰。有一個流傳在俄國、法國和加泰隆尼亞地區的版本則說，王子來到睡美人面前，並沒有將她喚醒反而和她一起睡下。於是她就生了兩個小孩，這兩個小孩往後必須踏上尋父之旅。在法國故事中還有另外一種版本，王子解救了睡美人，但他並沒有把這個故事告訴他的國人，大家都不知道他結了婚而且生了一個小孩，直到他父親過世之後，他才帶著他的新娘回家，但他的母親卻試圖想要殺睡美人和那個小孩。這是一個典型的童話故事主題——摧毀性的婆婆想要殺死母親和小孩。後來是廚子和獵人拯救了他們，當邪惡的婆婆被懲罰之後，那對佳偶才得以快樂的重聚。

　　這些不同版本故事的產生，可能是因為覺得原始故事太過單純，事情不可能這麼簡單，僅僅只是突破一叢玫瑰圍籬似乎並非什麼了不起的英雄行徑。這顯示出童話故事可以如何混雜著不同的原型主題，看它們在不同的國家及不同的時代是如何相混合是件有趣的事。某個故事可能比另一個故事更具有救贖的變化，但如果你仔細檢視它們，就會發現所有的變形都相當具有意義。總是有某條明確而有意義的軸線穿越其中，因為人們的幻想是沿著適當的路線前進的。除非有意識的介入，否則人若是聽從自己的自發性幻想，他是不會錯的。這些人是如此地無意識，因此這些適當的主題就會本能地連結起來了。

童話中的主角代表什麼？

這個故事的第一個母題就是奇蹟式的誕生，這通常發生在故事的英雄和女英雄身上，據說故事的中心主角並非以普通的方式降生到現實世界，而是有一種神祕和奇蹟環繞著他的誕生。

這對於我們該如何詮釋故事中的英雄或女英雄，提出一個非常抽象又棘手的問題。他們所代表的是什麼？是否應該將主角視為自我呢？這個問題是在詮釋神話素材時會遇到的一個很特別又明顯的問題，連知名的榮格學者也會絆倒。我們通常說英雄就是自我，而那漂亮的女人是他的阿尼瑪，諸如此類等等。但這並不是一種詮釋，而是將榮格的概念套用到神話意象之上而已。然而，無論如何總是有種誘惑會促使人們稱主角人物為自我，就仿佛這個人物會誘導我們進入這樣的概念，這是和無意識的誘騙本質有關。夢境有時候也會用一種暗示的基調讓人自以為知道夢境的意義，但如果這樣想的話就變得盲目了。分析師詮釋過數千個人的夢，反倒無法詮釋自己的夢境。當這種事發生時，我一點都不覺得意外，因為我知道我也無法詮釋自己夢境中最簡單的事實。你必須這樣想：「如果那是一個病患的夢，你會怎麼說？」在一個病患的夢境中，你立刻就看得清楚了。我們就是會有一種身歷其境的反應，使我們無法保持足夠的距離。如果你一早醒來，想著你知道那個夢境的意義，那麼通常你是大錯特錯——騙術之神已經將你擒住了。無意識就是喜歡這麼做，特別是有關棘手而陰影面的事更是如此。如果我們可以那麼輕易就瞭解其中含意的話，那麼我們就不會做那個特別的夢了。

例如，有位已婚婦女和一名男士調情，那其實是無傷大雅的，

事情也沒有更進一步的發展，但她卻覺得可能會比閒談還有更多的發展。由於她很重視那位男士的太太，因此她就不再與他接觸，也打消了念頭。她將此事遺忘，但它卻潛入地底下。接著有個極大的創造性問題產生了，夢境顯示她該做些有創造性的事。每件事都環繞著這個主題，於是她進一步完成一些寫作的工作，這是她早就該做的事了，然後她很想知道無意識會怎麼說。她夢到這對夫妻離婚了，而她即將和那位與她調情的男士結婚。現在，過去逃避的事情突然變得真實起來了。她想無意識顯然是要她去面對她曾經對那位男士產生過情慾興趣這件事。她因此而深受困擾，甚至不想提起那個夢境。她認為夢境意義是很明顯的，但事實上它所代表的意義卻是大異其趣，主要的重點在於阿尼姆斯和陰影的分離。

如果一個女人讓自己處於無意識狀態，而她的無意識當中有一對負向的夫妻，她身邊的人就很容易變成被投射的陷阱。這個陰影傾向和她心智運作的祕密互動已經被打斷，而她現在夢到即將和那位男士結婚；也就是說，她即將有意識地和自己的靈性與心智層面接觸。就煉金術的象徵作用來看，女性角色通常會先和錯誤的男人結婚，而必須有英雄行徑才能將這對配偶分離。英雄必須贏得他的伴侶，並將她從錯誤的男人身邊分離出來。這就是那尷尬之事底下的動力系統。為什麼無意識會挑上這件事呢？很顯然的，如果女性身上的創造性能量不曾被察覺的話，它就會造成不幸——它的氾濫會造成不幸。如果妳不使用妳的原欲（libido），妳會無聊到死，於是就必須啟動某些無意義的事。畢竟真正的事情放著不做，它總是會以其他的形式表現出來。

那位女士與男士的調情已經展現出創造性的原欲了，溢出的

能量在婚姻和小孩身上並沒有得到滿足，但也沒有停駐在創造性的工作上面。她雖然瞭解調情並不是正確的事，但能量還是沒有受到關注；既沒有釀成禍害也沒有展現創造力，這也是為什麼夢境會使用那個題材。這是某些能量想要從婚姻狀態中溢出的第一個徵兆。夢境將它從事情停止之處再度拾起，但當睡醒之後，她投射自己的意識觀點，認為那是個可怕又糟糕的夢。我一開始的想法也是如此——它是客觀的嗎？但她並沒有壓抑那個調情的欲望。你必須觀察病患，看她是否還帶有情緒，這是你無法自己做的。當你在說故事時，你無法觀照自己是否帶有情緒。於是我問自己——她想要離婚的動機是什麼？我心中存有這些原型和煉金術的母題，這些是我必須知道的，它們為古老的心理歷程提供了背景。然後，我才將夢境對照到現實情境。當她試圖採取行動和自己的心靈結合的前一天發生了什麼事？自我和某些靈性與心智的衝動結合，但它需要和陰影有某種程度的脫離。

因此，無意識並不是真正的騙徒。那想要造成危害的能量如今已經找到它的目標。夢境只是陳述了一個事實，雖然意識帶著道德和偏見去經驗它時，彷彿某些尷尬的事情正悄悄滲入。這正是在詮釋夢境和童話故事時的困難之處。我們對於英雄和女英雄的認同是如此明顯，以致於我們立刻就和他們合而為一，也因此無法帶著科學的客觀性去問「他們到底是誰」？在原型的故事中，我們要能夠以一種超越個人的方式去看待意象。故事並未顯示它是在敘述任何一個確實的人類；也不曾提及任何有關女孩內在主觀生活的事。她奇蹟似的誕生，曾經沉沉睡去又甦醒過來，然後就結婚了。它是一個抽象的模式。

民俗學者麥克斯・綠提（Max Lüthi）寫過，童話故事中的所有人物都是抽象的。[5] 我們寧可說他們是不曾經過人類加以擴大的原型人物。抽象的東西是將生命予以抽象化，因此原型是超越人類的。我們可以說童話故事中的人物並非人類個體，他們並沒有真實的生命。女英雄是一個女性的模型人物──我們該如何稱呼她呢？一個自我（ego）嗎？有一種不錯的方式，也是許多心理詮釋者所採用的解決之道，就是繞著它討論而不下結論說它是什麼。文藝圈人士和對榮格心理學懷抱哲學興趣的人，通常並不使用榮格的詞彙。他們避免稱該人物為阿尼瑪或者自性（Self），而只是繞著它來談論。我認為這樣只是單純的懦弱行徑。為什麼我們不試著承認榮格已經發現阿尼瑪、自我和自性這些事實呢？當然，難處就在於榮格的詞彙可能會讓人陷入荊棘般的困境。我們或許會進入令人沉睡的圍籬──在心智上再也無法穿透了。女性喜歡談論偉大男性所提出的概念，但卻忘了要看透它。她們在心智上就像是睡著了，雖然這樣的現象不只適用於女性！

如果我們試圖看透那個問題，以那個神仙教母為例，我們得說女孩在某方面看來就像是個人類，而無意識（教母）威脅到她的自我。如果我們擴大聯想並將她和其他神話人物（如波瑟芬妮或其他類似春神的人物）加以比較的話，那你就得說那個女孩是女神的某個面向，若以榮格的語彙來說，就必須稱之為自性。那麼，什麼是集體的？什麼又是個別的呢？因此，顯然那女孩並不是個別的女性角色──瑪莉・米勒（Mary Miller）或者安・史密斯（Ann Smith）。但為何她的行為看起來像是個自我呢？而我們為何又假設自我完全是個別性的呢？

如果你問人：「身為一個人，你是什麼呢？」大部份的人都會指向自己的身體。當你問自己這樣的問題：「在我的自我當中，什麼是個別性的呢？」事實上人擁有一個自我，這並非個別性的；它是人類最普通也是最正常的一種情結。自我幫助我們適應——「我注意到」、「我組合事物」等等——這都不是個別的。人有些事情做得比其他事情更好。有些人擁有連結的才能（faculty），而有些人則擁有其他才能，每個人都擁有足以用來適應外在現實的功能。自我擁有這麼多的普遍特質，因此想要瞭解一個人的核心本質就像是在拼圖一樣。這個本質只能透過完全的分析才能夠發現，而這並非所有的自我都可以順利完成。但是有一種原型「我」（I），那是一種集體的性格，是每個人身上都類似的，也是每個人身上多少都會發生的。

自我和自性的關係

這種自我的原型層面和自性有何關連呢？如果有人曾經讀過英國精神醫學家麥可‧佛登（Michael Fordham）所寫有關兒童問題的書[6]，以及德國心理學家艾瑞旭‧諾伊曼（Erich Neumann）所寫的《意識的起源與歷史》[7]，或者曾經和年輕的被分析者工作過的話，就會看到許多年輕的精神官能症患者會在發展上出現倒退的自我意識（ego consciousness）。如果我們觀察兒童的無意識歷程，就會發現他們擁有嬉戲衝動、夢、以及幻想，這些都會帶來自我的成熟，也是小孩所應該擁有的。因此，我們可以說無意識想要讓自我有所增長。但是嬰孩自我（infantile ego）並不想要長大。於是當

來自無意識的衝動企圖將小孩的意識帶到另一個較高層次，以建構一個更強壯的自我情結（ego complex）時，就會造成神經性的干擾（neurotic disturbance）。學校技術通常強調專注和克服疲勞，但如果少了無意識這種想要建構更高階自我的本能，那就不太恰當了。因此，衝動是一種普遍的人類傾向，就好像原型是來自於自性一樣。佛登在討論兒童早期的夢境象徵時說，兒童期的夢境和生命後半段的夢境意義扮演著完全不同的角色。

年輕人在青春期的雙性階段有時會發展出一種對同性長者的迷戀。如果我們對他們進行分析，會發現無意識似乎支持這種對同性別人物的仰慕與模仿。從表面上來看，我們可能會解釋這個夢境角色涉及某種同性戀傾向，或者視它為一種自性的象徵。較年長的兄、叔輩人物以救贖者或師長身份出現時，顯然具有魔法般的特質。他是自性的一種投射。年輕仰慕者的自然反應是他想變成像他仰慕的對象一樣。因此這個人物就具有楷模般的功能，使他能夠學習到更像成人的生存或行為模式。他是自性的一種投射。只要自我情結是脆弱的，這種投射便具有可以被複製與追隨的典範功能。它幫助年輕人建構更像成人般的自我情結。如果你將所有這些實際面向都納入考量的話，你可以說自我具有一種原型的基礎，而是自性建構了自我情結。童話故事中的英雄和女英雄所顯示的正是這種意義：他們代表的是個人自我的原型基礎，或是一種能和自性和諧共處的自我模式。

我們可以用青蛙孵化的過程來類比自我的形成。在青蛙孵化過程中的某個特定階段，卵子的一側會產生一個小灰點。實驗證明這個小黑點後來會發展成頭部。如果你用線將這個小灰點切開的話，

將來孵化出來的青蛙就會有兩個頭。如果你將這個小灰點移除，這隻青蛙將來就成了無頭蛙。因此你可以經由實驗證明，青蛙卵子中那灰色的點就是後來發展成頭部的原生質（plasma）。如果你將那灰色的點移除，再滴一點鹽酸到原生質中，則會形成一個略帶灰色的點。正確的原生質將會形成，新的頭部會長出來，而整隻青蛙也將會孵化出來。這個過程和自我的形成很類似。自我就像是意識場域的核心，它既是在意識場域中所形成，也是由整個心靈系統的整體反應所產生出來，那是一個自我調節的系統。你可以說神話英雄的意象所表達的是一種想要生出自我的潛在衝動，他擁有和現實自我不相符的品質，這些品質和整體心靈的原型比較相關。

包括神經性和精神性的解離症狀在內，人類絕大多數的困難都是因為自我的運作和心靈的整體傾向不一致所造成的。自我和心靈整體的構成氣質（makeup）之間並不協調。正如瑞士精神醫學家尤金・布魯勒（Eugen Bleuler）所指出的，有某一類特定的思覺失調患者，他們的無意識當中有非常多的幻想產物，但在思考、情緒或情感的意識層面卻相當的貧乏。意識人格和無意識豐沛的活力不相協調，過度氾濫的無意識落入過於狹窄的容器。因此治療處遇最主要的工作就是試圖擴展情緒反應的範圍，讓容器變得更大更堅固，使它足以承受來自無意識的情緒衝動。但是不協調的形式也有多種樣態。雖然這是解離常見的形式，但並非每種神經性的分裂都肇始於這種原因。

尤其自我情結本來就具有和心靈其他部份不協調並脫勾的傾向。它很容易就自動運作起來；因此人類最重要的課題就是建構一個能夠健康運作的自我，也就是能夠和全體人類的本能天性相調和

的自我。從一方面來說，我們有別於其他動物是因為擁有強固的自我情結；但從另一方面來看，我們強大的意識卻也呈現出分裂的危機。

　　神話故事中的英雄或女英雄所展現的特殊行徑，表達的是無意識企圖產生一種理想的功能，一種自我情結的典範。英雄所代表的是能夠調和心靈需求的理想自我結構。他是那個能夠以健康流動的生命型態來拯救整個國家的匱乏，進而重新恢復集體健康的人。每一則故事都有不同的意義，但英雄都是能夠與自己本能的運作相調和的典範。當女英雄的運作能夠和心靈中的本能要求相協調時，她就成了具有意識的女性人格典範。它是一種自我和自性的原型連結典範，它必須經由每個人生命中的真實領悟才得以充實起來。你可以說我們所稱的自性或是整體，是一種與生俱來而潛伏的可能性。它就像卵子一樣，攜帶著眾多的可能性，但它需要用真實的意識生活帶著悲劇、衝突和解決辦法才能將整體實踐成真實的生命。

　　因此，自我是讓心理潛能得以實踐成真的工具。例如，假設我有藝術傾向，但我的自我卻從未發現，也不曾嘗試運用這些可能性來做點什麼，這些藝術特質很可能就像不存在一樣。因此，顯然自我是能夠理解所有不同心理與人類天生氣質的工具。以神話的方式來表現，自我就是自性化身（incarnation）的工具。童話故事中的英雄和女英雄的例子，說明了這種化身工具所需的運作方式。自我有無數不同的功能可以實現，而每一則故事都強調某個層面，並且那通常都是當時的集體狀態所缺乏或需要的面向。最震撼人心的就是上帝之子（Son Godhead）的例子。我們文明所信仰的核心宗教，它所信奉的神竟然是吊掛在十字架上的無助之人。他受到宣判

而且承受著苦難，卻全然沒有抵抗。西方人是非常積極又具自我意志的，但是他們所崇拜和祈禱的對象竟然是這樣的人，這也是西方人需要去深思的部份。

然而，另外還有一個問題：自性的象徵是沒有限度的，例如：金球或寶藏必須被英雄所尋獲。如果我們馬上就下結論說這些是自性的象徵，這樣的詮釋對夢境或許可能貼切，但卻並非神話性的詮釋。例如，你無法說自性的某個象徵（英雄）找到另外一個象徵（金球）。就技術面而言它是真實的，但這樣的解釋卻不具有意義。你得要辨別我們所做的詮釋，然後問這樣的問題：這兩種自性的象徵之間有什麼差異？例如金蛋或金球是一種自性的象徵，它和代表自性某個層面的英雄或女英雄之間有什麼差異？最簡單的說法就是：英雄是人類而金球不是，這樣的說法未免過於庸俗，但我們必須在適當的層次上加以考量。在某些素材中，整體是以某些特定的非個人形式象徵出現，例如一棵樹。有時是以半人的擬人化角色出現，也就是英雄本身。這兩者之間的差異為何？在某種層次上，球代表的是自性的物質象徵，它指的是自性整體當中非個人的方式，它很容易在心理狀態分裂或失序的時刻出現。

當人們在混亂情境中迷失方向時，至少就我所見過的，尤其是當自我容易將自己的痛苦、情結牽扯以太過個人涉入的方式承受時，這種物質性的抽象象徵通常會有一種將經驗客觀化的效果，而達到抽離的作用，這在當時的狀況是極需要的。如果某人認為自己是一個擁有不快樂愛情故事的人，那麼就需要以一種較不帶個人性的觀點來看待生活。在其他例子當中，當自性的象徵以人類的形象顯現時，它們則隱含著需要更人性化的態度；當時的狀況需要有一

種人性的回應。抽離或是哲思是不夠的，此時需要的是某種人性的態度。

女神對其人性化身的矛盾態度

〈睡美人〉或〈野玫瑰〉的童話故事，是屬於那種女兒神消失的模式——它在故事中是以類似死亡的沉睡來表現。在荻密特—柯瑞的神話中，柯瑞的夫婿是死神，她暫時從現實生活層面消失，後來才像春天大自然復甦一樣地重返人間。這種神聖女性消失而復返的模式也有相類似的陽性對應面。也有神聖兒子消失到冥界，等到春天才又重返的故事，像塔穆茲（Tammuz）和阿多尼斯（Adonis）的故事便是。這是普世的主題。也有女兒神以這種方式消失，經過適當的修正（*mutatis mutandis*），這也具有相同的意義。這種柯瑞（少女）和母親原型人物的連結非常緊密。在我們的故事中，少女得到某些數量的母型人物所祝福，但卻受到其中之一所詛咒；她同時受到祝福和詛咒。在柯瑞神話中，柯瑞的消失並沒有和母親荻密特有直接關連。荻密特這個角色有雙重面向的變換特質——她代表生育，幫助小孩及玉米穀物的出生與生長，但當她失去女兒時，她成了復仇與悲傷之神。荻密特根據她和女兒之間的關係而從一個面向轉變成另一個面向。

在古代〈丘比德與賽姬〉的故事中，少女神受到未來婆婆——女神維納斯的百般虐待，此處的維納斯代表的是大母神的特質，就像伊絲塔（Ishtar）和阿塔加提斯（Atargatis）一般。這裡出現了一個有趣的版本，維納斯的迫害是出自於嫉妒，因為據說賽姬是比

較漂亮的，就像白雪公主故事中的後母一樣。人們會崇拜女神賽姬而不是她的母親維納斯。賽姬被認為是維納斯（大母神）的化身。但因為維納斯怨恨自己有這麼一個活生生的人類化身，所以就折磨她。這是西方和地中海文明有趣的一個發展。一位母神生下了一個更具人性的化身，她卻對這個女兒角色存有非常矛盾的態度。這和著名的愛情故事〈伊尼亞斯與黛朵〉（Aeneas and Dido）[8]有隱約相似之處。黛朵是一位女神，因為她沿用了腓尼基女神的名字，但在羅馬史詩《伊尼亞德》（*The Aeneid*）中，她是一位人類的王后。維納斯和朱諾（Juno）決定伊尼亞斯應該愛上她。她們安排兩人墜入情網，然後宙斯又和她們一起決定伊尼亞斯應該離開黛朵，於是黛朵後來就自殺身亡了。

這個著名而感人的悲劇顯示，在集體無意識中的諸神對於一個更具人性的化身有著矛盾的態度。這似乎仍然是現代的一個難題。美國作家厄斯金（John Erskine）寫過一本書《寂寞的維納斯》[9]，他在書中也討論這個議題。維納斯只根據自己的情感和情緒行事而不太會反思，因此把事情弄得一團混亂，最後才認清楚終究還是得變成人類才行。這種發生在羅馬帝國後期宗教系統中的情形，在基督教中也有類似的狀況。這是出自猶太教與基督教所共有的（Judeo-Christian）傳統──天父生下一個兒子的矛盾情結，這個兒子並非神話中的聖子，而是一個具有歷史真實性的人類。因此天父（Father）化身而為聖子（Son）就成為許多宗教的集體經驗了。

同樣的傾向也見於遠古母神想生出一個人類女兒的發展上，但她的衝動終究還是流產了。而這個難題在任何地方都無法順利實現，於是它就變成了一種宗教事件。密教母神的崇拜受到挫折和壓

抑，後來才再度以聖母瑪利亞的崇拜方式出現，但在心理上卻更加保留，並對母神黑暗面的感染力多所防範。於是她再度受到認可，但這也只有在教會天父認可而且她必須舉止合宜的情況下才能發生。遠古母神的黑暗面在我們當今文明中還未再現，這讓我們必須心存問號，因為從自然的角度來看，某種東西是缺乏的。

如果我們研究那些不喜歡自己人類化身的遠古母神，我們看到這種衝突的特徵或許會以下列方式顯現出來：母神所刻畫出來的是全然不反思的女性面向。她們純粹是原初女性情緒反應的擬人化。如果她們的丈夫和別的女人有染的話，她們會演出可怕的劇碼（就像希拉一樣）。我們女人必須承認，如果沒有意識出來踩煞車的話，我們也會做出相同的事情，因為那是原初的反應。母神的表現永遠都像那樣。但她同時也會展現慈善的行為；任何貧苦、殘廢、不快樂的都被放到她膝上受到疼愛與滋養。原初而缺乏檢視的慈善是母神的典型。在包玻身上的性慾行為是絕對自然的。母性本身就像是偉大的妓女，她把自己獻身給每個自己遇見的未知男性。她有無限的生育力和寬宏大量，慈善而不吝惜，無限的嫉妒和自負……諸如此類等等。

所有這些女神都具有這種整體反應的特質，這在每個女人身上都有，因為這是她天生的情緒和本能結構。如果你比較希臘神話中的女兒神和她們的母親神，會發現她們和母親是相同的（就如同兒子類似父親一樣）。雖然她們通常較為人性一點——就像賽姬一樣，也就是能夠犧牲，能夠不單憑衝動行事，有能力足以完成任務而不對冥界的乞食者展現慈善，能夠限制自己不去幫助垂死和貧窮者，能夠以更具體而不用原始混亂的方式回應，這是較為人性而堅

定的方式。

　　這種出現在女性生活模式中的進步傾向呈現在集體無意識中，它努力地想在女人身上產生一種新的女性形式，也是男性心中的新愛欲模式——這是一種比較平衡的態度。在我們的文明當中，男性在文化的進程上比女性超前。而在南印度，女性以及愛欲的人性化似乎比西方還進步。那裡的女性以自己的女性特質為傲，而對愛欲有更具區辨的態度。比起東方，西方重視的是剛強和粗俗，卻缺乏對愛欲層次上的區辨，反而有較多理法（logos）層次上的區辨。

註釋

1　原書註：C. G. Jung and Carl Kerényi, *Essays on a Science of Mythology* (New York: Pantheon Books, Bollingen Series XII, 1949), pp. 139ff.

2　譯註：因為基督教不信奉古代的神，因此應不會用古代神的名字，所以如果在文藝復興時代用古代的名字就顯得不太合理。

3　原書註：*The Complete Grimm's Fairy Tales* (New York: Pantheon Books, 1972), pp. 237ff.

4　原書註：Cf. J. Bolte and G. Polivka, *Anmerkungen zu den Kinder-und Hausmärchen der Brüder Grimm*, 5 vols. (Leipzig, 1913-1927), vol. 1, p. 434.

5　原書註：Max Lüthi, *Volksmärchen und Volkssage*, 2nd ed. (Bern & Munich: Francke Verlag, 1966).

6　原書註：Michael Fordham, *Children as Individuals* (New York: G. P. Putnam's Sons/C. G. Jung Foundation for Analytical Psychology, 1969).

7　原書註：Erich Neumann, *The Origins and History of Consciousness*, trans. R. F. C. Hull (New York: Pantheon Books, Bollingen Series XLII, 1954).

8　原書註：Virgil, *The Aeneid*, trans. W. F. Jackson Knight (Penguin Books, 1966), chaps. 1 and 6.

9　原書註：John Erskine, *The Lonely Venus*.

睡美人（中）

無意識的醞釀期

我們童話中的國王和王后沒有小孩，但青蛙對王后說：「妳的願望就快實現了，在一年結束之前妳將會有一個女兒。」在英雄或女英雄誕生前，通常總是會有這樣一段長期的不孕階段，接著那嬰孩就超自然地誕生了。就心理學的語言來說，我們知道在無意識出現一段重要活動之前，有段期間會有完全進入被動蟄伏的傾向。例如，在正常情況下，一個有創造力的人格在某些藝術上的新作或科學觀念破繭而出之前，通常會經過一段無精打采、憂鬱和等待的階段；生命顯得陳腐不堪。如果去分析它的話，就會發現在當時能量正在無意識當中積蓄起來。

我記得有一段時間我正感到這般地絕望，接著夢見我正在看著一個很大的火車站，那裡的火車正在轉換軌道，新的火車正在組裝。這個夢境顯示無意識中的能量正在自己調整；能量和本能的模式正在重組。在精神病發作的間距，也有這樣一段時間每件事看起來都陳腐不堪。但隨之而來的卻是爆炸，原欲在無意識當中累積，最後以一種摧毀性的爆炸展現出來。

在這些不孕期，某些特殊的東西正在無意識中預作準備。青蛙對此具有先見之明。青蛙坐在王后的浴缸——佛洛伊德者流對此必然會有所著墨。根據民間傳說，青蛙被認為是一種淫蕩的動物。牠在古代被施用於愛情的咒術上，人們必須將牠的骨頭以特定的形式配戴著。許多和生育、性以及雙性愛有關的處方一開始都會出現青蛙。有人把它認為是某男人使王后受孕。但如果你讀民間傳說的話，會發現牠是一種會幫助婦女產子並帶來生育力的母性動物。在

童話中的女性：從榮格觀點探索童話世界

許多國家，春天青蛙的叫聲據說很像未出生嬰孩的啼哭聲，因此牠也代表尚未投胎轉世嬰兒的靈魂。

在許多國家，青蛙被認為是有毒的，也被稱為巫婆的動物。這是出自一位中世紀知名的神祕學者赫德嘉・馮・賓根（Hildegarde von Bingen）的概念，她說尤其是在春天當一切事物都那麼美好的時候，魔鬼喜歡把可怕的觀念塞進人們腦袋中；魔鬼「喜歡青蛙的叫聲」。這又再度連結到性、性慾、「春心蕩漾」、一種大自然生氣勃勃的氣息。若從基督教的觀點來看，很自然地青蛙就只能被歸類到巫婆和魔鬼之流了。但它也和嬰孩的出生及心理不孕期的終結有關。它指的是一種大自然的精神，或是一種生氣蓬勃的脈動。

榮格曾經說過，青蛙看起來就像是大自然企圖在冷血動物的層次上形成一種人類，因為人類小腳小手的結構和青蛙是如此相似。因此青蛙是不完美的人類，這種觀念是很普遍的。人們稱小孩是隻「小青蛙」。青蛙是冷血動物，還不是個人類，因此它代表著無意識衝動想要變得有意識的企圖，這在夢境中尤其如此。有些衝動是抗拒意識的──你差不多得要推它一把才行。這些情結如果放任不管的話就會繼續留在無意識當中。但有時候某些情結帶著強烈的能量想要趨向意識化；它們會迫使人們確認它們的存在。青蛙就代表這一類的衝動──它強加在你身上；所以它只是一個需要意識去接受並瞭解其內容的問題而已。如果被分析者夢到青蛙，我就知道我只得採取接受的態度，接下來的事就會按部就班地自己發展下去了。在許多其他的故事中，會出現一位魔法人物要求某些事情必須完成，或吃下什麼東西，然後你才會得到一個小孩。但在我們這個故事裡，什麼都不需要做；那是一個自然的歷程。王后只需要等

待，或者為它編織點小東西，如此而已！

被遺忘的教母

於是，一個非常漂亮的小女孩誕生了。接著，正在舉行為小孩受洗的盛大宴會時，駭人的事情發生了。有特定數量的神仙教母出現，有時七個或八個，有時十二個或十三個，也或是六個或七個、兩個或三個——但總有一個會被遺忘或漏掉，而這個遭到遺忘的就會詛咒那個小孩。因此這就涉及這個「被遺忘的教母」主題了。有時候，她沒有受到邀請是因為沒有足夠的金盤，有時候是她隱居塔內五十年之久而遭人遺忘——她過著太過內傾的生活了。或者她就是毫無理由的被遺漏掉了；她二話不說地現身了，但卻得用不一樣的盤子，她認為這是對她個人的羞辱，因此便對那新生兒下了詛咒。

這種神或女神遭到冷落的主題是一種原型的主題，而通常受到冷落的都是女神。當亞格曼農（Agamemnon）要出發到特洛伊（Troy）去時，沒有半點風可以幫助他啟航。後來才發現是因為阿堤密斯（Artemis）發怒了，她下令犧牲依芙吉麗雅（Iphigenia），因此亞格曼農必須犧牲他自己的女兒才得以跨越海洋。阿提密斯的盛怒就是因為被忽視，這是受傷女神的典型主題，因為通常女性對遭受忽視都會感到憤怒。（但我必須承認也有男神如果沒有收到祭品的話，也會自己施加報復。）這讓我想起一則故事：在一個小孩的派對中，一名小女孩哭著跑向她的媽媽說：「那個小男生捏我的屁股。」當然不出所料那男孩必然受到責罵，但後來她又哭著說：

「我寧可被捏也不願意沒被看見。」

　　這在心理上的意涵是什麼呢？諸神顯然是代表無意識中的原型內容物，或者是集體的情結——這是每個人都會有的正常情結而非病態性的情結。正如榮格所說，情結在人類社會中是正常的，例如自我和陰影情結。它們是心靈中不同的動力因素，是屬於人類的正常結構，通常以諸神的擬人化面貌出現。星象學上的諸神就是最好的例子：火星（Mars）代表好戰與自我防衛，金星（Venus）代表性及其相關的種種。每位神都代表某種特定行為的模式。如果一位神或女神受到忽視，它代表某種自然的心理表現方式被排斥了。它或者是有意的、或者是愚蠢的被排除在考量之外。

　　特別是在兒童時期，當某種新傾向浮現出來時，它會有一段時間的誇大呈現。之後隨著時間的演進，它才成為一般功能中的一部份。例如，有些孩子在某段時間內只能跟狗或火車玩。他們在某些階段完全沉浸在某件特別的事情上，但隨後又突然中斷而另尋新歡。這種行為有時會讓人覺得像是某種帶有強迫性的行為。總是會有某些新的狂熱出現。在小男孩身上可能是打架或者爬樹，但它代表的是意識層面中一種新成份的覺醒，那會讓原先整體的平衡有點走樣。性慾的覺醒是其中最激烈的階段。通常在這時候，它使人格陷入泥沼而出現分裂的狀態，直到它達到一個正常的水平為止。

　　有些情結在人類身上並不是和諧共存的。它們可以彼此爭鬥，甚至也能將其他本能的驅力推開。如果有一位神遭到遺忘，那表示在集體意識中，某些層面佔據了眼前的顯要地位，而其他部份則大大受到忽視。母神原型在我們的文明中就是遭到如此忽視的命運。

　　就西方文明的發展而言，或許西方的心智需要有一段長時間

忽視母神，而全力強調男性的發展。然而對於心靈器官的忽視就好像對身體器官的忽視一樣，它將會造成某些後果——如果你不按時吃東西，你的胃就會不舒服。我們的生理器官需要某種程度的關注；我們禁不起一味地忽視它們的需求。這對心靈器官而言也是同樣真實。如果我們忽視心靈中的某些重要的內核，它們將造成系統內的疾病。就如同胃的疾病會破壞整體健康一樣，一個情結無法正常發揮功能的話也會讓整體心靈瓦解。於是，精神官能症或更糟糕的情況就出現了。我們必須找出到底是什麼被忽略了，而它正在「詛咒著」整個人格。這是一種過於樂觀的詮釋，因為它就像是間接地說：如果人們永遠舉止合宜並對諸神犧牲奉獻的話，就會相安無事，也就能常保心理健康。然而，不同版本的童話故事並無法確保這樣的事——在某些版本中，教母的出現只是因為她喜歡製造麻煩。有時候精神官能症的發作只是個「就是如此」的故事罷了。如果說它是因為罪惡感所造成的，那就錯了。有時它是肇因於一面倒的行為，但有時也必須估計到大自然可能本來就是有缺陷的。諸神有時也會製造麻煩，並不是只有人類會肇事。大自然本身就會有缺陷、不完整以及不和諧的狀態。

在某個法文版本中，邪惡的教母被稱為密賽爾（Misère），也就是悲慘女神。有些事並不是任何人的錯，但就是發生在人們身上，也無法控訴為任何人的道德缺陷。這種事發生在我們許多人身上，因為我們是被慈愛神性的觀念養大的；如果邪惡出現了，那一定是我們的錯，或是人類的犯罪本性使然，一定是某些人類的錯。但你也可以說罪惡取決於上帝——這個觀念對我們而言並不明顯，但在其他文明卻是存在的。上帝也會有心情很壞的時候，那時候人

類就遭殃了。我們要謹記這點才能夠在基督教觀點和大自然的邪惡之間取得平衡。如果神話以不同的版本來說故事，就像我們的故事一樣，那麼關於那個問題就存在著某種不確定性。

　　為什麼睡美人會受這種惡咒所害呢？一個版本說那只是個「就是如此」的故事，另一個版本說女神的盛怒是由於受到忽視。也可能這個問題本身就存在著不確定性。就像現代對於光的理論一樣，一種理論說光是由粒子所組成的，另一種理論說光是由波所組成的。看起來好像如果一個理論是真的，另一個理論就不是真的。同樣的，精神官能症是由於犯錯而造成，但經由道德態度的轉變而治癒呢？或者是由於大自然的厄運所造成，而好運使得他轉變的呢？一種觀點會排斥另一種觀點，但顯然兩者都是對的。我們應該以雙重的觀點來處理精神官能症，即使兩邊的觀點看起來似乎有很大的衝突。

阿尼姆斯的攻擊

　　受到忽略的母神以情感受創、自大或怨恨的擬人化姿態出現。她是變質酸敗情感的擬人化呈現——就像酸掉的牛奶一樣，我想這對於許多女性的問題有大啟發。這也是為什麼我選擇這個童話故事來討論女性心理學。邪惡的來源以及女性生命中出差錯的事，通常都是因為無法處理和克服受傷的情感，因為受傷的情感替阿尼姆斯的攻擊打開了一扇門。女性出錯之事以及邪惡的來源，在許多個案身上都是因為無法克服傷害、怨恨或壞情緒的一種原型反應，因為在情感領域的失望挫折，使得她受到阿尼姆斯所控制。她在剎那間

就突然變得很沮喪或陷於情緒的擄獲當中。這時若是這麼問會很有幫助：「我哪裡感到失望或情感受傷而自己沒有覺察呢？」那麼通常都會找到原因。如果妳可以回到原來受傷之處去處理它，阿尼姆斯的擄獲就會停止了；因為那裡正是它（阿尼姆斯）跳進來之處，那也是為什麼在阿尼姆斯擄獲的個案總可以見到低聲埋怨的受傷婦女。

女性受阿尼姆斯擄獲時會讓男人抓狂，他們馬上就會銷聲匿跡；但真正激起男人怒氣的是這種小聲的哀怨。對此稍有瞭解的男性就知道，百分之八十五的女性阿尼姆斯擄獲現象是對於愛情的偽裝訴求，但這樣只會帶來不幸的反效果，因為它會把自己想要擁有的愛情趕走。在阿尼姆斯底下，有一種既帶著責難又想要回到那個使妳受傷的人身邊的情感。那是個惡性循環，而爭吵則發展成一種典型的阿尼姆斯場景。因此這種受忽略的女性面向在女性憤怒中過度表現是非常原型的反應。

很自然地，有負向母親情結的女性最容易有這一類的錯誤反應，因為她們渴望這種本來應該從母親那裡得到但卻又得不到的溫暖和關注。此處我必須引用榮格的論述〈母親原型的心理層面〉[1]，那篇文章關於女性的母親原型的不同層面有更詳細的描述，也是我今天授課的基礎。沒有得到母親妥善關注的女性顯得特別敏感，又經常覺得受忽視。人如果有足夠的自尊，就不需要被傷害。如果一個男人忽視一名對自己有確定感的女性，如果他在她面前追求其他女性的話，她只會覺得他沒有品味。她對自己很確定，因此這舉動並不會惹惱她。但如果她的自尊不夠，則受創情感和怨恨的深淵會一湧而出。一個帶著負向母親情結的女性總會覺得被怨恨和

受創的情感所威脅，每當男人不同意她時，或是另一個女人踩到她的界線時，這種受創情感就會傾洩而出。她最艱鉅的任務就是克服自己怨懟的怒火。這種女人將會耗上許多歲月來呵護這種創傷，一次又一次地將它放進抽屜又拿出來；她追隨的是原型的女神模式。

被集體拒絕的不一定有錯

因為我們的故事是集體的，而不是個人的故事，我們必須找出哪些是我們文明中的典型部份，哪些是母神的面向，哪些是女性的本質，而哪些又是被基督教文明所刻意忽略的部份。最明顯的事實就是性的問題，這也是現代社會的一個問題。在基督教會的社會次序律法之下，性被認為是危險的，而且會帶來許多的麻煩；它摧毀婚姻等等。它應該受到法律的監控而且只有在婚姻當中才被允許。那是天主教的觀點，它還說完全禁慾是比較好的，或者說性應該只為了生育小孩而被允許，除此之外都是罪惡的。但是你不能單靠圓桌會議就決定性慾之神應該如何被管理，這在基督教的系統裡是個重大的錯誤，於是導致性慾之神開始發展出自發性的活動。這種對於性行為的掌管從未被檢視過。人們或者是遵循法規而變得神經質，或是過著一種雙重的生活，或落入罪行而後來追悔。

在動物界中，當男性和女性數量相當時，一夫一妻制是可行的。數量介於 20 到 30 之間的狒狒族群只要性別比例相當，一夫一妻制非常普遍。但如果某些天然災害發生而導致雄性數量減少時，那麼無論以任何方式，過剩的雌性就會被分配到雄性之間，而雌性數量超過雄性這件事就會被忽略過去。但我們的文明是一夫一妻

制，結果造成了某些女性沒有性生活，而許多女性進了修道院的現象。她們處於遊戲規則之外，但沒有任何人注意到她們有生物性需求的自然事實，這是需要去面對的，而女神卻被忽略了。人們假裝沒看見某些自然而重要的有機原型需求，但它們卻在那裡蠢蠢欲動；反而訂下法律並帶來強制執行的不良後果。

並不只是性慾女神受到忽視而已——如果人們可以用這個詞彙的話——其他女性生活上的某些需求也是如此。眾所皆知，禁慾的問題在修道院遠比在寺廟帶來更多麻煩，因此教團中摒棄女性的可能性就曾被嚴肅地討論過。顯然女性在這個層次上有較大的困難。男性可以比較容易傷害自己的天性，但他們卻反而比女性不容易受傷。婦女從軍也是一個問題，因為女性似乎比男性更難消化強加在她們身上的規律——她們的自然面會反撲得更厲害。女性的發展需要更自然且不一面倒的方式。對我而言，女性的需求似乎更為具體而實在。而男性追求靈性關注的熱情便足以鼓舞他並使他遠離自己的身體。

這種男性和女性的差異在神話中通常以太陽神和月亮神的象徵出現。太陽代表男性的心智，而月亮則代表女性。乍看之下，人們可以說太陽是可信賴的。它每天規律地升起，而月亮則是情緒多變的。她每天傍晚升起的時間都晚一小時，從盈滿逐漸虧損，最後消失不見。在埃及，月神敏（Min）是一位男神；祂可能是和原始的男性力量有關連，因為月亮的行為是如此捉摸不定毫無規則可言。然而，在大多數文明當中月亮都是以女性為代表。在西方的基督教文明中，可以說陽性原則是過度主宰了，而陰性原則卻還沒有得到足夠的認可。在我們這則故事當中，代表部份女性原則的教母則是

受到了國王的忽視。

因此小女孩就受到了詛咒，這或許是因為女神的憤怒，也或許是因為她的情感受傷了。在許多不同的版本中有一則說她並非受到女神的詛咒，而是被一個遭到拒絕而不悅的愛人所詛咒。一個惹人厭的男人出現在國王的宮殿而遭到拒絕。為了報復，他便對她施咒，使她沉睡了一百年；他是個魔術師。在這裡，詛咒女孩的人是個男性人物。就女性心理學的脈絡來看，他所代表的是無法見容於皇室的負面精神力量的擬人化呈現。這位遭到拒絕而詛咒女孩的愛人是一個半神性人物，這又再度碰到了「就是如此」的故事主題。因為任何人都無法虛偽地說她應該嫁給他。女孩拒絕了他是做了正確的決定，但詛咒仍然降臨在她身上。然而，我們不能假設這個惹人厭的愛人是女英雄個人的阿尼姆斯，他比較可能代表被父王所拒絕的心理態度。父王所代表的是一個文明的集體原則，而惹人厭的愛人則代表所有被集體拒絕的負面部份。

有時候集體可能並不代表正常，這時候時代精神（Zeitgeist）也就生病了。此時，適當的本能行為可以出現在個人身上以對抗集體性，那是一種集體的精神官能症。例如，整個家庭的人有可能都是神經質的，然而在上帝的祝福下生出了一個小孩，他有健康的氣質，他不勉強自己適應家庭集體的精神官能症狀，卻能反其道而行。或者，有一位女性精神病患結了婚，根據孟德爾遺傳定律[2]，她不一定會生下精神病的小孩。她可以有個正常的小孩，但她的小孩是由精神病患的母親所生，自然會對母親感到敏感，並對她的疾病有負面的回應。就這個案例來看，憎恨母親才是一種健康的本能回應。這種健康的本質抵觸到神經質的家庭態度，這種真實悲劇一

再地發生。本能性的適當行為反而造成冤枉的悲劇。這是無數英雄主題當中的一種。病態者怨恨健康的人，而健康的人反被病態者唾棄和憎恨——就像動物和生病的動物搏鬥一樣。一個正常小孩誕生到一個病態的環境中時，他會自我懷疑，而無法說出自己是對的而其他人是錯的。其他人會說他是錯的，他是邪惡的，而那正是許多年輕生命無法避免的悲劇。有時在分析當中，你就只需要這樣說：「你是對的，為什麼你還懷疑呢？」只是這樣的確認就綽綽有餘了。

在婚姻中也是如此，一方配偶可能是神經質的，極度的自我壓抑，卻總是控訴著對方。例如假設一方配偶有性變態，但卻想強迫另一方配合自己，反而遭到對方拒絕。前者會控訴後者缺乏情感和愛，但另一方配偶仍然會感到噁心。那麼到底誰才是神經質呢？在這種案例中，他們永遠都會彼此責難，有時候也很難找出到底是哪一方的錯。

我記得某個個案，太太有很嚴重的歇斯底里症狀，但症狀卻只有他先生在身邊時才會出現，當她離開家時就很正常。經過分析後發現，那男人完全被母親情結所擁抱。就感覺、愛和感情方面來說，他從來就不曾結過婚。當他六十七歲而太太六十二歲時，他還寫信問他媽自己是否應該離婚。他們都已經是祖父母了，而那位丈夫還未能下定決心是否該對自己的配偶許下承諾。每次她回家時，都覺得自己像在暈船一樣。這是一種正常反應也是個好徵兆，表示在這種環境之下她健康的本質會作嘔。人們可以無辜地陷入苦難之中——尤其就那些對精神官能症問題抱持道德感的人而言，這更是必須謹記的重要事實。

註釋

1　原文註：C. G. Jung, *The Archetypes and the Collective Unconscious*, vol. 9/i of *The Collected works* of C. G. Jung [cw] (New York: Pantheon Books, Bollingen Foundation, 1959), p. 75.

2　編註：Mendelian laws，1866 年奧地利修道院士格雷戈爾‧孟德爾（Gregor Mendel）根據豌豆雜交實驗研究所發表的定律，其中包含一系列描述生物特性的遺傳規律，之後與 1915 年托馬斯‧摩爾根（Thomas Morgan）發表的遺傳染色體學說共同組成了遺傳學的基礎。

睡美人（下）

在德國納粹主義剛興起之時，我幾次都被德國人詢問他們哪裡不正常，他們自己雖然無法接受納粹主義，但反對納粹卻使得他們懷疑自己的正當性。在更高層次的意義上來看，那些堅持自己本能反應的人是正常的，他們也的確走在正確的道路上，但後來卻落入全然悽慘的厄運。雖然他們不加入該運動是正確的行為，但他們卻受到集體的衝動所壓制。在那種案例，悲慘是落在正確行事之人身上。

魔鬼的條件

我想從另外的角度來看這個問題。許多童話故事都是從這樣的主題開始：有一位國王或商人，他乘著船，或是僅靠著一塊木頭就飄洋過海，隨後遭到邪靈、黑狗或魔鬼本人所阻擋，如果他答應將返家後第一個遇見的任何東西獻給魔鬼，魔鬼就會放他通行。於是國王就同意了，心裡想著那個東西大概會是他的狗，所以無所謂，不料當他離家的時候，他的小孩誕生了，於是第一個奔著迎向他的就是他的小孩，他才恍然大悟原來他已經把自己的小孩賣給了魔鬼。通常這個小孩後來會成為英雄或女英雄，藉著英雄行徑的表現，完成了從魔鬼那裡解救自己的任務。

因為國王或商人被魔鬼所阻擋，我們可以說集體的意識態度已經變得停滯了。在這種情況下，只有藉著與其他原則（魔鬼或邪惡原則）協商才能獲得更新。自然地，魔鬼般的阻礙原則想要確保國王未來的生活會繼續向它靠攏。在一個精神官能症患者身上，這就是當他遇到困境而無法繼續下去時。這時候他必須（a）進入無

意識並與其協商；（b）承諾未來的生命將沿著新的路線進行。當然，魔鬼的條件是過於極端又片面，因此那小孩的任務將會是解救自己並超越對立面的兩端。

　　榮格曾經說過一個故事：有位舉止非常合宜的商人，他是一位紳士，有教養的基督徒，在家和妻兒的相處都很得體，既不抽煙也很少喝酒，更不會去沾惹女人。然而，當那男人到了四、五十歲時，他發展出典型的精神官能症狀──惡夢連連並出現經理人身上常見的病症。[1] 在某個難以入眠的晚上，大約清晨三點鐘時，他大聲吼叫把太太吵醒，說道：「從現在起，我是個壞蛋和廢物，這樣可以了吧！」身為一個男人，一個真正的男人，他的反應是全心全意的，從那一刻起他走到完全相反的另一端，他花光了所有的錢，到死之前都一直過著放蕩的生活。這是一個完全反向轉化（enantiodromia）的案例，那需要相當的勇氣，對他的家人和小孩而言也絕非玩笑之舉。小孩後來只好進入心理分析；但那男人已經陷入困境，就像那國王陷入困境一樣。魔鬼對他開出了帳單，而生命就轉進魔鬼的路徑了，因為那男人無法解救自己並順著中道而行。

　　一則童話故事以這種方式開啟，顯示有必要轉換到相反的一端，這和我們睡美人的故事很類似，故事中的青蛙對那陷入困境的父母說話。他們沒有子女，而土地也不再肥沃了，雖然青蛙在這裡並沒有威脅要偷走小孩，反而是來送子的。這種張力不像前一個故事那麼大，而且無意識對延續生命的開價也沒有任何附帶條件。然而，從故事當中也看得出來，我們必然料想得到代價還是必須償還的。來自黑暗世界的索求還是極有可能浮現出來，就像它們出現在

受洗典禮時一樣。於是大自然的暗黑勢力隨之出現，對小孩展現它的索求。

懲罰和報復

這個故事也有其他不同的版本。有個中世紀的版本，三名神仙教母用的名字為露西娜、維納斯和忒密斯。（我先前提過十五世紀〔Quattrocento〕這種用眾人皆知的古典女子名，來代表無意識內容物的傾向。）故事的改寫者選擇稱邪惡神仙教母為忒密斯，我想他的意圖是很明顯的。因為露西娜是羅馬女神朱諾的名字，她特別是指幫助女性生產的女神。維納斯的名字不言自明。忒密斯（正義）則是受傷的那一位，她詛咒那位嬰孩並展現邪惡神仙教母的功能。她代表被當今文明所遺忘的某個母神面向，但她存在許多原始文明當中。在遠古時代，那是一種奇怪的嚴厲且報復的女性原則，而她和類似的男性態度是無法並存的。當我們想到報復或懲罰時——報復是一種較古老的懲罰形式——我們想到的是法律以及它的違犯，還有根據所訂之法所做的懲處，因為那是我們的習俗。

在我們國家中，訂定法律並決定對違法者如何懲處是男性處理問題的方式，這是根據羅馬律法和父權心態，因此我們總認為懲罰是和男性世界有關，而女性代表的是慈善與赦免。在中古世紀，聖母瑪利亞被塑造成罪犯的掩護者，根據神聖的法律，這些罪人會下地獄或煉獄，但她為他們從上帝那裡爭取到較好的處境。男人制訂法律並處理世間事務，而女人的角色則是懇求寬容，這種看法符合舊式的父系家庭模式，由父親負責懲罰並堅持學校功課，而母親則

說父親太過嚴厲而懇求寬容。雖然這個模式常常不符合現實狀況，但它仍舊是這種模式。男人世界中的正義和懲罰問題和「公正的」（just）律法觀念息息相關，而正義意指每個犯相同罪行的人都會得到一樣的懲罰。它建立在統計的思考之上，除非有規則可以含概它們，否則沒有例外。

那是為了防範邪惡過度蔓延的一種防衛，但它是一種片面看待問題的方式。根據神話的標準，另外還有一種女性的正義以及女性原則的報復。若根據我們的法律和正義規則來看，那會是什麼呢？它會是更具個別性和個人化的。當我們去檢視它，或許可以說法律代表的是理法原則，有一種基本觀念認為某種秩序必須遍及在家庭和生活當中、某些規則必須制訂下來，而那些不遵守規則的人必須受到懲罰。它是一種免於混亂的保護措施，也是對生活的一種典型的理性態度。但另外還有一種報復和懲罰的歷程，我想界定它為**自然方式的報復**（revengefulness of nature）。如果有一個人二十年來從不坐下來吃飯，而且總是狼吞虎嚥的話，最終他的懲罰很可能就是得了胃病。這不能稱之為合法的懲罰，它是自然的結果──錯誤的行為之後接著是厄運或生病。

懲罰和報復並不只是由人類所造成，自然界中也有報復的歷程。有時候，同樣的狀況也發生在心理層面。如果人帶有一種錯誤的態度，它未必是不道德的，但卻和自然律不相容，這也會遭到報復，雖然這人還未違犯道德律法，他也會遭到厄運。它可以被稱為自然過程的懲罰，或者事物自然過程的報復。在原始神話當中，有一種自然女神的面向，稱之為那美西斯（Nemesis）──報復、命運；及忒密斯──正義。在猶太教的卡巴拉系統當中，正義的原

則也是屬於左邊的，也就是屬於生命樹（Sefiroth tree）的女性那一邊。因此根據猶太的象徵主義，正義是一種女性的品質，這似乎是非常奇怪的事。

　　大自然有時既粗糙、嚴厲又極具報復性。它並沒有審判或規則，但卻具有女性自然女神黑暗面的報復力量。十五世紀文藝復興初期的義大利作家用忒密斯（正義）之名來稱呼黑暗母親，說明了大自然如何以補償而自然的方式來矯正陽性的法律。女性比較不會在正義和法律的路線上思考太多，但對她們所不喜歡的事情則以卑劣之道回應，就像大自然一樣。（這些陳述是很危險的，因為每個落入阿尼姆斯的女人將會引用我的書而為自己辯護！）在阿尼瑪當中也有相當的卑劣行徑，因為阿尼瑪是原始的女人。女性以及男性整體的阿尼瑪對於自己不贊同的情境會以一種全然卑劣的行為來回應。不經過仔細思考，也不是單純的懲罰，卑劣是一種情緒的氾濫，而且並不是在所有情境下都不具正當性。在某些情況下，只有卑劣才是正確的答案。雌狐到了一定年紀會咬她的幼狐，這是正確的事。她這麼做是要讓小狐自己去成長，有時這是母親如何將過於黏膩的小孩甩掉的道理；她們會變得像動物母親一樣咆哮著！雖然從外表看起來它是醜陋的，但實際上那是正向的自然報復。如果女性活在自然之道當中，而且根據她自己內在的規律行事，她可以忍受那種女性的卑劣，而那並不是受控於阿尼姆斯之下。想要被母親哺育太久的動物會得到卑劣母親的報復，這種女性法則的運作並沒有受到我們父權文明的認可，也因此我們總想著事情應該要「公平」才對。

　　我認識一位八歲小女孩的母親，她的女兒很好動，但卻非常的

孤單，總是纏著媽媽陪她玩。有天下午媽媽終於有空閒可以帶她出去玩，但是玩到最後一分鐘，小孩總是還會有其他的要求。例如，夠聰明的她會說已經把加法做完了——那是她所討厭的——並纏著媽媽幫她檢查。從一個理性的觀點來看，媽媽應該幫助小孩檢查學校功課，但就這個例子而言，從女性的觀點來看媽媽是對的，因為小孩用的是預謀的策略好將媽媽留在家中。當然，就表面上看來，如果小孩的要求似乎理性且正當，那麼媽媽看來似乎完全錯誤。當小孩那一方的情況是合理的，就需要有某種敏銳度才能夠說出母親是正確的。那麼，大問題就來了，是否她應該順從底下的動機而展現惡意，或是滿足表面上的要求，但那對她而言卻是錯誤的。責任感太強的女性對這種例子有很大的困難，因為她們很容易偏離本能的反應，會認為一位受過基督教育的好母親應該幫小孩檢查功課。那是一種「應該」，因此從女性的觀點來看，那只是一種阿尼姆斯反應，一種善意的反應，但畢竟還是阿尼姆斯。健康的反應應該是要拒絕。

你看這個問題是多麼微細，有人因此可以拿我所說的話為阿尼姆斯觀念辯護，以對抗真正的本能反應。人們必須徹底坦誠才能知道無意識到底要說什麼。但這種忒密斯的自然報復卻為我們帶來非常嚴重的情況，它是當今世界最大的問題之一：主要在於由白人文明的理性與技術發展，所創造出來的重大醫學改良。這基本上是肇因於白種人的壟斷。世界很快就會變成無望的人口過剩；在幾百年後，情況會變得無可救藥，但聯合國和其他組織持續改善印度和其他東亞國家的衛生狀況，使得地球人口過量。也許大自然會創造出一種新的病毒——一種能夠奇幻變種的病毒——或是造成一些激怒

人心的事而使蘇俄或美國或其他國家在未來使用原子彈，因為也不知到底為何，人性總是需要受到縮減。

彈性的態度

世界上所有善心的慈善事業都建立在一種未曾把自然母神（Mother Nature）的黑暗面納入考量的**世界觀**（weltanschauung）之上，這是立基於基督教的觀念之上。但如果人們忽略一位女神的話，她是會再度展現自己的。大自然和它的黑暗面曾經和平共處過，但從十二、十三世紀以來——我們可以從神話、詩歌以及宗教運動中看到這種例子——自然的補償不再和單向的光明態度站在同一陣線上。打從那時候起，一度曾經是正確的態度反而變成了錯誤的堅持。人們不瞭解更進一步的演化是必要的，也不能瞭解需要改變並對黑暗面有所覺知。於是整個歐洲在普遍的尺度上都有一種僵化傾向；曾經是正確的事卻發展成神經性的態度，人們反而建立起防衛機制以抗拒來自無意識的補償作用。

假設有個小女孩在一個毫無感情又冷漠的家庭中長大，結果她發展成一個非常獨立自主的人，而她的阿尼姆斯變得很活躍——這是非常正確的，也是當時順應自然的唯一解決辦法。但後來這小孩離家了，父母親的影響也變薄弱了。如果她堅持她的獨立而無法靠近自己的愛欲面向，她可能會發展出精神官能症。僵硬的阿尼姆斯態度是一種防禦方式，它在某種時刻是符合自然的，但現在必須軟化下來了。

堅持不合時宜的態度會造成難以想像的情況。人類的結構就

是如此，這是一個悲劇的事實，因此需要有所堅持來維持意識的原則。但也正是這種堅持反而帶來了分裂的狀態。這裡唯一的議題就是榮格式的態度，亦即瞭解這些問題而試著在自己的意識態度當中發展出更具有彈性和更開放的態度，試著跟隨自己的本能，直到無意識出現清楚的反對訊息為止，那訊息可能指出這個人應該往另一邊靠近一點。這裡的難處在於這種彈性的態度或許會和嬰兒似的不穩定狀態相混淆。有這種嬰兒似的無能狀態的人，他無法堅持任何事情，心猿意馬又搖擺不定，這意味著脆弱的自我意識，一種或許／以及／或者的態度，以至於無法掌握一段穩定的進程。對於這種行為模式的人，榮格心理學的智慧——也就是平衡對立面的兩端——對他而言只是毒害；因為它會成為缺乏骨氣和脆弱意識的藉口。他會藉著引述榮格和對立原則來合理化他嬰兒般的不穩定。

當歐洲進入了基督教的第二個千禧年之後，集體的意識態度在貶抑女神方面已經變得過於僵化和缺乏彈性，特別是針對女神的黑暗本質部份更是如此。這也是為什麼女性群起反抗這個事實，已經成為我們這個世紀的特徵——睡美人已經醒過來了！

回到我們的故事來看。憤怒的神仙教母詛咒那小孩將在她十五歲生日那天死去；但另外一位教母軟化那惡咒，讓她只沉睡一百年。沉睡和死亡之神在遠古時代被視為神聖兄弟：睡神西波諾斯（Hypnos）和死神桑那托斯（Thanatos）。古人看待睡眠就像是一種死亡，因此在這個故事中它們必須相對的予以處理。如果我夢見某人死亡，它表示某人所代表的情結完全被壓抑了——它是如此受到壓抑，因此我完全感覺不到它的存在。它已經死了，它已經停止參與我的心理生活，因此在夢中以一個死人作為代表。這就是為

什麼精神病患會有這麼多的鬼魂、墓園和屍體從墳墓出來有關的象徵。它們是自主的情結，這些情結和自我沒有連結。因此，關於教母的詛咒，我們可以說是大自然邪惡的那一面，也就是黑暗勢力，威脅要將女孩與周遭的生活切斷——那將在她青春期的十五歲生日那天發生。

　　青春期的年紀是精神官能症態度經常爆發的年紀。看起來就像是有部份的女性特質可以允許被發展出來，但只能發展到青少年的水準而不能太過逾越。不太符合文明標準的女性成份可以被容忍到兒童時期，但到了應該被成人世界嚴肅對待的年紀就不再被允許了。在巴塞爾的狂歡節 [2]，掌權者是性自由之神，這是基督教文明不知如何處理的神祇，雖然其他文明也對它感到相當棘手。基督教文明具有規範道德行為的標準，但在某些諸如嘉年華會的慶典上，這些規則是鬆懈的，這不應該被嚴肅看待，因為那只是兒戲罷了。也就是說，我們讓這些事情像是兒童遊戲一般存在，成人並不會把它們當真。我們會說這只是給小孩玩的、屬於嘉年華會的，或只是好玩而已。我們允許它以好玩而無害的偽裝存在，但若要認真當真起來的話，我們就會再度壓抑它們了。

　　歷史上最有名的例子就是以浪漫的方式遊走於女性原則之間，尤其是德國的浪漫派詩篇重新發現了阿尼瑪的問題，並賦予阿尼瑪最美好的描述；例如德國作家霍夫曼所寫的《金色花盆》（E. T. A. Hoffmann，*Der goldene Topf*），瑞士分析師阿妮拉・賈菲（Aniela Jaffé）對它所做的詮釋至今尚未被翻成英文。[3] 霍夫曼所寫的這部小說真正深入到阿尼瑪問題的核心，並提出它最深刻的問題。但在浪漫主義時期，事情通常發展得過於戲劇化，因此有些詩人就突然

急踩煞車，而有些人則改信了天主教。然而，多數人會用一種在文學史上稱之為「浪漫式反諷」（romantic irony）的技巧，就是在精彩的故事結尾時，突然有人說：「那只是一場美夢罷了！」許多現代的藝術家也會取笑自己所創作的作品。他們寫作並幻想最嚴肅的問題，但會說「那都只是藝術」或「遊戲」而已，因此不太可能認真看待幻想並將它應用到人的身上。這些幻想發展到十五歲還可以被允許，接下來蓋子就要蓋起來了。

　　浪漫派詩人可能想著，如果認真看待它的話，它可能會讓他們垮掉，所以他們說那是幻想或藝術。那表示內容又再度受到壓抑，因為事情會變得太認真了。在文藝復興時期，整個遠古異教的問題又再度浮現出來，人們會說他們喜歡維納斯勝過聖母瑪利亞，但這仍然是一種藝術的遊戲，因此也沒有受到教會的制裁；但在某個時期，這個問題陷入了困境，問題內容也從未受到認可和認真對待。

　　那位善良的神仙教母將死亡轉為沉睡一百年，造成一段長時間的沉睡和壓抑。這種現象也會發生在現實中。個人的問題的確有時候像是消失了，但卻經常有一種彆扭的感覺，覺得問題好像是睡著了，而不是解決了。因為意識面的態度就是如此，因此某些原因會讓問題無法浮現出來，就只好沉沉睡去了——雖然感覺上它們還會再度出現。國王將皇宮中足以讓咒語實現的任何東西都排除了，他將每支紡錘都移走，但通常那個遭到遺忘的東西總是會找上那女孩。顯然她所發現的那個在塔裡的老婦人，就是那位沒有受邀而遭到遺忘的教母。她在偏僻的塔樓裡住超過五十年之久。但這時候她看起來就像是個普通的老婦人，她是如此蒼老地過著遭人遺棄的隱居生活，而現在詛咒實現了。我們姑且說她是我們文明中遭受遺忘

的黑暗女性原則面向，也就是大自然之母黑暗不完美的那一面。

紡紗與編織的象徵

接下來，我們應該進入紡錘這個問題，那是一個女性的象徵。在中世紀的德國，人們會說「紡錘血親」（spindle kinship），就像提到「家庭中母系的那一邊」（distaff side of the family），指的是和母親那一邊的關係。那是中世紀時期聖格特魯德（Saint Gertrude）的標誌，它具有基督教之前的母神，例如芙蕾雅（Freja）、赫爾黛（Hulda）、佩爾契他（Perchta）及其他神祇的多數品質。紡錘也是智慧老女人和巫婆的標誌。播種亞麻種子、紡紗和編織是女性生活的本質，也具有生育和性慾的意涵。亞麻也被視為和女性活動有關。許多國家都有一種習俗，婦女們會對著成長的亞麻展露生殖器並說：「請長到我現在的陰部這麼高。」人們相信亞麻會因此而長得更高。在許多國家亞麻是由婦女所種植的，因此亞麻也串連著她們的生活。

卡羅・鮑曼（Carol Baumann）是我的一位同事，她收集懷孕婦女的夢以及她們生產前後的夢，將研究結果寫成一篇小型論文發表在《榮格八十歲生日紀念文集》（*Festchrift zum 80. Geburtstag von C. G. Jung*）中的第一冊，篇名為〈和生產有關的心理經驗〉（Psychological Experiences Connected with Child-birth）。在那篇文章當中，你會發現有些人的夢出現了線紗與編織的母題。我最近也遇見這樣的母題。有一位懷孕婦女夢見雖然她央求著要見她先生，但許多婦女還是把她帶上船。接著出現一位很正向的婦女拿了一塊

絲綢給她看，向她解釋說絲線已經梳理過了，因此線左右來回穿梭就產生像變色龍似的效果。夢者覺得這部份非常具有靈啟的意義。接著有一對孿生的年輕女性牽著她的手帶她走上了船艙的上層。這名婦女本身有負向的母親情結，因此對生小孩這件事有些困難，她的整個無意識都集中在母性本能的這個主題上；無意識給了她一個正向而本能的模式，以便讓她順利迎接小孩的到來。這個模式是由像變色龍一樣的布以及許多織線作為象徵。我必須承認我不知道該如何用普通的語言來描述它，我想我們只能說生育小孩這種神祕的事，基本上是和紡紗、編織及其他複雜的女性活動有關，這些活動都具有能夠將自然的元素以某種次序結合起來的特質。以生物性的類比套用在人類心智上來說，就是每個小孩都繼承了孟德爾式遺傳單位的特定模式。我們知道每一個人類都是個複雜的因子，可以稱之為由所有的祖先單位所編織出來的一塊布，這些包括生理和心理的所有單位共同造就出一個人，因此生出一個小孩就像把所有不同的元素（化學的、生物的以及心理的）編織起來一樣。

動物學家康瑞德‧勞倫茲（Konrad Lorenz）在授課時曾經講過，動物行為模式的遺傳是根據孟德爾的遺傳法則。動物的行為模式可以細分成單一的行動——而模式中的這些片段則是根據孟德爾定律來組合。[4] 與此相似的，每個新生兒都是一個活生生的身心成份混合體，這些成份根據某些模式重新組合成自己，以一種最神祕的形式來創造一個新生命。這種神祕方式使得小孩從來自遺傳的身心模式再度組合成一個整體，這正是女性編織所指的意涵。在這偉大的創作過程中，女性所貢獻的不只是意識層面的，還包括她整個人以及心理上的實質參與。就我僅知的部份而言，似乎身為有孕之

婦和為人母，她的幻想應該在懷孕初期就環繞著小孩打轉，這對小孩而言是很必要的，而且會有重大而正面的影響。我會說如果一個母親心裡經常繫念著即將誕生的小孩，會為它祈禱，也會幻想著它的模樣——這就是在為它紡紗和編織——這種幻想的活動將為即將誕生的小孩預備了滋養的沃土。母親的關注自然而然就會環繞著小孩即將出世的神祕性打轉，她會對它感到好奇，而這會影響到她的情感，進而影響到小孩的心理和生理健康。

那位夢見變色龍織布的女性是一位職業婦女，她很自豪自己可以「順便」生個小孩，還可以一直工作下去。她對自己的健康和其他的活動感到自豪，也是一個很有活力的女性，但我想她實在欠缺為她的小孩向內編織的心理活動。由於她的負向母親情結，她並不瞭解她需要用自己的幻想和懷著情感的期待，圍繞著她的嬰兒編織出一面網。因此她才做了那個夢，夢告訴她必須在心理上有正確的態度。

每個曾經做過針織、編織或刺繡的人都知道那是多麼愉快的經驗，因為你可以安靜慵懶而不會覺得有罪惡感，並且在工作時還可以一面讓思緒打轉。你可以一面放鬆一面跟隨你的幻想，起身之後還可以說你已經完成了一些事情！那種工作也要求耐心，那對擁有阿尼姆斯脾氣的人來說，還真是一種練習！只有做過這種事的人，才知道它可能會發生的災難——例如，當你在減針時偏偏漏掉了一行！它是一種非常自我教育的工作，也會提升我們的女性本質。對婦女而言能夠做這樣的事是很重要的，千萬不要在現代急促的社會中放棄了它。但就像所有的心理活動一樣，它也可以被濫用。我曾經認識一位畫家，他禁止他太太做針織的活動。她說女人會用一種

拼命的方式做針織，她們把自己所有的悲傷、失望和憤怒都編入裡面──它也有這一面，因為女人有時候也會編織得像發狂一樣；它具有雙重面向。這個男人曾經有過這樣一個母親，他因為曾經經驗過針織負向的那一面，因此禁止他的太太做針織，而不管事實上她並不像他媽媽那樣。當針織或紡線或編織以負面特質呈現時，我們可以猜想那女人正在進行祕密計畫，她正在紡紗或編織某些詭計，將自己一廂情願的想法編入巫婆邪惡的網中。如果透過夢境或童話中的神話性背景，得以使這種活動正向地連結到女性角色的意識生活當中，它便象徵著適當氣氛的創造，這是一種女性典型的內在活動。

女性的任務就在於創造一種特別的氣氛，因為她該為家庭中的氣氛、無形中的情感基調，以及她對這個家庭的想像負起主要的責任。如果那種情感基調是對的，她就可以滋養家庭中正確的態度和適應能力。如果太太信賴丈夫和孩子，不過度重視他們，家庭的氣氛會是富有生產力的，家人會想活出她對他們的信賴。她的家中擁有信賴，也懷抱著期望，這是母性態度的任務之一，這樣做將會招來順服。沒有什麼比讓一個小孩覺得自己不被信賴還要煎熬的了，因為這樣將會使他覺得自己是悲慘的動物。但也有另外一種極端，有的女人將她全部的小孩想像成救世主、耶穌基督或者聖母瑪利亞，而這真的會摧毀那個小孩。母親心中的救世主幻想通常是摧毀兒子的最終原因，因為它會對男孩造成影響。母親必須纏繞出正確的幻想，既非過度重視也不過度貶低小孩，只要將他適當地放在腦中和心裡，那麼他就能走出自己的路了。

這種態度已經太受到忽視了。我們聽到太多有關教學方法和預

防情結發生的事情，而且還讓小孩兩歲就得上學等等——好像只有外在的規則才是一切。我們看不到母親的幻想和情感世界才是必須重視的，而並非紅蘿蔔汁和奶瓶。女人們通常都知道這件事，也瞭解如果小孩受挫折的話是因為媽媽受到干擾。人們已經發現，當嬰兒還在子宮時，某些事情的發生可能會阻止它的正常發展。母親的祕密幻想和生活狀態的創造有很大的關係，這自然也牽涉到父親的阿尼瑪，父親受忽視的愛欲也會摧毀小孩，因此更進一步地說，父親也要面對同樣的問題。

印度文化中有很強的母系社會傾向。小孩被視為靈魂的再生，而織線和變色龍織布就是家族世代的業力（karma）。你也許可以說我們西方人自認比較像是單一的小個體，但我們也會用譬喻來形容世代間的鎖鍊，或是貫穿家庭的絲線。在印度，他們相信轉世，認為每個人都是神之妙網中的一環。就如同線紗總是一再地回到相同的位置，永恆的織線出現又消失——人類去而復返，但總是有一條線貫穿其中；他們宣稱可以計算自己轉世鎖鍊的連結。無論他們的理論是建立在觀察的基礎上，或者只是一種純粹的解釋，這仍然還是個待議的問題；但這是他們如何解釋這種同樣事實一再重複的模式。

父親無意識的幻想對女兒特別有影響，這是大家都知道的；證據顯示當父親無法逐漸接受自己的阿尼瑪問題時，就會把他的幻想停駐在女兒身上，期待她們長出他自己所無法擁有的樣子，或是透過亂倫的慾望而擾亂了女兒正常的發展。

有某位男士因為自己的母親情結而晚婚，婚後他把老婆當成了老媽。當他大約到了五十歲時，他變得焦躁不安並且對女性有許多

的性幻想，雖然身為一個「正人君子」，他並沒有讓這些幻想進入自己的意識。但他有個不斷重複的惡夢，在夢中他看到自己的女兒站在街燈旁，像個阻街女郎一樣地等著男人。他的妓女愛欲問題投射到了自己女兒身上。他有一個女兒逃家在外過著放蕩的生活，後來生病死了，二女兒有一陣子也有相同的行為，而第三個女兒則變得過於拘謹；她們都有解決不了的愛情問題。這顯然又回到父親阿尼瑪的紡紗和編織問題上面了，但這個問題卻從來不曾浮現到意識層面來，他把它帶給了下一代，而女兒們則繼承了它。

編織這件事本質上是個女性的活動，而這個活動中的紡錘則是個像陽具一樣的東西。它來回穿梭，每件事都環繞著它旋轉。在《柏拉圖對話錄》的〈提瑪友斯篇〉（Timaeus）中，宇宙據說是像紡錘一樣的繞著那美西斯女神子宮的軸心旋轉。在我們的故事中，紡錘的功用就像置人昏睡的刺或是針，是巫婆和魔法師用來刺人，使他們陷入昏迷的東西。許多民間故事都會出現昏睡與針刺的母題，魔法師將針刺入人們的頭、眼、耳後或甚至指縫中，使人沉沉睡去或立即昏倒。尖銳之物是一種刺痛的說法（在德國，**重重一擊**〔 eine Pointe 〕是一種刺痛的說法），這種說法表達了女性以及阿尼瑪慣有的攻擊性。女性通常不會甩門或發誓，但卻會用一些細微、溫和而帶刺的評論——柔聲而受傷的巫婆一出口就擊中別人的痛處。

通常人們談到女性的自然心性時，指的都是正面的意義。女性的心非常貼近自然，具有能夠如實看見事情真相的優勢。我自己的曾祖母每次在她的小孩進入青少年的浪漫階段時，都會說：「孩子們，去把自己的床舖好！」這樣才能將他們拉回來現實面。或是，

另外還有一則由法國小說家阿納托爾‧法朗士（Anatole France）所寫的著名故事，有一位聖者搭船到北方小島，他以為他看見一群人盛裝來迎接他。他來不及戴上眼鏡，就為他們舉行了集體的受洗禮，但不幸的是，來的其實是一群企鵝！當這群企鵝死亡之後，天堂就碰到了一個難題，因為牠們已經經過受洗，是有權利可以進入天堂的，但是從另一方面來看，動物卻是不被允許進入天堂的。接下來該怎麼辦呢？天父、天子和聖靈就聚在一起討論，但問題是如此的困難，他們只好去徵詢所有教會的高階人士和聖者。他們在理論上很精彩的討論著是否受洗禮可以賦予企鵝不朽靈魂的問題。他們想精確無瑕地解決這個問題，但卻得不到決議，於是他們把聖‧凱薩琳（Saint Catherine）叫進來，她想了一下就說：「喔！給牠們一個靈魂，但是小一點的。」這對一個具有自然心智的女人來說一點都不困難——企鵝就像小一點的人類，它們應該有小一點的靈魂！她的本性善良又能夠兼顧實際面！相反地，自然本性負向的那一面，會以一種摧毀性的方式激起人們的情結。這種誤用自然本性的情況常常出現在女性身上，而這也是故事當中所發生的——自然母神的負面幻想擊中了她，使她陷入沉睡。

停滯的生命

當紡錘轉而向內攻擊自己時，它甚至會變得更危險，因為那時它並不會顯現出來，也無法逮到它。同樣的，它並不會製造麻煩，但卻會摧毀女性本身。我們經常會碰到女性這樣說：「你看，我不知道為什麼會假設自己不應該結婚。」或「我很笨，因為我從未在

生活中做任何事情。」若有人問她：「為什麼妳會如此假設？」沒有人知道為什麼！這種自我摧毀的信念在青年早期就發生了，而且從未曾和任何人討論過，也不曾以任何形式表達出來。從那時候開始，她原本有機會創造或長成某人或什麼的整體內在發展就消失了，就如同野玫瑰刺中自己之後就消失了一樣，你能看見這種人內在的某些東西已經停止生長了。他們似乎睡著了，潛行在黑暗的命運底下，也不知道為什麼會這樣。一切事物都停滯了！通常他們不會去談論它，因為連他們自己對它都不瞭解。向分析師提及這件事隱含著有這樣一個連自己都懷疑的問題存在。但如果他們真是處於受詛咒的沉睡當中，他們並非不誠實；對他們而言只不過是沒有什麼事情需要討論而已。這種女人只是突然有一天就從生活中消失了，就像童話中所發生的情節一樣。或許這是由於負向的母親情結，也或許是母親的阿尼姆斯使然。故事中的老婦人是一種母親人物或是祖母，而紡錘則代表母親的阿尼姆斯。

我記得一個嚴重心理疾病的案例，有位婦女無法消化任何食物，因此必須服用藥物來代替食物，她的醫生最後下結論認為她的問題一定是心理方面的，因此她是在餓得半死的狀態下來進行分析。那位女性的母親曾經在醫院做過護士，她生活在一種基督教自我犧牲的態度之下，認為自己的生命毫無價值可言，也對它沒有任何期許。生命應該獻身於服務他人，這種態度帶來一種自殘的傾向，這是許多在醫院工作護士的真正問題——雖然這種自我犧牲的態度並沒有阻止她釣到醫院裡的主任醫師。結婚之後，她的阿尼姆斯開始浮現出來，她會哀怨地向先生和小孩抱怨說自己根本不應該結婚或生小孩，而應該繼續當護士。

因此孩子們在一種氛圍之下長大：母親的阿尼姆斯整天都在述說他們的存在是一種錯誤，說他們活著是不對的。女兒順服在任何對她的要求之下，因為她覺得她必須討好周遭的環境。她對每個人都感到恐懼，她基本的態度是她沒有權利活著──「我會做你想要的任何事，但請別殺我！」她被母親阿尼姆斯觀點的致命紡錘所刺中，她自己也將母親的阿尼姆斯吸納過來──那就是自己不應該活著！她就是另外一個這種睡美人，被母親負向的阿尼姆斯所刺中而毫不自覺。

　　但奇怪的是當她首度進入分析時，我覺得自己腦中好像被放進了某種東西，讓我就快睡著了。當我從被分析者得到這種印象時，我通常允許自己進入這種幻想當中──我對這個個案的感覺是我應該站起來把腦袋放到水龍頭下沖冷水。我們之間的氣氛相當愉快，因為她就像我手掌上的一隻小鴨，從來不會和我起衝突或是以任何方式反對我。她引起我的興趣，但我也對她感到同情，而我還有這種顯示她狀況的沉睡症狀，她卻不曾意識到她有權利活著這個事實。分析工作持續好幾年，都在於向她顯示她生命中所有在無意識中持續自我放棄的事件。我們總是一再回到同樣的事情。她掉進了「未曾發生」的深淵，而完全無法消化任何東西。消化就是一種回應，但這位女性對發生在她身上的事沒有回應。

　　從一種更廣闊的集體意義上來看，相同的母題表示女性心靈生活中的某些因素被某些無意識的映射（reflection）所貶抑。在我們的文明當中最廣為流傳的無意識映射就是把女性和邪惡聯想在一起──或許並非那麼無意識地，但卻依然存在人的心理背後。在伊甸園的故事當中，亞當告訴上帝夏娃應該負責，因為她和魔鬼

交談。妳會一再地碰到這種負面的連結以及把邪惡等同女性問題的事。有負向母親情結的男性經常容易這麼做。因為我們的文明主要是父權體制，這種思想存在許多的人心理背後。有一位高階的天主教神父曾經對我說：「為什麼女人總是會有這種問題？」他這種說法是很有正當性的，因為曾經有一位歇斯底里型的女性在做告解時企圖引誘他，而且她的行為令人反感。這種女性後來到處跟人家說神父企圖引誘**她們**。

神父是穿著長袍的人，這就表明了他對女人無所欲求。那卻激怒了某些女性，她們下定決心要引誘他；她們是被教會缺乏適合女性穿著的服裝所激怒的。當然從神父的立場來看，總是被歇斯底里型的女性所環繞是很令人反感的。這種關係當中沒有愛，它只是一種權力欲，這樣當然男性會說：「天啊！女人！」但他看不到的是：他穿著長袍，代表的是父權社會的秩序，頭上頂著主教但自己卻沒有女伴，這是對女性元素的一種宣戰。這是一個很棘手的問題，因為它喚起了女性的這種回應。當然這是非常不理性的，但它背後所存在的是這種問題：「為什麼我們沒有女性的神職人員（priestesses）呢？」在這些舉止失當的婦女當中，其中有三位的夢境都說應該要有女性的神職人員才對，這表示她們覺得被侮辱了。

在許多原始文明的宗教儀式中，男性和女性都各有其代表，而且女性也可以擔任宗教指導者的較高職位。就實際的情形來看，天主教會並不如理論上那麼糟糕，因為有許多女性透過她們人格的精神而承擔了神父的角色；於是男性就讓步了。在修道院中較優越的當然是這些女性神職人員了，雖然她們沒有頭銜，她們實際上卻擔任這種角色。阿維拉的大德蘭修女（Saint Teresa of Avila）就是個明

顯的例子。但基本的問題是來自於過度父權的態度。那些不怕麻煩來思考這些問題的女性會有一種隱藏的自卑感，她們用反對來彌補這種自卑感，因此才能吸引到關注。如果她吸引不到男人的愛，就會激起憤怒。無論神父喜歡與否，至少他得思考一下這個問題。

帶刺與過度敏感的態度

當一百年之後王子出現時，環繞城堡生長的帶刺圍籬突然變成了美麗的玫瑰。有一位中世紀的作者說玫瑰屬於維納斯女神，代表著愛，因為「沒有愛是不帶刺的」。他們還說：「有蜂蜜之處，就有苦的膽汁。」（Ubi mel, ibi fel）你可以說刺的含意指的是那些戀人總是彼此折磨的那種非常不得已的傷害。有一種說法就是「典型的愛人爭吵」。我們稱之為阿尼瑪—阿尼姆斯爭吵，也是阿尼姆斯和阿尼瑪的利劍交會之處，戀人們用最可怕的方式在最脆弱之處傷害對方。女人阿尼姆斯的針就刺在男人最迷離纖細的易感之處。而在女人想被瞭解和接納之處，男人卻帶著阿尼瑪的毒針出現。

這種帶刺圍籬在夢境中指的是過度的敏感，通常還會伴隨著攻擊性。如果有位極度敏感的受分析者來了，我就知道我會被刺得很慘，因此我會把我的盔甲戴上。敏感易怒的人對自己的敏感感到自豪，她們藉此來欺壓別人。一個不仁慈的字眼就會帶來好幾個月的悲劇。你無法開口說話，因為你可能會傷害另一個人。她們對每件事都鬧脾氣而且悶不吭聲，但她們美妙纖細的情感則受到傷害；這真是純粹的殘酷暴行。

這種人通常有一種潛在的粗野權力情結，它會出現在陰影當

中——她對生活抱著一種嬰孩似的態度，因此周遭的一切都會遭受暴行。原本應該是接受性的、關愛的態度反而變成帶刺圍籬，每一個試圖穿越的男性都遭到刺傷，於是只好撤退。男人無法招架這種過度敏感而易怒的女人，就連最無傷大雅的意見都能令她受傷。這太複雜了，他自然也就放棄了，就像那些童話故事裡的男人一樣。

故事裡的結局很奇怪，因為沒有什麼豐功偉業，也沒有任何戲劇性的情節。只是經過了一百年情況就改變了。王子來了，但也沒有做任何特別的事；他只是在適當的時間出現就通過了。我們可以得到幾種結論：一種是說明了這種敏感掌控的問題必須以耐心和等待來處理。如果你試圖穿越圍籬並向這種敏感型的人顯示她是個蠻橫的人，你通常只會被踢進帶刺的圍籬中讓自己困住，而關係就此破裂。我經常在這種案例上失敗，而病人也因此深受傷害而離開；我意欲去碰觸那個問題卻誤認為那是掌控的問題，但事實上它卻是個精緻靈魂極為細緻的問題！唯一能做的事就是不要直接處理那個問題，而要等到她們在自己的權力情結中感到非常寂寞時，這時她們已經走到了繩索盡頭。王子的被動性顯示童話故事的集體意象推薦這一種態度。

有些狀況是屬於女性原則的——那就是男性的阿尼瑪和女性本身的女性特質——對這些情況而言，時間才是重要的關鍵；其他任何事都幫不上忙，而所有的詮釋都是錯誤的。我們可以舉阿尼瑪問題為例：某些具有正向母親情結的男人很晚才結婚，因為他們變成那種過度敏感的文藝單身漢，有著像花一般的細緻阿尼瑪，他們易怒又過於纖細，因此從來不知如何到外面去尋找女人。他們受困在自己敏感的牢獄之中。如果必要的生理驅力無法推動他們，他們就

久久置身於婚姻和女人問題之外，但通常這種人不需要分析就會突然覺醒。我曾見過這種情形發生在三十歲、三十六歲或四十歲的年紀。他們就這樣離開了自己敏感的牢籠而快樂地結婚了──而事情也進行得非常順利，但他們並沒有經過分析。就好像他們一開始時等待得太久了，而後來要快點追上。就好像由於他們的細緻或敏感造成了一種延宕或發展遲緩。分析對這種人沒有幫助，他們就是需要睡著然後醒過來。有時候對這種單身漢類型最好就是把他送走，並且說他沒有問題──他就是應該一直等待直到找到適合自己的女人為止。有一天他就會醒過來了。他一直被太過纖細的情感面紗所覆蓋，而這種過度纖細的情感是在和母親的正向關係中發展出來的。同樣的事情也會發生在認為自己沒有生存權的女性身上。在這種思想的影響之下，她們對任何人都讓步，然後突然就覺醒了，而並非逐漸恢復意識；沉睡的階段就結束了。

我記得有位年紀比我大許多的朋友，她是一位非常細膩、敏感又安靜的女性，她一來分析時的心理是處於繼母的暴政之下，後來是在姊姊的暴政之下，她認為姊姊會取代母親的地位。這位可憐的女性做著被吩咐的事。她們沒有錢，她就出去工作並且很聽話。唯一能說的就是她很無聊，但又覺得她應該不至於這樣。突然，就在四十三歲的時候，她醒過來了，不但結了婚而且生了一個小孩，慢慢地發展成一個活潑又有趣的女人。當那一百年結束之後，她的生活才開始匯聚起來。分析這種人不會有太多的助益。有許多案例，特別是敏感型的人，沒有分析處遇的介入操作反而會發展得比較好，分析有時反而只會破壞她們內在的節奏。

註釋

1　譯註：常出現在背負太多責任或承受巨大心理壓力的經理人，症狀有失眠、高血壓、心理耗竭等等。

2　編註：Basel Fasnacht，每年二月在瑞士古城巴塞爾舉辦的精彩街頭遊行，從聖灰日（Ash Wednesday）後的禮拜一凌晨四點開始整整持續三天，是瑞士的年度盛事。

3　原書註：Cf Aniela Jaffé, "Bilder und Symble aus E. T. A. Hoffmanns Märchen 'Der goldene Topf,' " in *C.G. Jung: Gestaltungen aus dem Unbewussten* (Zurich, 1950).

4　原書註：Konrad Lorenz, *Antriebe tierischen und menschlichen Verhaltens:* Gesammelte Abhandlungen (Munich: Piper, 1968), pp. 21ff.

白雪與紅玫

從個人的層次來看，野玫瑰的故事講的是女性身上的負向母親情結，也是當男性的阿尼瑪睡著時所展現的負向母親情結。現在讓我們來看看相反的例子，另外一種正向母親情結的模式，以下的故事就是這種例子。

白雪與紅玫（Snow White and Rose Red）[1]

從前有一位貧窮的寡婦，她和兩個女兒獨自住在她的小木屋，兩個女兒就像屋前玫瑰叢中綻放的花朵，因此就叫她們白雪與紅玫。

兩個小孩之中紅玫活潑外向，白雪則比較安靜。她們是乖巧的小女孩，總是照著媽媽的吩咐做事。故事既長且感傷，這是典型的正向母親情結。作者努力描述著美好的氣氛。小女孩從不吵架，非常聽話，幫助母親過著美好的生活等等。她們有時也會做冒險的事——例如走進森林玩得太久而忘了回家，然後在懸崖邊的樹下睡著了，在黑暗中如果她們再走幾步很可能就會掉落懸崖。但是根據母親的說法，有一位天使在守護著她們，所以一切都會平安無事。

有天傍晚，當她們坐在爐邊紡紗時，聽到有人敲門的聲音，紅玫去應門，看到的卻是一隻熊。鴿子和綿羊原本和她們同住在屋內，牠們發出拍動翅膀和咩咩的叫聲之後，她們就讓熊進到屋內，因為牠說不會傷害她們，但牠已經快凍僵了，想要進來取暖。

媽媽說：「可憐的熊！進來躺在爐火前吧！但小心不要把你的皮毛燒焦了。」因此熊就進來了，告訴小孩拍掉他皮毛上的雪花，心滿意足地躺在爐火前發出呼嚕聲響，牠整個冬天都待在那裡。女孩們和那笨拙的動物玩在一起，拉扯牠那又長又蓬鬆的毛皮，站在牠身上，將牠滾來滾去，甚至用榛果的樹枝打牠。牠都和藹可親地忍耐著，但如果她們打得太用力，牠就會大聲呼救：

饒了我的命吧！孩子們

白雪與紅玫

否則妳們就嫁不出去了

——這是牠有別有企圖的唯一徵兆；否則牠表現得就像個巨大而心地善良的玩具。

但等到春天一回來時，牠便說牠得要離開了，而且整個夏天都不會回來，因為牠有義務要回到森林看守牠的寶藏，免得被邪惡的侏儒偷走，侏儒整個冬天都待在自己的洞裡，到了夏天才會出來偷走他們所發現的所有東西。白雪對於牠的離去感到非常悲傷，她很猶豫地為牠開了門，當牠擠過門縫時，留下了一小片毛皮在門栓上。從牠皮毛掉落的小洞，白雪彷彿看到裡頭有閃閃發亮的金子，但她也不太確定，心想那一定是個幻覺。

有一天，她們被派到樹林裡去撿拾樹枝，兩個姊妹來到一棵樹前，樹幹上有某種東西跳上又跳下。靠近一看，她們看到一個滿臉皺紋的老侏儒，他的白鬍子足足有一碼長。鬍子末端被分岔的樹枝絆住了，那矮小的男人不斷地跳躍著，就像一隻

被鍊住的狗一樣，因為他不知道如何解放自己。他用憤怒的雙眼盯著女孩們說：「妳們為何還站在那裡？妳們就這樣經過而不對我伸出援手嗎？」

紅玫問道：「你做了什麼事？小矮人。」

他叫著說：「妳這愚笨又好管閒事的呆頭鵝！我想要把樹劈開好取得一小片木材拿到廚房用；因為我們所吃的小伙食用大捆柴火來煮的話很快就燒焦了，不像妳們粗魯又貪婪的人們吃得狼吞虎嚥！本來我已經把楔子適當地釘進去了，每件事情都進行得非常順利，可是楔子突然彈了出來，而樹也很快就合起來，因此我還來不及將我漂亮的鬍子拔出來，它就卡住了，而我也無法離開。不要笑，妳們這些乳臭未乾的東西！還楞在那裡做什麼？」

孩子們使盡全力想把侏儒的鬍子拔出來，但卻徒勞無功。紅玫最後叫說：「我跑去找人來幫忙。」

「妳真是腦袋有問題的綿羊頭！」那個侏儒叫罵著說。「妳要叫其他人來做什麼？妳們兩個對我來說已經太多了。妳就想不出其他的辦法了嗎？」

但白雪說她想出辦法來了，於是她從口袋拿出一把剪刀，一下就把鬍子末端剪掉。侏儒得救後馬上就撿起他裝滿金子的麻袋，他不但毫無謝意，還羞辱她們並且逃走，說她們那麼愚蠢剪斷了他漂亮的鬍子。但她們毫不在意，或者是太笨或者因無知而沒有注意到任何事，也就把這件事忘了。

經過一段時間之後，白雪和紅玫去釣魚，當她們靠近池塘邊時，她們看到某種像蚱蜢一樣的東西在岸邊跳來跳去，好

像就要跳進水裡一樣。她們跑向前去，一眼就認出是那個矮侏儒。紅玫問說：「你在做什麼？你就要掉進水裡去了。」

侏儒回答說：「我不是腦筋那麼簡單的人！但是妳沒看到這隻魚就要把我拖進水裡了嗎？」那個小矮人一直坐在那裡釣魚，但不幸的是，風將他的鬍子和釣線纏在一起了。因此，當一條大魚上鉤時，這弱小的矮人沒有足夠的力量將它拉出水面，於是在這場奮戰中魚就佔了上風。因為魚隨性將他拉往自己喜歡的地方去，眼看著就要被拖進池塘裡了，於是侏儒只好漫無目的地抓住鄰近的蘆葦和燈心草。幸運的是兩位小女孩及時趕到，她們試圖將侏儒的鬍子從釣線上解開，但它們實在纏得太緊，解都解不開，於是白雪就拿出她的剪刀把另一段鬍子也剪斷了。侏儒見狀之後就暴怒了，他叫著說：「妳這隻笨驢！這種方法會讓我毀容的。難道剪了一次還不夠，現在妳還要把我細緻的鬍子中最好看的部份剪掉嗎？我無顏再面對我的族人了。我真希望妳跑來這裡之前鞋跟就已經掉了！」說完之後拿起藏在燈心草叢中的一袋珍珠，二話不說便溜走了，消失在一塊石頭後面。

不久之後，女孩們又被派到隔壁城鎮去買針線和別針。她們在廣場看到一隻大鳥盤旋著，越飛越低，最後飛下來停在一塊石頭後面。緊接著聽見一聲尖銳的叫聲，她們驚恐地看見老鷹正抓著她們熟識的侏儒。慈悲的孩子們緊緊抓著小矮人不放，直到那隻鳥放棄掙扎飛走為止。侏儒一從恐懼中解放之後，立刻就回頭辱罵女孩，他說她們這麼粗暴的抓他將他漂亮的外套都撕破了，雖然她們現在已經對他的忘恩負義習以為常

了。在返家途中，她們回到相同的廣場上，不知不覺就走到了一塊乾淨的地方，侏儒正在那裡駐足欣賞袋子裡倒出來的珍貴寶石。

「你站在那裡看什麼？」侏儒問道。他的臉因為憤怒而脹得像紅銅一樣。突然間聽到咆哮的聲音，一隻大熊從森林裡闖了出來。侏儒驚恐地跳了起來想要逃命，但那隻熊追上了他，於是他叫著說：「饒了我吧！我親愛的熊老爺！我會把所有的珍寶都給你——看到這些漂亮珍貴的寶石了嗎？只要饒了我的命就好——像我這麼弱小的傢伙，你有什麼好怕的呢？在你巨大的牙齒之下甚至感覺不到我的存在。那裡有兩個邪惡的女孩，把她們帶走吧！她們可以成為你美味可口的佳餚，肥美得就像稚嫩的鵪鶉一樣——去吃她們吧！」

然而，那隻熊二話不說，用他的熊掌對著壞心腸的侏儒重重一擊，於是他就再也不能擾亂了。

女孩們正要逃走時，熊在她們身後追著說道：「白雪和紅玫，不要害怕！等我一下，我將會陪伴妳們。」她們認出了他的聲音於是就停下來，而那隻熊粗糙的外皮瞬間掉落下來，一位全身穿著金衣的高大男子站起身來。他說：「我是一位國王的兒子，但被邪惡的侏儒下了咒語，他偷走了我所有的財寶，讓我以熊的外型在森林裡流浪，直到他死後我才能被釋放。現在他已經得到他應有的懲罰了。」她們回到了家裡，白雪和那王子結婚，而紅玫則和王子的弟弟結婚，他們一起分享侏儒所收集到的大量珠寶。老母親和她的兩個小孩快樂的住在一起。原先種在農舍前的玫瑰叢現在移種到皇宮前面，每年都盛開著

美麗的紅白兩色玫瑰。

　　故事開頭的特點是一種天真無邪的童年樂園狀態，那是母親和
女兒之間的樂園。每件事都很完美，但有點過於美好了。如果真像
那樣就太神奇了！總共有三個人，因此就我們的觀點來看它是不完
整的。從一般的統計觀點來看，四通常是代表整體的數字，而這裡
只有三。第四件事很快就以一隻熊的樣貌出現，因此到了冬天就有
四個了。但在故事開始時，男性的成份是全然缺乏的。沒有父親，
因為他已經死了。女性的氛圍被描述成是理想的。只要是小孩年紀
還小時，這種狀況都還好，但她們卻過著如此孤立的生活，以致於
從沒見過一個男人；她們是活在現實生活之外的。

　　如果把這種狀態用來解釋集體的情況，你可以說男性和女性
的世界並沒有適當的連結，在人與精神的層次上都是如此。女性世
界靠自己的能力建立起自我防衛的方式之一就是創造一個女性的樂
園。有時候妳可以在女性俱樂部看到女性坐在一起談論些芝麻小
事，她們或是忽視男性或是將男性世界排除在外。在家庭中，你也
可以看到母親和女兒們聚在一起嘻笑玩耍，數落著父親和兄弟，說
男人必須滾出廚房，或說男人就像小嬰兒或是笨蛋。同樣情形，男
性也有俱樂部以增強自己的尊嚴和社會地位，因此女性沒有理由不
能靠自己的力量以對等方式來宣告自己的女性特質，並藉以瞭解自
己和男性之間的差異和她們不同的需求。

　　在某些原始部落，年輕男性透過成年禮進入男性的祕密社會，
而年輕女性則進入女性的祕密社會。男性學到某些男性的藝術，例

如如何在議會裡發言以及使用武器。而女性則學習編織和某些女性的藝術，並被傳授女性的成人行為和愛的魔法。在希臘，有一種阿堤密斯女神（Artemis of Brauron）的教派，她是一位熊的女神，好家庭的女兒在十二至十六歲之間要被奉派去服侍這位女神。在這段尷尬時期，女孩就像男孩一樣難以待在家裡，她們的舉止像個假男孩一樣──既不洗澡也不照料自己，言語粗魯，人稱小熊仔，於是就被奉派去服侍女神。這種受到母神面紗保護的小熊社群具有增強其女性特質的效果。這種方式使得女性人格可以不受性慾問題的傷害，而在熊皮的安全保護之下發展到一定程度的成熟，然後才走入生活。否則，通常發育一半的女孩會落入性生活，到了三十歲時就已經變老而且凋零了。自然地，這種女性無法在心理上有更進一步的發展，因為活力物質已經用盡了；她們只是疲倦的老女人。

尤其如果女孩擁有一種相當細緻的女性本質時，她們的確會藏匿在假小子舉止的偽裝之下。我曾教過那個年紀的男女生很久，我觀察到穿著這種熊皮的女孩子比較警覺，對學校也比較感興趣，但一旦她們展開了戀愛生活和男孩約會之後，她們就會變得對愛情更有興趣，這些特徵就會減少；而較晚發生這種事的女生則比那些太早進入男女交往階段的女生有更好的機會能夠發展出某些人格特質。

如果女性團體膩在一起，並築起某種圍籬反對男性原則，**即便如此**（*eo ipso*）也不一定必然是負面的，這樣反而會增強女性特質，使得男女雙方將來會以比較好的水準相遇。千萬不要忘記這種事並不是只有異性間強大的吸引力而已，他們是真正相反的兩方，總是一直互相威脅著對方──女方想把男方拉進她們女性的道路，

而反之亦然。這在男性和女性之間形成一種經常性的張力，這並非是不正常的；異性總是互相吸引。

在我們的社會中，女性總是比較關心自己的鄰居、出生、死亡和婚姻及其他個人方面的事。她們的任務就是為身邊的人創造出一種連結的氣氛，而男人必須知道外面發生了些什麼事並衡量如何因應世局。在中國哲學中也會見到同樣的情況。在《易經》的第二十章（觀卦），你會發現透過門縫窺視對女性是合宜的，但對男性卻不恰當。如果看事情看得很狹隘或很個人，對女性而言並不會覺得可恥，因為這是她正常的觀點，但一個男人就應該有更廣闊和更客觀的關注，看事情要有宏觀的角度。因此，在中國，兩性在各自興趣的領域有均衡的分配。一個只有女性的世界缺乏水平的廣度，如果和男性原則沒有接觸的話就過於狹隘與私人了。大家都知道如果一群女人聚在一起會發生什麼事——女子學校和護理之家。這讓人想到在蘇黎世專為護士建造的巨塔——專為女護士而設的！想想看女子學校的氣氛，女孩們聚在一起討論老師的領帶等等。這個故事闡述了女性的場景——天真無邪又迷人，自成一片天地，但卻缺乏另一邊的力量。

熊的象徵

擁有正向母親情結的女性自然容易擁有自我確信以及母親的一些個人興趣，但這樣自然也會有危險和弱點。這個故事所敘述的是一種正常的發展。在寒冬的某一天，代表第四元素的熊走進來了。因此我們應該檢視熊的象徵意義。有人曾經告訴我：如果你剝下一

張熊皮將它掛在屠夫的店裡，它看起來就像是一個笨拙的人類，這種場景從前經常可以見到。這個單純的事實或許可以用來解釋熊是被施魔法或被下了咒的人類這種投射。在民俗故事中隨處都可見到熊常常是被施了魔法的王子，或者是受詛咒的人披著熊皮到處走動。

在沃登神（Wotan）的追隨者中，有稱之為熊皮者（Berserks，*beri* 指熊，*serkr* 指皮或外衣；即熊的外衣）。「披著熊皮出走」（go berserk）在某些家庭被認為是一種天賦。如果戰爭發生了而公爵或伯爵坐在家中，突然間他打一個大哈欠之後就睡死過去，而同一時間戰場上則出現一隻熊殺死了所有的人。過了一段時間，熊消失了，公爵也醒了但卻非常的疲累，那他就是「披著熊皮出走」了。他以一種靈魂具像化的形式「披著熊皮出走」，出去打仗的是一隻熊的靈魂。這些熊皮者會做偉大的事蹟，他們被視為熊靈（ghost-bears）。足以證明伯爵本人就是熊的證據是熊的右手掌受傷了，而當伯爵醒來時他的右手也受傷了。在德國古時候，這種情形在某些家庭被視為正向的特質，但後來這種情形改變了，現在「披著熊皮出走」有一種負向的涵意，意指能夠進入一種狂暴的狀態進而接觸到狂喜的宗教經驗。這就是為什麼許多人都不想對自己的暴怒發作讓步的原因。當某人處於暴怒狀態時，他覺得自己被生命的豐盈所佔據；他有一種完整並與自己目標合而為一的感覺；他覺得再也沒有疑惑或是不確定了，感覺到溫暖流過自己深處，就像是寒冬中的暖爐！一個人可以讓自己進入這種完整又不可思議的存活狀態，事後則說：「**我**告訴他們了。」但從狂喜中醒來之後還得付帳單卻是一件比較不愉快的事。那時候會覺得沒有那麼神聖，也

童話中的女性：從榮格觀點探索童話世界

有一點笨拙！只有在憤怒時我們才真正知道別人是怎麼看待我們；只有在憤怒時我們才會為自己真正的意見發聲。

放棄表達自己憤怒的能力就如同放棄其他任何神經質症狀一樣的困難；因為人們通常會愛戀著自己狂暴的特質，也不會為了變得清醒和理性而放棄它。基督教甚至還容許聖怒（holy wrath）的觀念，例如在十字軍聖戰時聖怒就是被允許的，人們為了基督或者牧師而戰，為了對抗罪惡和邪惡的戰爭，他可能會讓自己進入聖怒的狀態。當然，那是一種持續熊皮式暴怒的藉口。暴怒是野蠻的，但它仍然存在我們當中，而且當一個國家受到不正當的攻擊時，整個國家將會激起一種所謂的神聖暴怒（holy rage）。倘若一個人真的受到嚴重攻擊時，他是否應該進入這種暴怒狀態呢？是否在生命中的某些時刻，它是正當的呢？這個問題是和你最深信的人生觀連結在一起的。是否人在某些重要時刻可以有權利為自己防禦呢？從基督教的立場來看，通常這是不被允許的，因為基督教應該只是好的，但當他碰到對抗納粹及類似對象時這又是另外一個問題了。因此這變成是一個宗教信念的問題。人們必須下定決心並信守承諾。

我們所做的決定將會根據自己所擁有的上帝形象而定。如果我們相信上帝只是良善的，那麼顯然我們也應該只能是良善的，但如果我們認為上帝有黑暗也有潔白的那一面，那麼黑暗面也有它的意義。那可能表示如果真的受到不正當攻擊的話，人有權利可以使用爪子和牙齒，這在本能上是正確的。有個被母親吞噬的兒子，他可能是個得體的人，試圖用理性的方式說他已經長大了，想要和女孩子出去約會並想要有一間屬於自己的公寓。但母親卻不允許，雖然她兒子建議她應該見見他的分析師，但她也拒絕這麼做。她盡其所

能地摧毀他。難道他沒有權利說他想要離開嗎？她會說他既殘忍又邪惡，但從旁觀者的角度來看，這對兒子來說是攸關生死的事，他有權利嚴苛。他不一定要「披著熊皮出走」，但在他人格最深處的角落有某種東西升起來了，而格鬥勢在必行。如果人們對自己生存的權利沒有信念，在分析過程中你也無法帶他們往哪裡去。有一種東西叫做自我防衛的權利，以及為了免於被母親的阿尼姆斯或其他周遭邪惡擊倒而奮戰的權利，那些沒有辦法這麼做的人才是真的生病了。

基督本人並非如某些人所稱的如羔羊一般。例如他曾經買過一把劍的事實，還有反對聖靈的罪不可饒恕的主張，這都是一些跡象。

如果一個世界不允許任何嚴厲存在，它就不是處在生活的那一面，這裡我們碰到了一個典型的女性問題。一個女人越是女性化，而她的阿尼姆斯越不具有攻擊性，她就越容易被她的周遭環境所侵犯。妳大約知道那種家庭中乖巧的女兒們，她們總是完成父母所期望的事而沒有結婚。她們滋養著自己的雙親直到他們過世為止，然後繼續照顧別人的小孩。如果她們想要結婚，所有的家人都會反對，說他們捨不得讓她離開。

這種帶著溫婉女性特質的女人，就像被卡車碾過一樣，只能被殺死，她們是愚蠢之人。在現代的生活中，這種情形並不是那麼常見，因為好鬥的毒性已經滲入女性當中，但以前很多女性都具有這種本質。在柏林人們通常會提到「隨時跳進來的姑媽」（Tante Einsprung）。那幾乎是所有家庭的一種習俗，她是任何人生病時打電話求救的對象，隨時聽從使喚——可憐的老女僕，只要任何時

候有需要都可以召喚她，每個人都利用她但卻也都瞧不起她。雖然對一個女人而言不具攻擊性是一件偉大的事，但她也可能太過片面的女性化，於是就活在生活之外而且無法調適。在這種單面的女性世界中，每件事都太溫和而美好，不會有人吵架，沒有人需要熊。熊是在冬季的時候來臨，而且是一隻和藹可親的動物；但後來當他抓到侏儒時，他一掌就將他擊斃。雖然他不是令人討厭的動物，但他知道已經來到窮途末路，是該採取行動阻止侏儒無理取鬧的時候了。當熊本能地殺那個侏儒時，那就是故事的轉折點，女孩們對侏儒是過於感情用事了。

因此，問題是如何在女性世界中將男性面向整合進來，而不會一步跨得太遠，這正是一個大問題。一個過於被動和女性化的女人想要覺醒時，她面臨的問題是有可能變得太富攻擊性。但沒有人第一次就曾正中紅心，還需要多多練習；而她一開始射得太離譜，這正說明了許多典型的浮誇現象——當攻擊性太少或太多時會產生適應不良的現象，這時迸發的情感就會取而代之。

侏儒的象徵

熊展現的是理想的反應。他並不像侏儒一樣壞脾氣和易怒，侏儒一激動就暴怒起來而且經常生氣。當熊遇見他的敵人時，他很簡單的就把他殺了，相較之下侏儒所顯現的是懦弱而齷齪的生氣。對女性而言，熊和侏儒代表的是兩種阿尼姆斯人物。侏儒總是以錯誤的方式來回應，他很容易被激怒也激怒自己周遭的人。他不斷的為了一點小蠢事而到處製造小爭端——為了一根釘子或一隻虱子！這

些小小的激怒燃燒起來，使每個人都身陷其中；吵鬧的聲音此起彼落，附近的每個人都跳了進來。侏儒做了一連串愚蠢的事——讓自己的鬍子卡在樹和釣魚線當中。在神話中侏儒應當是一個好工匠，如果他不知道該如何解開自己的鬍子，也不知道如何釣魚才不會被釣線纏住，他是罪有應得。女孩們應該嘲笑他並離開他才對。

於是我們看到了女性阿尼姆斯令人討厭和生氣那一面的不可思議圖像。它表現出一位成年而聰明的女性如何將自己困在如此愚蠢白痴的爭吵和討論之中。被激怒的阿尼姆斯失去了他的幽默感，既不知感恩又充斥著權力。侏儒要求兩個女孩將他從纏縛中解放出來，但事後卻又對她們大吼大叫。他對著她們頤指氣使極為令人厭煩，這也是負向阿尼姆斯的典型樣貌。每件事都從一種擁有權利和需要被服侍的潛在立場來解釋。這是對過於讓步的女性本質的一種補償，那種「隨時跳進來的姑媽」，總是準備好說「是」。侏儒是針對甜美女孩的一種過度補償人物，他是完全的自我中心又忘恩負義，他以一種下流的方式補償了她們誇大的女性面向。但侏儒必須要出現才行；沒有他作為一個中介橋樑，她們也無法到達王子那裡。早期的婦女參政者難免會落入這種誇大的態度，她們的要求顯得過度陽剛和自我中心。人們無法馬上就達到恰當的本能平衡，必需要經過繞行和一開始過度補償態度所造成的苦難之後，才能達到平衡。

如果我們對侏儒進行研究，會發現他們有百分之九十五的特質都是正面的。他們會收集寶藏、是了不起的金工、會編織、會做金製的高腳酒杯，也是偉大的工藝師。在民俗故事當中，幸運誕生在星期日的小孩，會到侏儒的山坡被賜予帽子，據說戴上帽子的人就

可以隱形，或在腳上繫上如絲般的隱形線，這種線就連龍也會被它困住。

艾維思（Allwis）是熟知一切德國神話的人，希臘和克里特島（Cretan）神話中的卡比里（Kabiri）則是大母神的伴侶，他們是鐵匠和工匠；因此侏儒是非常正向並具有創造力的人物。他們指的是無意識中創造性的衝動，因此在神話當中很少會遇到破壞性的侏儒。只有在一則德國故事《侏儒妖》（*Rumpelstiltskin*）當中，有一個邪惡而具有破壞性的侏儒，雖然他也幫助磨坊主人的女兒用稻草旋轉出黃金，但他也兩度企圖偷走小孩。之後他的其他面向突然發展出來，也因此必須將他摧毀。侏儒通常都和女性世界有關，而且相較於男性，他們更常出現在女性的夢境中。他們通常代表無意識中第一個創造性的衝動，並表示某種創造活動仍然還孕藏在本性的子宮當中。

由定義上來看（*per definitionem*），如果侏儒是這麼好的工匠，而他又像在我們故事中那樣的笨拙，那麼他本身就是一種矛盾而且不應該存在的狀態。他所展現的是一種惱人的品質，這種品質是不曾好好活出創造力的典型。如果一個女人有這種「勃然大怒」（hit the celling）而惱人的阿尼姆斯時，通常這是一種徵兆，表示她真的還有創造的天賦未曾被使用。滿溢的創造能量還沒有被正確的使用，因此造成破壞性的危害和糾纏。這種女性具有破壞性的效果，因此治療之道在於某些創造性的活動，讓侏儒可以在其中表現自己，做一些他真正知道如何成就的工作。

許多曾和榮格工作過的女性都會投入某種創作，但有時候人們並不喜歡那樣做，因為他們認為那樣做有點不自然，而且看起來就

像是職業治療。但如果你進一步檢視這些情況，你會看到這不必然是外在野心的問題，而是阿尼姆斯所必須做的事。如果女性不幫助自己的阿尼姆斯，他就會失控而釀成悲劇。他必須有存活的機會，而它真正的意義是順從無意識的需求。

熊進入一種神聖憤怒的狀態，那可以具有負面或正面的意義。只有當這種憤怒轉變為冷酷的憤怒時，它才會變得危險，因為它可以是謀殺的意思，那時憤怒的氣氛已經變成沉默和冷酷了。在希臘，**熊**（arctos）這個字使用的是女性的冠詞。牠是希臘神話中母神阿堤密斯的動物，而且根據中世紀作者的說法，牠也是聖母瑪利亞的動物。在母系社會中，牠自然就是阿尼姆斯的一個面向，而且一般來說更為正向。熊在行動時知道自己是為何而做，牠不會發抖或因不確定而感到驚慌。如果一個人知道自己的攻擊性當下是處於正確的位置上，他就不需要大聲吼叫；憤怒的成份已經被轉換了，留下來的是平靜，憤怒已經被整合了。

通常，當一個人發怒時，他會覺得那是神聖的，因為主觀上他覺得自己這樣做是對的，正因為這個緣故，想要找出是否它是真的對，或者只是他自以為是而已，就變成是個非常狡猾的問題。想想看在特洛伊戰爭（Trojan War）中的艾瑞斯（Ares），或是印度的迦莉（Kali）女神，她可能屠殺了數千人，還在戰場上飲血，或者是埃及的哈索爾（Hathor），她起身進入沙漠殺光每個人，只有啤酒才能安撫她。當她喝醉之後，才會恢復平靜。

用我們的語言來說，神話中的女神是一種原型，而原型同時也總是一種本能的模式。因為就母親原型來看，她在生物學上的基礎就是母性；就**合體**（coniunctio）的原型來看，它就是指性。你可

以說每一位神都是指一種生物性的本能向度，代表它的意義或靈性層面；我們可以說每一種本能的動力結構都和一種原型意象有關。因此諸神都是一般情結的代表。艾瑞斯或是瑪爾斯（Mars），是一種攻擊本能的意象和自我防衛的本質。在動物生命的自我防衛是以攻擊和恐懼佔了絕大部份，而我們人類也不能倖免於此。每一位神的原型意象都承載著動力和爆炸性的心靈能量，而且不受人類所控制。然而，這裡所指的巨大力量是在它自己適當的分寸之內：用他的熊掌重重一擊，終結了侏儒的破壞性危害。

不當憐憫

女孩們同情侏儒的後果只是傷害了自己及她們未來的新郎。同樣的母題也出現在阿普留斯的小說《金驢記》其中的〈丘比德與賽姬〉故事中。當賽姬必須得進入冥界時，她被告知將會有一個老男人出現在冥河（Styx）之水的旁邊求她幫忙，但她必須試著保持堅定而不去幫忙他。女性經常會過度施捨母性的憐憫；我稱它為救世軍的憐憫癖（Salvation Army sentimentality）。這種很容易被無助又受困之事所感動的，都屬於母性本能的原型，任何陷入困境而走投無路的事總會激起一個女性的憐憫。但任何美德如果表現過度的話，都是違反本能的，後來有可能變成本能的對立面。我們週而復始地看到女性如何透過憐憫的美德而讓自己在無意識中受苦。

身為一個分析師，我經常碰到這種事，當我把個案逼入困境時，我的女同事就會提醒我說：「有同情心一點」。而我必須回答：「不！絕不同情！」同情可以帶來完全毀滅的效果，使那個人

繼續維持在嬰孩狀態。女性應該檢視自己自然的母性衝動，並培養適量的客觀性與疏離感，這樣才能讓她們看見什麼是對其他人真正有利的事。

另外常見的一種類型，也是許多衝突背後的原因，就是女性可能會有侏儒型的先生或戀人——他帶有一種神經質或自殺傾向，或他是一個擁有負向母親情結的哀傷男人。但每次女性受夠了他，想要告訴那男人真相並離開他時，她就會對那可憐的傢伙心生憐憫，一旦這種想法戰勝了她，她也就無法「令他失望了」。如果夢境同意，你可以對她說：「把他丟出去！」但通常女性破壞性的阿尼姆斯會投射到那個男人身上。即使外在世界並沒有男人會折磨她，她也會從自己內在去找到那破壞性的阿尼姆斯，因為當她獨處時，她的阿尼姆斯會向她保證她是孤獨的，她什麼人也不是，她不是什麼東西，她哪裡也去不了——她內在那個哀傷者這樣告訴她。因此男女雙方又再度合好了，因為有這麼一個外在對象似乎比在內在擁有他要好一點。於是她就哪裡也去不成了！

同情外在人物真正的意義是沉溺在自己的盲點之中。人們既不想瞭解她們內在有這樣一號人物，也不想終止它。因此情況就扭曲成憐憫外在人物和自我沉溺在自己的盲點之中。那是一種錯誤的同情心。雖然這種情形也會發生在男人身上，但卻是比較不常見。

童話故事中的女英雄通常會犯下施捨不當憐憫的錯誤，因此縱容破壞性的力量發生。女性對錯誤對象產生救世軍的想法是很典型的。當然社會上有許多腐敗的事情需要被清理，但這種類型的女性經常把自己依附在不可能被改變的事情上面，就某種意義上來說，她實際上也就靠此為生了。這種情形的例子就是長期忍受痛苦的妻

子和爛醉丈夫的普遍問題。

　　我認識一個擁有幾個兒子的家庭。父親和祖父都是嚴重的酗酒者，除了一個兒子以外，其他的兒子也都同樣酗酒。那個不酗酒的兒子有一個不妥協的妻子，當他第一次喝醉酒回家時，她就告訴他如果他下次再這樣的話她就要跟他離婚。她是唯一能夠將她丈夫從破壞性的家庭拖累中拯救出來的人。其他人的妻子脾氣都比較好，但是她們展現出錯誤的同情心了，因此她們對自己先生的破壞行為也有所貢獻。有些具有母性特質的女人是坐在瓷蛋上面（意指等待著永遠不會發生的事），就像把醜小鴨的蛋交給天鵝去孵一樣，總是盼望能夠孵出鳳凰——結果只是造成惡臭的後果而已！在女性的個體化（individuation）當中有一個關鍵的時刻，她必須讓自己從不恰當的憐憫中解放出來。

　　具有破壞性的侏儒也是一個小偷，他偷走了熊的寶藏。技術上來說，這種破壞性的阿尼姆斯偷走了正向阿尼姆斯的機會、寶藏和價值。非常有母性特質的女人很喜歡像母親一樣地呵護年輕男子——那種被誤解的天才——她將給予這種人在原生家庭中從未得過的母愛。有一名五十歲的女性自己獨居，她和一名二十歲的年輕男人交往，那男子有不堪的青春歲月，曾經騙過錢又偽造支票。她對那可憐人充滿同情，因為他曾經有過這麼可怕的青春，因此她讓他住進自己的公寓而且不收他一毛錢。她讓他在自己的企業工作，但他又再度行騙，在她的帳戶積欠了五萬法朗。而那還不夠，她依然沒有尋求法律途徑，還替他隱瞞並再度原諒了他，因為他哭著說他為自己所做的一切感到羞恥。後來，他和另一個女子在她家中住了一段時間，並開始將砒霜放進那老女人的食物當中。

這是將憐憫用錯地方的顯著案例，憐憫發展成絕對的愚痴。她是個非常聰明的女性，但卻是屬於那種不快樂而且未婚的類型，不知道該將自己的母性情感用在何處，結果浪費在這種人身上。在這個案例中，女性正向的阿尼姆斯——她最大的價值和她的理解力——被浪費掉了，但是如果她能夠更客觀一點，或許可以好好使用它。童話故事說這是因為她自己具有這種負向的阿尼姆斯。

我們必須假設那個把錢浪費在騙子和謀殺者身上的女性，自己本身就有這種阿尼姆斯。人的外在是盲目的，看起來也很正派，因此需要許多真正的檢調工作才能發現這樣的人物就在她們內心當中。你會發現如果你展開直接攻擊，對她說：「現在，把妳的腳放下來，把他丟出去。」接著有趣的是，在那個重要時刻，你會看到女人如何開始說謊，於是你就發現她內在的那個騙子了——它透露出有一種很細微的自我欺騙正在進行，因為所有反對那小偷的本能性警告都被忽略過去了。一個正常的女性和那種男人住在一起，是不可能不會產生懷疑的。因此她欺騙了自己——那小偷阿尼姆斯拒絕傾聽警告以及她來自無意識的預感。一個男人對她慢慢的下毒，這非常有象徵意義：錯誤的阿尼姆斯觀念每天給她少量的毒。在分析這種個案時，遲早會放慢下來，而那女人必須面對她對自己說謊又不聽警告的事實。

永恆少年（*puer aeternus*）類型的男性經常是個騙子，欺騙母性特質的女性。這種男性對她們既殘酷又具破壞性。大多數具有正向母親情結的男性都是懶惰的，因為母親是物質（matter）的象徵，而物質相較之下比其他東西更具惰性。正向母親就像是個巨大的羽毛床罩，總是使男人變得無能，男人自然而然就會變得懶惰。在男

孩階段，他在學校的功課不佳，也無法藉由工作和學習來配備自己。他缺乏面對生活戰役的能力，也缺乏賺足夠錢的能力，以至後來變成小偷的傾向就出現了，他會要他所愛的女人或保險公司替他付帳單。

偷竊是個模稜兩可的雙面因素。就它本身而言是可以理解的，因為小偷這種人擁有很好的本能足以得到自己想要的東西，這顯示出一種健康的態度，因為想要某種東西是自然健康的，也幫助人存活下來並能夠享受生活。但小偷的錯誤在於那手法是基於懶惰所帶來的嬰孩式捷徑，來自於沒有能力工作存錢來獲取自己想要的東西。

所有這些靠欺騙而得到高位的神經質的人，他們並非靠真正的工作或行動才晉升到那個職位。即使在政府部門也會有小偷和強盜，靠詐騙而獲得高階的職位——也許是透過姑姑或叔叔的關係，這種男人的陰謀算計就像女人一樣。在女性身上，你可以說情況是相同的，但細節可以微調（*mutatis mutandis*），那是類似的東西；她內在有一個阿尼姆斯人物想要透過捷徑獲取事物。那個幾乎被毒死而具有母性特質的女性想要逃離孤獨，想要接觸人群，想要為她的母性情感找到一個客體。但她欺騙自己而誤認為這個年輕的殺人犯是合適的。如果她把他趕出去，她就回到自己原有的問題上面，也就得找出合適途徑來獲取自己想要的，那就得花上許多情感和思考的努力才能完成，因此她寧願讓她的母乳灑在那小偷身上。這就是欺騙自己的機制。

每一個人所陷入的黑暗之事都可以被稱為啟蒙（initiation）。被一件事情啟蒙意味著走入其中。第一步通常是掉入黑暗之地，而

且通常是以一種曖昧不明或負面的形式出現——掉進某件事當中，或被某件事所擄獲。薩滿巫師說作為一個療癒之人是從落入魔鬼的勢力範圍開始；那個從黑暗之地抽離出來的人成為療癒之人，而待在裡面的人則成了生病的人。你可以將每種心理疾病視為啟蒙。甚至你所陷入最糟糕的事情都是一種啟蒙的努力，因為你進入原本就屬於你自己的某些東西，而現在你必須從那裡出來。

鬍子的象徵

　　為什麼惹人厭的侏儒會被自己的鬍子纏住呢？許多童話故事都會提到鬍子。大家都知道〈藍鬍子〉（Bluebeard）的故事，那位惡名昭彰的女性謀殺者。你可以說那是破壞性謀殺者阿尼姆斯絕妙意象的最佳代表。另外〈畫眉嘴國王〉（King Rhrush-Beard）的故事展現的是將負向阿尼姆斯轉化成正向的例子。第三個故事是另外一則格林童話〈老頭倫克朗〉（Old Rinkrank），在故事中，國王不想讓他的女兒結婚，因此建造了一座玻璃山，並且宣稱任何求婚者都必須先通過那座山才行。所有試著攀爬玻璃山的人都失蹤了，然後來了一位王子，公主說她會幫忙他，他們兩人一起來到玻璃山，但那公主卻掉入深谷消失了。玻璃山裡住著一個叫做倫克朗的魔鬼，他是一位古老的紅騎士。這個老男人強迫公主稱他為丈夫，而他自己則稱她為妻子。他白天都和她在一起，到了晚上就出去偷東西，回家時則帶回一包包裝滿珍珠的袋子。經過一段時間之後，公主再也無法忍受了。當他把頭探進敞開的窗戶時，她一把抓住他的鬍子並說除非他答應釋放她否則她不會放手，於是他不得不照做，

然後她就和她的王子結婚了。

在這裡「鬍子被抓住」是一件正面的事，但在我們原來的故事中它卻是負面的。在一個例子中，阿尼姆斯被釋放了；而在另一個故事當中，他則是被抓住了。那麼，什麼是鬍子呢？在身體不同部位所生長的毛髮讓人聯想到動物性的本能。其他的動物都還保留著毛皮，而我們人類卻已經失去它了。毛髮喚起某些原始的、本能性的、以及像動物一樣的觀念，但是毛髮出現在身體不同的部位卻有不同的意義。頭上的頭髮攜帶著無意識中不由自主的想法與幻想的投射，因為這些都是從我們腦中所生出來的。

在某些非洲部落，一個年輕男性在結婚前的啟蒙儀式不僅包括割禮及部落事務的教學，還包括頭飾的創作。他必須進入沙漠去編製他的頭套。這包括許多用自己頭髮編成的小結，並且要將棍子和貝殼編進髮結當中。到了晚上，他的脖子要有所支撐才能使頭放鬆，因為這個精彩的頭飾必須日夜都保持完好。在這個由頭髮編成的大教堂或神廟編製完成之前，他都不能夠結婚──也就是說，他必須有足夠的靈性成熟度也必須要有自己的觀點才行。他的工作就是用象徵的形式來表達他整體的靈性存有，完成之後他就是部落中的一名成人了。他不僅必須在性方面成熟，也必須有心理的成熟度，而那種成熟度是透過他用自己頭上的頭髮所建構的東西來表達。

佛洛伊德學派的人宣稱黛利拉（Delilah）剪去參孫（Samson）的頭髮而將他去勢。但她真的這樣做了嗎？剪掉他的頭髮時，黛利拉摧毀的是參孫的靈魂或他的創造性概念或思想和觀念，因此也可以說是在心理意義上將他去勢了。一個女性可以使一個男人

變得全然愚蠢，因此他便失去了創造的能力。在中世紀的騎士制度（Chivalry），一個騎士不能**輸掉**（verliegen，指因為躺太久而輸了）。如果一個中世紀的騎士放棄自己的英勇事蹟和男性的冒險，而和她的女士待在古堡中的話，那麼她就是抓住了他，因為他和自己所愛之人待在家中，因此失去了他所有的理想和事業版圖，以及進一步的靈性發展；這是發生在參孫身上的事，他以這種方式失去了他的男子氣概。

但鬍子到底是什麼呢？它代表某種不由自主的東西；它是沿著嘴巴生長的，就像思想和文字會從嘴中不假思索就冒出來──它們自己會說話。自動的神經質說話是一種典型的神經質症狀，雖然這不只侷限在女性，但對女性而言尤其如此。一種經常性的神經質說話一直持續不斷進行，但卻沒有說出什麼事情。有一句柏林的諺語「腦子停止運轉，嘴上卻自動滔滔不絕」。它一直持續不斷，而且完全是自動自發的；這是一種理法的滿溢現象，相當不受控制，而且是無意識的，會製造一堆麻煩。語言會邀請這樣的現象，語言的文法結構會提供建議；也就是說，如果你以某種方式開啟一個句子，就很難不以典型的方式來結束它。有一位法文老師曾經對我說：**清晰度**（clarité, clarity）是法文的一種劣勢，因為它會邀請你讓字彙自動造句──句子以典型的方式開始和結束。

我自己也曾一度陷入這種狀況。在我學生時代，有一天我在走廊上碰巧見到一位年長的女性用一種哀傷和悲劇的姿態把手交給一位看起來有點尷尬的年輕男士，當時我並不認識他們，但心想這或許是一段戀愛關係或友誼的結束。後來這位女士和我修了相同的課，我們有機會攀談起來。有一次我們一起喝咖啡，而我談到建造

某些東西。那位女士注視著自己的杯子說：「妳正在蓋起來」，而「它」接著回答：「而妳正在拆下來！」她才開始造句，而我就把句子完成了！她問我為什麼那樣回答，我解釋說我沒有任何意思，那個句子懸在那裡，而我只是把它完成而已。但她一直追問，說我心中一定有什麼話沒說出來，最後我只好告訴她那是我從自己所見得到的印象，於是她問我是不是一個算命的！那件事是她生命中的一個大悲劇。我責怪自己當下怎麼那麼不留神就說出了口。

那就是阿尼姆斯的鬍子，無意識地冒出口的想法。榮格曾經說過一個故事：有位先生受盡妻子的無理取鬧，但妻子事後都不承認自己曾經說過那些話。她先生有一次趁妻子不注意時偷偷錄下她所說的話，等到她心情比較好的時候再放給她聽。儘管錄的是她自己的聲音，她仍然發誓說自己沒說過那些話。是「它」說的，而不是她這個有意識的人說的；是事情自己說出來的。從女性的角度來看，她說她不曾說過那些話是對的。那是阿尼姆斯的某一面，也就是阿尼姆斯嘮叨的那一面，在童話故事中這是以魔鬼的鬍子來表現。你必須將他抓住，就像在老漢倫克朗故事中一樣，並且說：「只有在如此這般的情況下我才會放你走。」鬍子必須被釘住，人們必須問自己：「如果這不是我說的話，是誰在講話？」在這種不假思索的談話中，最容易逮住阿尼姆斯正在發揮作用。在我們的故事中，侏儒把自己纏住了，他抓住了自己，而女孩們唯一能做的事就是讓他留在自己的陷阱當中。

當阿尼姆斯在錯誤的軌道上滔滔不絕時，他通常是自相矛盾的，他卡在自己無意識紛擾流竄的思想當中。這時把他留在那裡就夠了，知道他已經自相矛盾了就和他保持距離，並且說：如果我自

己可以這麼嚴重的自相矛盾的話，那麼我就必須找出自己真正的意思是什麼。如果我不知道自己真正想要什麼，就會說三道四的。接下來就是如何停止的問題了，告訴自己說：我已經如此自相矛盾了，我必須停止這麼做，看看自己真正的意思到底是什麼。但女孩們卻把侏儒拉了出來，而他就會繼續做同樣的事情。在故事最後，熊把侏儒摧毀了——那是一種女性本身受到阿尼姆斯啟發的情緒反應。通常女性最後會慢慢對自己負向的阿尼姆斯感到厭煩。如果她們沒有這種感覺的話，她們可能永遠也無法被治癒——但一個正常的女性通常會對自己神經質的那一面感到厭煩，總有一天就會將它終結了。

在故事最後，熊和白雪結了婚，而他突然出現的兄弟則和紅玫結婚。故事的結尾是以四位一體婚姻（marriage quarternity）的母題作為結束——用榮格的語彙來說就是一種整體的象徵。在《心理治療的實踐》（ *The Practice of Psychotherapy* ）裡一篇關於移情的論文當中，榮格用了很長的篇幅來談論這個主題。他表示古代交叉表親婚姻制度（cross-cousin marriage）的社會學模式是一種平衡的型態，具有將社會凝聚起來的功能。[2] 這種模式已經不再具有效力了，但它卻在我們心中更高的層次重返再現。在每一對配偶的關係當中都有四個人物牽涉其中：男人和他的阿尼瑪，女人和她的阿尼姆斯。就煉金術的象徵符號來看，他們是以煉金術士和他的女伴，以及國王及其對立面的王后來表現。只有當伴侶雙方可以和所有人物都發生關連時，才能說是一種完全的關係，因此用現代的語彙來說，愛情就成了個體化歷程和發展更高意識的承載工具。

我們的故事中有兩位男性人物：侏儒和熊。如果侏儒不是那麼

討人厭的人物，其中一個女孩很可能會和他結婚，而另外一個則和熊結婚。但前者（侏儒）卻被熊的兄弟取代了。我們可能會問這個兄弟是否有可能為侏儒轉化而成的。

當夢境出現某人死亡時，表示那個特定的擬人化（personification）即將結束。挹注在它上面的心理能量將出現在不同的層次上，雖然有時候很不幸地它仍舊出現在相同的層次上。多少人曾經夢過陰影已經死亡，但不幸地是它仍然還活著並且還會再度出現。但如果人們可以成功將轉化的能量帶到另一個層次，那個人物就不會再以此方式運作，或者永遠都不會再出現了。此處轉化似乎已經發生，因為侏儒消失了，而兩個女孩則找到了兩位新郎。

母親是第五個人物；她代表使整體在當中孕成的子宮。就某種程度而言，整體還在容器之內，在大自然母親的子宮裡面，這表示一種本能的可能性已經在無意識當中匯聚起來了，也指出可能會有所進展。當某人做了一個有正向解答的夢時，表示在本能的生命機率層次上，這種可能性已經匯聚起來。這個人現在是在有魚的水中釣魚了，而在此之前水裡是沒有魚的。

一個正向的夢顯示人應該往哪個方向去釣魚，也顯示那裡有魚等著上鉤。然而就算杯子到了嘴邊也還是會有失手的時候——在正向夢境和具體的理解之間。如果你知道池塘和魚在哪裡，至少已經有進步了。如果一個交叉表親聯姻出現在童話故事的結尾——這的確也是相當常見的，並不表示現代人就已經瞭解它的心理意涵。因為這個母題在當時比較像是個未來的計畫，一個尚未被瞭解的目標意象。它是一個直覺感受性的目標，但在我們能完全瞭解它之前還有一段很長的路程要走。我們必須瞭解直覺還不是一種事實。

一隻刺蝟和一隻野兔舉行賽跑，但刺蝟帶著看起來和他一模一樣的老婆，把她安置在終點處，每一次野兔抵達終點時，那刺蝟就說：「我在這裡了！」最後那野兔就精疲力竭而死了。直覺型的人把他的一點直覺放在賽跑的終點處。他通常會和那種緩慢的感官型結婚，如果有一天他的伴侶說：「我已經瞭解某些事情、我已經注意到這些等等」直覺型的人則回答：「我五年前就跟你說過了！」雖然那可能是真的，但這麼一來就太令人洩氣了。然而直覺型的人應該要小心，因為他總是處於刺蝟老婆的位置，錯把直覺當成了理解。

　　為什麼侏儒會讓他的鬍子被自己的工具（樹和釣線）纏住呢？那看起來十分愚蠢，但即使這種小細節也是非常具有意義的。在大學裡我經常看到女性踏出第一步想要運用心智時，她們所展現的阿尼姆斯很容易將心智工作所用到的工具和它的意義混淆在一起。這是半生不熟的阿尼姆斯很典型的現象。這種女性會熟記參考書目、專門詞彙或特定的文法規則，而完全迷失在其中，就好像她們無法跨越工具一樣。我認識一位女性花了 45 年的時間收集出土磚塊上的某些跡象，從中可以推論出它們所屬的文化層或年代，因此她對建築學有重要的貢獻，但她把自己整個心智活動都放在這種細節而無法再超越它。

　　做任何一種研究都必須有你的工具，但如果研究要變得有意義的話，它必須對心智產生一種復甦的效果，尤其在十九世紀末葉時，幾乎每位德國科學家都陷在這種預備性的研究上面。他們不只是做初步的研究，還有前導性研究之前的前導性研究。雖然欠缺某些前導性研究便無法談論某些主題，但你不能不知道事實上那只

是個前導性研究。曾任波蘭總理的帕德列夫斯基（Paderewski）講過這樣的故事：有一個比賽要求每位參賽者都必須寫出一本有關大象的書。有位法國人去了動物園之後寫了一本標題為《大象之戀》（*L' Eléphant Amoureux*）的書。一位俄國人喝了許多伏特加酒之後寫了一本書，標題為《大象存在嗎？》（*L' Elephant, existe-t-il?*）。一位美國人用了許多圖表和照片寫出一本書，叫做《更大又更好的大象》（*Bigger and Better Elephants*）。而德國人從沒見過一隻大象，但卻查遍了所有的圖書館，然後寫出整整十冊的著作，標題為《大象研究之預備性前導評論》（*Introductory Pre Remarks to the Study of the Elephant*）。

這就是被釣線纏住的意義。因為女人的心智是一種自然的心智，它很容易被技術面所抓住，因為這些技術對她而言很新鮮。我曾見過許多做研究的女性作者就被自己的釣線纏住，然後因為她們無法解決問題於是就放棄了。她們的教授告訴她們要學習這個和那個，但她們從來都無法瞭解那些只是工具而已。這種困難是原始心靈狀態的症狀，而不是已發展的心智狀態。在尚未發展阿尼姆斯的純樸婦女身上，或是在還未發展阿尼瑪的男性身上都可以發現這種情形。當男性的心智在覺醒過程中，它通常會經過這種纏繞，他們需要徹底瞭解進一步的覺醒是需要的。而女性錯把研究工具當成了目標，這種典型的錯誤讓她們遠離了自己的創造力但卻使她們變成對男人有用處。她們是有創造力男性的好秘書，因為他們需要這種功能。她們很會收集，而男人則感恩地使用這資源，但這樣女性就被降格成只替男性收集東西，而自己卻從來都不能發揮創意。

那個將自己纏住的侏儒是女性心中負向的阿尼姆斯形象，在故

事中他最後被代表正向阿尼姆斯的熊所除去。接著我們進入下一個
故事，它的主題完全集中在破壞性的阿尼姆斯上面。

註釋

1　原書註：*The Complete Grimm's Fairy Tales*, p. 664.
2　原書註：C. G. Jung, *The Practice of Psychotherapy*, cw 16 (1954), pp. 203ff.

無手少女

無手少女（The Girl without Hands）[1]

　　有一位磨坊主人他變得越來越窮，最後只剩下僅有的磨坊和一棵大蘋果樹。有一天，當他進去森林砍柴時，有個未曾謀面的老男人走過來跟他說：「為什麼你要這麼麻煩的砍柴呢？如果你答應將磨坊後面的東西送給我，我將會讓你致富。」

　　磨坊主人心想磨坊後面只不過是一棵蘋果樹而已，就答應了這筆交易。於是那個人得意地笑說：「三年之後，我將來取回屬於我的東西。」

　　磨坊主人一回到家，妻子就問他屋內突然湧現的黃金是從哪裡來的。磨坊主人告訴她那是從在森林裡遇見的老頭那裡來的，為了回報他，他答應將磨坊後面的東西送給他，反正我們也用不著那棵大蘋果樹。

　　「啊！我的先生」太太失聲驚叫，「你看到的一定是惡魔。他要的不是蘋果樹，而是我們的女兒，那時她正在磨坊後面打掃院子。」

　　磨坊主人的女兒是個美麗虔誠的少女，在那三年當中她敬畏上帝地活著。當惡魔要來帶走她的那一天，她將自己梳洗得很潔淨，並用粉筆在自己四周畫了一個圈，如此惡魔就無法靠近她了。惡魔非常生氣，對磨坊主人說：「帶她遠離所有的水，這樣她就無法洗滌自己；否則我的力量就無法勝過她了。」磨坊主人非常害怕，只好照著他的話去做。但到了隔天清晨，當惡魔來臨時，女孩的淚水滴落在她手上，將手洗得非常乾淨。惡魔又再度受到阻撓，他在盛怒之下告訴磨坊主人：

「把她的雙手砍掉，否則我現在無法得到她。」

磨坊主人很恐懼地說：「我怎麼能夠砍下自己小孩的雙手呢？」

但那惡魔逼迫他說：「如果你不這樣做的話，你就是我的，我就要把你帶走！」

磨坊主人告訴女兒惡魔所說的話，求她幫他解決他的麻煩，並原諒他即將對她所做的惡行。她回答說：「親愛的父親，儘管對我做你要做的事吧！——我是你的女兒。」於是父親就將她的雙手砍了下來。

現在惡魔第三度出現了，但那少女流下了許多的眼淚，淚水又將雙臂洗得非常乾淨。因此他不得不放棄她，從此之後他就失去掌控她的力量了。

磨坊主人現在對她說：「我已經從妳那裡得到許多好東西，我的女兒，我將盡心盡力照顧妳一輩子。」

但她回答道：「我不能再待在這裡了，我將前往世界各地流浪，那裡有慈悲的人將會給我所需要的東西。」

然後她將自己的雙手綁在背後，在太陽升起時展開了她的旅程。經過一段時間之後，她來到一座皇家花園，在月光照耀之下她看到一棵長滿甜美果實的樹。她無法走進花園，因為花園四周有水環繞著，但她備受飢餓折磨，便跪下來向上帝禱告。突然，有一位天使從天上下來，將水分開露出一條乾的通道好讓她通過。於是她走進了花園，但所有的梨都標上了號碼。她走近吃了一顆以緩解飢餓，之後便不再吃了。園丁看到她這麼做，但因為天使站在她旁邊讓他覺得很害怕，便以為那

少女是個幽靈。

第二天早上，國王發現少了一個梨，便問園丁它到哪裡去了。他答道：「昨晚有個幽靈來到這裡，她沒有雙手，但她用嘴吃了一顆梨。」

國王接著問：「那個幽靈是怎麼越過水的？她吃完梨後又到哪裡去了？」

園丁回答：「有個穿著白衣的天使從天堂下來將水道分開，那幽靈便從乾的地面走了過去。因此那一定是個天使，我很害怕，就沒有叫出聲或質疑她；那幽靈一吃完水果之後就回去她原來的地方了。」

國王說：「若如你所言，我今晚將和你一起逮住她。」

當黑夜降臨時，國王帶著一個牧師來到花園。等到午夜時分，那少女從樹叢下躡手躡腳地走出來，又用嘴吃掉了樹上的一顆梨，而穿著白衣的天使就站在她身旁。於是牧師走向前去跟她說：「妳是從上帝那裡來的，還是從地上來的？妳是幽靈還是人？」

她回答道：「我不是幽靈，而是一個可憐的女孩，所有人都拋棄了我，只有上帝拯救我。」

國王說：「如果全世界都拋棄妳，我將不會棄妳不顧。」於是他將她帶回自己的皇家花園。因為她是如此美麗又虔誠，他深深地愛上了她，便為她訂製了一雙銀色的手，娶她做為新娘。

經過一年之後，國王不得不出外打仗，年輕的王后便留下讓他的母親照顧。不久之後，王后生下了一個男孩，國王的老

母親寫了一封信跟兒子報喜訊。但信差在半途休息時睡著了，而那惡魔把信換成另外一封，信上說王后生了一個怪物。國王一讀到這封信，非常震驚又煩惱，但他回信給母親說她應該好好照顧王后直到他回來。不料那信差在途中又睡著了，惡魔在他的口袋中放了一封信，信上說王后和她所生的小孩應當被殺掉。當老母親收到這封信時，她嚇壞了，於是又寫了一封信給國王，但卻沒有得到回音。原來，那惡魔又把另外一封偽造他母親所寫的信放入信差的口袋中，信上說母親應該保存王后的舌頭和眼睛作為完成使命的證物。

老母親感到非常悲傷，為了不忍殘殺無辜，她取下一頭小牛的舌頭和眼睛，對王后說：「我不能遵從國王的命令殺害妳，但妳不應該繼續留在這裡了。帶著妳的小孩到廣大的世界去，絕對不要再回到這裡。」

說完之後，她將小孩繫在年輕王后的背上，可憐的妻子悲痛哭泣著離開了。她很快就來到一大片森林，在那裡她跪下來向上帝禱告。天使出現了，帶領她進入一間小木屋，門上掛著一個盾牌，上面刻著：「在這裡每個人都可以自由地活著。」

從屋子裡走出來一位白衣的少女，她說：「歡迎光臨，王后夫人」，並帶她進到屋內，她說她是上帝派來照顧她和她小孩的天使。王后在這木屋住了七年，受到很好的照顧。由於她的虔誠得到上帝的垂憐，她又長出和從前一樣的雙手來了。

在這段期間，國王回到了家，他第一個念頭就是去看他的妻子和小孩。他的母親開始哭泣，她說：「你這個邪惡的丈夫，你為什麼寫信讓我將兩個無辜的靈魂置於死地呢？」她將

惡魔偽造的兩封信拿給他看，又繼續說道：「我已經照你的吩咐做了」，便將證物──眼睛和舌頭拿給他看。

於是國王為自己親愛的妻兒痛哭起來，他的母親看他可憐就告訴他：「你放心吧，她還活著！我命令人殺了一頭小牛，從牠身上取下這些證物；但我將小孩繫在你妻子的背上，我吩咐她們走到廣大的世界去，而她也答應永遠不再回到這裡，因為你是如此殘酷地對待她。」

國王信誓旦旦地說：「如果她們還未餓死的話，無論天涯海角我也要找到他們。而且我將不吃不喝，直到找到我親愛的妻子和小孩為止。」

國王立刻動身，他花了七年的時間尋遍石頭縫和岩洞，但都找不到他的妻子──他開始想她有可能已經死去了。

但上帝支撐著他，最後他來到那片大森林中的小木屋，一位白衣少女從屋中走出來並引他進入屋內，她說：「歡迎，偉大的國王！你從何處來？」

他回答說：「我花了七年的時間到處尋找我的妻子和小孩，但都沒有成功。」

接著天使招待他食物和飲料，但他拒絕了，只是躺下來睡覺，用一塊餐巾蓋住他的臉。

天使走進房間，王后和她兒子坐在那裡，她通常叫她的兒子「哀傷」，天使對她說：「帶著妳的小孩出來，妳的丈夫來了。」她走到他躺下的地方，餐巾從他的臉上滑落下來。

於是王后說：「哀傷，把餐巾撿起來蓋在你父親的臉上。」兒子照著吩咐做了，而國王在睡夢中聽到了，就讓餐巾

再度從臉上滑落下來。

小男孩對此感到不耐煩，他說：「親愛的母親，我怎樣才能將我父親的臉遮蓋起來呢？在這世上我真的有一個父親嗎？我已經學會了祈禱文『我們在天上的父』；而妳也跟我說我的父親是在天上──那個善良的上帝。我怎麼能夠跟這個野人講話呢？他不是我的父親。」

當國王聽到這裡，就坐起身來問王后她是誰。王后回答：「我是你妻子，而這是你的兒子哀傷。」

但是當他看見她真人的手時，他說：「我妻子的手是一雙銀手。」

王后說：「仁慈的上帝已經讓我的手重新長出來了。」而天使走進房間拿出銀手展示給他看。

現在他知道他們真的是自己親愛的妻子和小孩，便很快樂的親吻了他們，他說：「一塊沉重的石頭從我心中卸下了。」他們和天使一起用餐之後就回到國王母親的家中。

他們返抵家園，所到之處盡皆歡騰；國王和王后再度舉行了婚禮，並且終生都快樂地生活在一起。

這個故事各國有許多不同的版本，磨坊主人知道自己已經把女兒賣給魔鬼或邪靈（evil spirit），或像這個版本中的，賣給了惡魔（the Evil One）。至少就我所見過的，這無手的主題只出現在女英雄身上；它非常普遍而且有不同的成因。這裡發生的原因是因為女孩被賣給了魔鬼。

磨坊主人的困境

　　磨坊主人這個主題在民間故事中非常的弔詭。從負面的、也是農夫的角度來看，磨坊主人是唯一不作粗活的農人，他像是一種原初型態的汞（Mercurius），擁有能夠讓水為他工作的把戲。水力的運用是人類最早的發明，在從前，碾磨這種工作是由動物或奴隸推著石頭一圈一圈的繞著轉，那真是可怕的工作。「Mechane」這個希臘字有把戲（trick）的意思，而水磨坊是一種讓工作變得簡單的技術把戲。在民俗故事中有許多是關於有錢的磨坊主人用提高麵粉價格來剝削鄉里間辛勤工作的農民的故事。他制訂買賣的價格，他知道用什麼把戲可以折磨那些純樸的農民，因此他也成為農民的敵人。農民說：「他就坐在那裡，透過他的水把戲就可以哄抬價格。」因此他具有工作魔和權力狂的投射意義。

　　但另一方面來說，水磨坊的發明是很巧妙的，既具創意又很靈巧，而輪子則是一種曼陀羅（mandala）。因此磨坊主人也是一個具有建設性的人物，一個赫密斯—墨丘利（Hermes-Mercurius）型的人物，他屬於那個神話家族。在民俗故事中，慈愛的磨坊主人在糧食充足時儲存足夠的麵粉，到了飢荒時則拿出來救濟貧窮，這種情節經常出現，這時磨坊主人就變成鄉間的佈施者了。因此他可以說具有人類意識當中的墨丘利（mercurial，此處指商人的）品質，可以用來行善或是造惡。在這故事裡，他走到了窮途末路，因此將某些東西賣給了魔鬼；你可以說他和魔鬼般的品質非常接近。雖然他看起來似乎有點無辜，但在困難的時刻，他卻讓自己領域中的某些東西落入魔鬼手中。這是指將聰明的意識誤用在不道德的目標

　　　　　　　　　童話中的女性：從榮格觀點探索童話世界

上，這自然是非常聰明的人在困難時刻會做的事。如果你很笨但很誠實，那麼當遭遇困難時，你會尋求幫助；但如果你不誠實，你會想要自己解決難題，那麼這種智力或是這種較高能的意識就馬上會被誤用了。

　　我不想在這裡談論人類文明透過科技所造成的道德敗壞現象——你可以自己去思考那個問題；但它的核心所匯聚的是為了解除危機而誤用意識手段的問題。我們在天秤上所失去的是自己的靈魂；我們正做著和磨坊主人同樣的事，心想我們只是犧牲掉一小部份的自然而已。我們計畫在阿爾卑斯山上蓋一座新電廠，心想這樣我們應該只是失去一些樹木和林地而已。我們不夠瞭解，我們對大自然的疏忽就是正在將自己的靈魂賣給魔鬼，因此某些心理的價值也就失去了。城市中的視野並沒有改變，仍然有電燈、汽車和房子，但我們卻失去了令人屏息片刻的那一種真實——那種來自黑暗、雨夜或月下美景的神祕感——那是大自然在周遭環境下千變萬化的那一面。

　　我們也不再分享祖先的情緒經驗，自從第一個人類誕生以來那些經驗就已經成為人的一部份了：滿月和樹梢間的微風低語都讓我們連結到本能以及過往的無意識生活。整個情緒的廣度使我們的生活更為豐富，也讓我們跟祖先連結在一起。工業技術把這些都偷走了，而我們從未注意到自己失去了什麼，除非我們在一年當中至少可以花些時間重溫往昔生活。當蘋果樹和草原失去之後，大部份的人都有足夠的意識會感到不安，但更糟糕的是失去了與被砍掉的蘋果樹連結在一起的經驗，我們所毀掉的是那整個的心靈生命——那些經驗是屬於大自然的整體模式。

因此，從磨坊主人的觀點來看，他的女兒代表的是他的阿尼瑪人物——那就是他的情感和情緒生活的一部份，現在賣給了魔鬼，落入魔鬼之手了。如果我們從女性的立場來看的話，我們可以說這代表一個女性經由父親情結的負向匯聚已經落入了最大的危險當中。因為父親處在資源匱乏的狀態，就把自己的女兒賣給魔鬼，這表示什麼？如果磨坊主人陷入這種困境的話，那通常是普遍的集體災難所造成的後果，他想要消耗別人來使自己倖免於難，這是一種完全自私的態度；或者，如果他的困難是個人造成的，那麼他的磨坊一定是出了什麼問題。他或者是收費過高，或者是個不好的工人，或是類似的事情。否則為什麼他會陷入困難呢？在這種狀況下，他應該問自己為什麼他的磨坊和事業會陷入這種窘境呢？為什麼只有他受苦呢？他做錯了什麼，或忽略了什麼生活的法則呢？情況看起來像是他個人的麻煩。有一個類似的故事，只是磨坊主人的角色被一個受困的老國王取代了。這指的是關於國王需要更新的普遍母題；國王代表的是集體意識的核心原則，它經過一段時間就會耗盡了。在我們的故事中，父親不是一個國王而是一個富裕的商人，因此他更可能代表的是集體性的商業觀點已經耗竭了。所有人類心理的智力品質經過一段時間之後都逐漸耗損。意識中的某個層面已經被使用太久而變成例行公事，那麼它就變得沒有意義了。意識需要有某種常規，但它也可能淪落為例行公事——而那就會導致靈魂的失落了。

　　因此，那個逐漸耗盡用處的磨坊主人可能是一個教授、學校老師或是木匠，他們都以同樣的方式誤用自己的能力。無論如何，優勢功能都以例行公事的方式逐漸走下坡。有可能是一個護士，她的

微笑變得自動化，她會遞上肥皂和量體溫，但她仁慈的照護已經變成只是一種習慣和商業手段。她將機器打開但潛伏在下面的則是死寂的無聊──這是過度使用她外傾情感的弊端。因此不只是男人會發生這種情形，任何心理活動只要變成是一種手段時，它自然就會走下坡──接著就是磨坊主人遇見魔鬼的時候了，當他想要延續舊有的方式而不想面對貧窮並尋找新方法時，就把自己女兒的靈魂出賣給魔鬼。這是錯誤的一步。如果一個父親做了這種事，他的阿尼瑪和他的愛欲功能就墮落了，而女兒將會和一個或許在事業上或科學上很成功但卻沒有情感的父親一起長大。他忽略她的情感面向，從不跟她說話或和她玩耍嬉戲──這是一個父親在某種程度上應該做的，他卻只在意自己的生意而沒有時間陪她。

這種女兒沒有受到父親的愛欲功能所滋養。在我們故事中的女兒表現的是這種被賣給魔鬼的女人，因為她在情感方面沒有受到滋養，因此一種破壞性的、魔鬼般的理智主義，某種魔鬼般的阿尼姆斯會將她擄獲。她或者將會非常有野心，或者是非常冷酷，或者她可能會和她父親做同樣的事，她的阿尼姆斯會延續父親算計而冷酷的生活模式。在故事中的女孩回應這種傳承的方式是非常典型的，她瞭解這種負面的可能性，並試圖讓自己逃離可怕的危險。

我想起一個典型的例子能夠說明我的觀點。那個父親是非常有權勢的商人，對政治非常有企圖心也很積極，但卻像冰一樣的冷酷，他在家中沒有婚姻生活，對小孩也沒有愛心。他走進家中就像是頭公牛或雷雲一樣，沒有任何的人際關係；他的愛欲完全陷落了。當他過世之後，女兒開始發展一些心理方面的興趣，她開始接觸藝術並試著修習哲學，但每次她接觸到任何男性的領域時，她就

變得完全的狂熱。她拿起哲學書籍瘋狂地閱讀，就好像她是一部機器一樣；她被惡魔所擄獲了。

她是個敏感的人，她想要改變現狀，因為她知道這是極具破壞性的，她也看到那惡魔是如何的抓住她。當她試著彈琴時，她也被擄獲了，結果就愛上她那帶有虐待性格的音樂老師。她日以繼夜的練琴，他也一直鼓勵她。她失去了所有的朋友和關係，但她畢竟還算正常，意識到自己所發生的一切，瞭解擄獲這回事，並且把它通通放下。到最後她什麼事也不能做。她所做的每件事都是這樣具有破壞性，因此她發展出一種完全被動的女性人格。她可以選擇掉入魔鬼手中，或是克制不做任何活動——那也就是失去了她的雙手。她四十年的生命都這樣被動的度過。這就像某人坐在樹上、而樹下有個怪物在等著抓她一樣，如果她從樹上下來走入生活，她就會被充滿野心的惡魔抓住。在我們故事中，那女孩選擇避開惡魔，她犧牲了自己對生活的參與，但卻沒有落入惡魔手中。

無手少女必須經歷苦難是因為她的父親並沒有妥善解決自己的問題，反而將她賣給魔鬼以逃避衝突。從一個女性的角度來看，她是受到可怕的阿尼姆斯所威脅。一旦她接觸到任何生命活動方面的事情，她就有可能落入阿尼姆斯或權力欲的擄獲，而變得像她父親一樣冷酷、無情又殘忍。她所能做的就是離開精神生活。

那就是故事中的女孩所做的事。她哭了如此之多連魔鬼都不能把她抓走。她用純真的態度來保護自己；淚水洗滌了她的雙手使她維持潔淨，但魔鬼企圖要帶走她，而她的父親也不得不砍掉她的雙手。因此她變成了殘廢無法開始學習生活中的任何活動，就像那個女孩試著彈琴和學習文學，但卻是用一種受擄獲的方式進行，使得

她無法繼續進行下去。

阿尼姆斯是一種原始狀態的男人，就像男性的阿尼瑪是一種原始狀態的女人一樣，她會做得太過誇張然後垮掉。在原始文明當中，人類的活動並不是有規律的分配。有些時候人們瘋狂的工作、狩獵或是大動干戈地出外征戰，但是忙完之後他們會睡一段很長的時間。不規則的韻律對原始男人來說是很典型的，而通常阿尼姆斯都具有這種特質傾向，但是當強大的父親情結匯聚起來的時候，情況比這個還要糟糕。

於是那個女孩離開了家，抵達一個皇家花園，她非常的飢餓想要吃一些梨。園丁因為看到天使站在她身邊保護她，便認為她不是普通的小偷，於是將此事告訴國王，國王找到了她並和她結婚，也幫她做了一雙銀手。

請記得，父親認為他賣給魔鬼的是一棵蘋果樹。在神話學上來說，蘋果通常帶有愛欲的意涵，它們也代表生命的豐饒與延續。國王或父親角色擁有果園、樹或馬廄，這是一種原型的母題，當它用來說明男性心理學時，有許多不同的連結：一個童話故事也許會說一個國王有美麗的花園，園中長滿了金蘋果，他發現一隻金鳥每晚都來偷走一個蘋果，於是就派兒子去調查；或者是說村長有一頭母馬，每年都會生下一隻漂亮的小馬，但神（div）隱形的雙手把它偷走了，於是村長派他三個兒子去完成複雜的使命。國王擁有美麗的水果花園但看不見的力量把它偷走這種母題是很普遍的。就像榮格在《神祕合體》（*Mysterium Coniunctionis*）一書談到國王和王后那一章所說，國王通常代表集體意識的優勢內容，一般是上帝的意象，因此也通常是自性的象徵，但他只是自性中的部份面向而已，

代表集體意識中已經相對被理解的部份。

這種在集體意識中的自性代表，總是有難以表達整體自性的危險，就如同個人的意識一直都有難以恰當表達個人整體心理狀況的威脅一樣。生命是如此豐富而又經常變動，因此意識需要有很大的彈性才能表達內在所發生的一切。但意識很難做到這種理想的地步，總是有過於狹窄的傾向，或是在某個軌道上待太久，這或許是為什麼我們需要夢境來提醒自己適應新的生活狀況。個體一直都需要調適，而集體意識也是一樣。在神話中，經常出現的是無能、生病或是老邁無助的國王，而非英明的國王，因為這些代表的是不再進行調適的集體態度。

小偷是無意識因素的人格化，他將意識的能量抽走。如果你很憂鬱，早上起床時心情很差，而且開始覺得每件事都單調乏味；那就是某些東西把你的能量偷走了。原始人醒來時若發現這種狀況，他會說某人偷走了他腎臟的油脂，或偷走了他的一個靈魂，而他會去巫醫那裡把它找回來。這種能量和興趣的流失表示生命從意識領域消退，通常這是由於無意識中有一個情結匯聚起來，將能量吸走。在意識上人覺得無聊和停滯，而夢境卻逐漸豐富起來。有許多生命已經在下層聚集起來，但你還無法將它拾起。當自性中的女性面向或是阿尼瑪開始破壞或偷走集體意識的能量時，在集體無意識中會出現一種陰鬱的對立狀態。這種無力的惰性間接迫使男性改變他的態度。當女性不能達成所需的進化以符合情況時，她很自然就會採取卑劣和陰鬱的女性反應，總是唱反調來破壞男性的興致。她用卑劣的被動性來破壞氣氛，而其實背後是一種想要強迫男性改變的半無意識企圖。

榮格經常引用霍比族（Hopi）² 的創世紀神話，據說霍比人原來是住在地面下很深的地層當中。每次當一層變得過度擁擠時，女性會讓情況變得令人難以忍受，因此男性被迫要找出路到上一層去，因此女性自己什麼也沒做，只是用她們的卑劣手段，就迫使霍比男性進入意識的世界。當女性在情感面開始變得非常掌控時，這也是同樣的狀況，只是型態不同而已。因為她在小時候沒有得到足夠的情感，因此心理上有一種渴求，才造成對男性的過度要求。這種情形推到極致可能變成一種不變的嬰孩態度，但如果有所節制的話，對關係而言則有很好的效果，因為男性對愛欲方面的問題通常比較懶散。如果女性沒有提出訴求的話，他就會置之不理，在他心中總有更重要的事情需要關注。但如果女性經常不斷提醒男性她需要相當程度的關注和照顧的話，這對男性的阿尼瑪會有正向的效果，如果他多加注意的話他就會對阿尼瑪有所認識。我們故事中的女英雄藉著這種不主動的祕密方式以偷取國王園中的果實來引起他的注意。

蘋果一般被視為男性的象徵，而梨子則是女性的象徵。這讓人聯想到類似〈伊甸園〉（Garden of Eden）的故事，夏娃受到引誘而偷吃了水果，並把它交給亞當。但把蘋果交給夏娃的是魔鬼而並非天使。正如你所知《聖經》〈創世紀〉（Genesis）中的故事，蘋果代表善與惡的知識，那會使得人類等同於上帝；也就是說，竊取並且吃下果實就等於強行潛入神聖整體的領域當中，而普羅米修斯（Preomethean）的罪行正是想要超越樂園的自然無意識狀態——想要變得有意識的罪行，那是受大自然所憎惡的，在這個例子當中則是受到上帝所憎惡。後來的哲學和某些教會的神父們開始對《聖

經》中的故事有一點不同的想法。他們說如果夏娃不曾吃過果實又把它給了亞當的話，人就不會犯罪而被逐出樂園。而上帝也就不會變成人類；基督也就不會降生為人，在人世間被釘在十字架上受刑。而從一個基督徒的觀點來看，既然耶穌的受難是神聖恩典的最高行動，這不禁會讓人聯想到伊甸園中夏娃所發生的事是一種**快樂的錯誤**（felix culpa）——一種幸運的罪行，一種帶來好結果的罪行。

和亞當的故事相對照的是中世紀聖杯傳奇中帕西法爾的故事。帕西法爾的事跡並不是跨越禁忌獲取知識，而是探詢聖杯容器的事。他所問的既非國王的創傷，也不是聖杯容器的儀式，因為他曾被告知詢問事情太過孩子氣了。帕西法爾就像亞當一樣，他經常被稱為第三個亞當，作為和亞當第一（primus）及亞當第二（secundus）的對照。他的罪是沒有發問，而第一個亞當是冒險涉入知識的領域並吃了蘋果。這反映出男性對於意識的態度的緩慢轉化。像在現代如果不變得有意識就好像是一種罪惡，但在最初人們會覺得變得有意識是一種罪惡。雖然形式不同，但對許多人而言仍然是一種衝突，當他們談到深度心理學和分析時，會認為不應該去挖掘這些東西，應該讓睡著的狗躺下來，會說依循常識和一般規則就夠了，因為想要知道更多是一種罪惡。但我們知道繼續停留在無意識狀態也是一種抗拒自然的罪惡。如果某人維持在自己的水準之下，或者假裝比他應該知道的還要少，那麼罪惡感和其他神經質的症狀就會出現。我們仍然得面對變成覺知的罪惡和留在無意識的罪惡之間的兩難情境。既然我們無法維持在無知的狀態，那問題就變成是自己的選擇和態度了，我們到底比較喜歡哪一種罪惡？

銀手與不自然的母性

那位在國王花園裡的小偷顯然有了正向的結果，因為國王注意到了那個女孩並且和她結婚，又給了她一雙銀手——雖然這沒有比她後來得到的手要好，但有了這雙假手她就有一半的功能了。後來她生了一個小孩，但當國王外出打仗時，通知小孩誕生的信和國王的回覆雙雙落入了惡魔手中，後果是王后和她的小孩被迫離開進入森林。這種信件的調包有幾種不同的版本，通常並不是魔鬼來把信件換走，而是婆婆因為嫉妒所做的。

從一個角度來看，你可以說女孩代表那種必須過著完全被動生活的女性，就字面上正向的意義來說，那是一種女性的生活，因為一旦她脫離了被動的狀態，她就會落入病態驅力的威脅之中。但藉由逃離生活來逃離魔鬼之手只是暫時的解決之道。問題遲早會再回來，而且就像這裡的故事一樣，它會在婚姻中出現。許多女孩克制自己不去學習或發展心智，因為她們確實覺得如果她們這麼做就會落入阿尼姆斯的擄獲當中，而那會讓她們無法結婚。但如果女孩結了婚但她想要發展心智的願望卻沒有滿足，問題還是會再回來。她已經避開了阿尼姆斯的擄獲也結了婚，但是她內在想要發展自己另一面的渴望仍然存在，這時通常有一種不滿足的煩躁和憂鬱會征服她。於是魔鬼再度出現了，而這次干擾的是她的婚姻狀況。

在故事中，女性的負向父親情結碰上她婚姻伴侶的負向母親情結。那女孩注定要被動和孤立，為了免於落入魔鬼之手，注定要過沒有作為的生活，但如果她和一個有母親情結的男人結婚，則母親或婆婆將會介入。既然媳婦是被動且相當沒有說服力，也無法採

取堅定的立場，婆婆將會介入安排，例如聖誕節要做什麼，或是嬰兒需要什麼等等。女孩對此也無能為力，因為婆婆已經踏入了她心靈中的真空狀態。通常年輕女孩是能夠為自己辯護並反抗年長婦女的，但如果她還需要為自己內在的領域辯護的話，那麼她將沒有能量或能力為自己去和外在抗衡。可以這樣說，當女性被迫進入極度被動以避開她的魔鬼時，她將變成一個受害者，因為她周遭的任何人都可以佔她的便宜。她過於消極和孤立，也無法抓住她想要的東西，這個狀況會吸引其他人來佔便宜──外在現象會吸引魔鬼過來。但這樣創造出來的模式也有其意義，因為除非她被婆婆所迫害，否則她的手永遠都長不回來，而一輩子都要使用假手。整個故事的情節都環繞著這個問題打轉。

如果我們不是以丈夫的角色，而是以女英雄內在人物的主觀層次來詮釋國王的話，那麼他代表的是一種集體的、佔有優勢的正向精神。那個女性就會接受所有當時主流的宗教、義務和行為的觀念，並且根據集體的標準來過生活。個人的態度將會被傳統的價值所取代，那個女性將會做正確的事，因為那是已經做過的事。她會表現正常但不會有自發性。她正向的愛欲特質不會完全復活。例如，你可以在受到負向母親情結傷害或者是有魔鬼般的父親意象的女性身上看到這種情形。她們對養育自己的小孩有困難，因為她們顯然對小孩缺乏自發性的反應。小孩會造成她們的困擾或者惹惱她們，因為她們缺乏足夠的正向母性本能來接納每天的家務事和例行為嬰兒換尿布及保持整潔等工作。

從一種觀點來看，小孩是很無聊的，但是具有正常母性本能的女性可以用自己的步調來處理它。如果她太生氣，她可以對小孩吼

叫，事情就不會變得太離譜，也不會逾越母性關係應有的溫暖。但擁有負向父親或母親情結的女性，她的內在有一種尚未被救贖的負向層面，那會讓她偏離太遠。因此她無法發自內心──她會以做一個特別好的母親來補償，她忍受小孩所有的激怒而不發作，或是內心的抗拒也可能發生在無意識，那很可能造成這種母親毫無理由失手跌落小孩的情況──這是一種無意識的謀殺行為，甚至是更令人害怕的。她們自己無法承認在某種意義上她們憎恨小孩，她們反而用閱讀育兒書籍來過度補償，並且試著想要盡可能做到完美。她們採納的是集體的標準而不是發自內心的聲音。

這種狀況不只發生在撫養小孩方面。當女性內在有一種尚未被救贖而帶有魔力的一面時，所有和丈夫與小孩的愛欲關係相關的活動，都會以一種造作的方式來表現。所有不能自然流暢表現的，便以意志力來取代，結果造成了不幸的後果，故事中的情節就是這樣發生的。不夠自然流暢，在故事中是以銀手做為象徵，它們取代了已經被砍掉的部份──本能被集體的規則所取代。但這種人並不能覺察到自己內在有一個死亡的角落，一種尚未被救贖的東西；她們永無止境的追尋，就好像魔鬼在暗中擾亂讓她們不得安寧一樣。

在我們故事中，魔鬼又再度介入干擾，並且製造國王和王后之間的誤會，使她被指控生出一個怪物，因此被趕到森林裡去，她獨自住在孤單的小屋內，但卻受到天使的保護。她被迫進入自然，在那裡她必須找到如何和自己內在正向的阿尼姆斯連結，而不再根據集體的規則來運作。她必須進入深度的內省。森林也可能相當於沙漠或海中的孤島或山頂的顛峰，她被隔離在處女國度的寂靜之中，那意味著她必須退入自己的孤寂，也必須瞭解雖然她看起來有

丈夫、小孩或是一個工作，她還是沒有真正的活著。因為非常依賴也渴求關係的緣故，大多數的女性很難承認自己有多麼孤單，也很難接受那是一個既定事實。隱居森林就是要有意識地接受孤獨，而不是試著以善意來製造關係，因為那並不是真正的東西。根據我的經驗，女性要瞭解並接受自己的孤獨是非常痛苦也是非常重要的。處女地就是心靈當中的那部份，那裡沒有集體人類活動的影響，隱居於此不僅意味從所有的阿尼姆斯選項和生活觀點退出，也從生命看似對她有所求而她必須去做的衝動撤回。就字面上最深的意義來說，森林是非世俗的內在生命居住的地方。住在森林裡意指潛入個人最內在的本質，並找出它感覺起來像什麼。植物的生長象徵自然發展的生命，它對於被負向阿尼姆斯或負向母親情結摧毀的女性有適當的療癒作用。

在許多故事中，受到負向阿尼姆斯或負向母親情結重創的女性不僅受到魔鬼的折磨，也受到後母的虐待。這個故事的後半段是和負向母親情結及具有強大魔力的父親有關——它們的發展是相同的。在兩個案例中，女孩都注定要處於被動狀態並且返回她靈魂未曾受傷的處女地療傷。你如果問在現實生活中的這種女性，倘若可以不理會所有外在生活的要求，她會做什麼，通常她會絕望的表示她也不知道——她只覺得想坐在床邊哭泣而已。你問她是否想和某人談話、聽音樂或是找朋友，但她什麼也不想。

在森林裡得到療癒

如果一個人退化到這種原初的內在層次，那是因為那個人無

法和其他人一樣過著普通水準的生活。只要一個人處在那個水準，她就必須是其中的一部份。但是森林也是事情開始反轉和生長的地方；那是一種療癒的退行。

因此女孩被迫進入森林，她在那裡遇見天使。如果生命中有這麼一個原點，在那裡生命縮減成絕對的空無，童話故事說：接下來人就會完全進入自然當中，而以我的經驗來看，這通常是一件正確的事。女性常說自己唯一能夠稍微享受生活而不會覺得自己的困難很糟糕，是藉由在森林裡漫長的散步和坐在陽光底下達成的。那是一種真誠的傾向，因為似乎只有大自然純淨的本質和美妙才有力量能夠療癒這種個案。女性和大自然的正面形式有很深刻的關係。和動物的關係也有療癒的效果，許多女性都和寵物發展關係，在那個時刻對她們而言可能比什麼東西都更有意義，因為牠無意識的單純對她們內在的創傷很有吸引力。和人的關係是一種分別性的工作，但和動物的關係則是單純的，當能夠感覺到牠的時候，失去的柔軟或許可以重新被發現。

乍看之下，天使似乎是後來才加入故事當中，但顯然總是會有某種類似天使的東西出現，即使在不相信天使的國家；或者也有可能是上帝派來的小鳥；在俄羅斯則是一個老男人——上帝自己降下來幫助那可憐的女孩。因此神聖力量的介入似乎是一個真實的面向，而不是只有在這個版本才被穿插進來。故事中都有上帝本人或他的一名使者介入幫忙，實際上來說，這表示只有宗教性的經驗可以幫助那位女性脫離她的困難。

這可以說是隱士的典型經驗——動物和他做朋友，將他帶進內在的靈性生活。中世紀有許多的隱士，在瑞士他們被稱為樹木的兄

弟姊妹。有些人不想過修道院的生活，但卻想獨自住在樹林裡，他們和大自然很接近，對靈性的內在生活也很有體驗。這種樹木的兄弟姊妹可能是有高水準人格的人，他有靈性的命運，而且必須有一段時間放棄積極的生活，一個人孤立起來尋求自己內在和上帝的關係。這和在極地部落的薩滿巫師或是世界各地的巫醫會做的事並沒有太大的差別，為的是在孤立中尋求一種直接的個人宗教經驗。這個故事指出那是唯一能夠療癒這位女性深度分裂與傷害的方式。集體的標準並無法幫助她，她必須先回到原點，然後在全然孤寂的狀態下找到自己的靈性經驗，這在故事中是以天使的擬人化形象來呈現。

在孤獨和悲傷的關鍵時刻，就好像在無意識中開啟了活力，因為在那個時刻手被療癒了。文本上說「她的手又重新長回來了」。不同的版本有時描述較多的細節，但它們總是指向得到大自然的療癒，而不是做某件特別的事。在許多版本中，手是藉著雙手環抱樹木而得到療癒；也就是說她經過一個內在成長的過程而得到療癒。樹是一種個體化歷程的象徵，在英雄的要求之下，它是有回應的行動，可以帶動個體化的歷程。但有時候即使沒有做什麼，事情也會改變而變得更好。有一種生長的自然歷程會在心靈中成熟與轉化，但這種狀況就必須等待，不要干擾就是療癒的要素。

在俄國有個類似的故事，是關於手如何得到療癒的驚人故事。故事中的女人把小孩綁在手上到處流浪，她走到一處泉水想要喝水，但又怕小孩會掉到水裡去。後來水逐漸升高，她看了看覺得非常口渴就屈身向前，而小孩就從她的手上滑落掉到水中。絕望之餘她開始哭泣並四處走動，這時有一個老男人說：「把小孩救出

來！」但她說：「我沒有手！」那老男人又重覆一次：「把小孩救出來！」她才將手臂放到水裡，突然間活生生的雙手又長出來了。在她即將失去小孩的當下，那是她最後僅有，也是她唯一的所愛，藉著拯救他免於溺斃，她自己也得救了。

在真實生活中，我曾見過這種消極的女性，她們甚至不能下定決心進入分析；即使是分析那樣的事都太費力了——她們寧願在絕望中度過而不做任何事。但如果問題是拯救她自己的小孩免於落入無意識，如果她有一個兒子或女兒開始變得神經質，那就會迫使一個母親試圖拯救自己的小孩，否則她只會陷入完全的消極，在這種情況下她就必須面對自己的問題了。這可能會將她帶到一個羞辱的階段，因為她必須請求心理治療師的協助，將她從沉溺在消極的憂鬱中拉拔出來。若非她真正的小孩，也可能會是某些活動或興趣，對她而言就像是她的小孩一樣。我認識一位像這樣的未婚女性，除了彈琴之外，她的每一種連結都被切斷。但當她的手臂神經發炎時，她連琴也無法彈了。那是她的內在小孩，她生活中的一個活動，在關鍵時刻從她身上被拿走了。那是個轉折點。她從那時進入分析而她的問題就浮現出來，有可能是失去某些受雇機會，或某些過去曾為正向的事。即使在俄國的故事中，那位女性也無法拯救自己摯愛的小孩免遭溺斃。這時上帝本人必須來告訴她說：「一定要試試看！」她是如此受到局限和受傷，因此神聖力量必須得要介入，而根據我的經驗，那是非常真實的——她需要一個真正的奇蹟。我們只能幫助人們擁有最可能的態度，但是需要奇蹟才能療癒最深痛的創傷，如此她才能伸出雙手讓生命之水帶來療癒。

榮格寫道：具有負向母親情結的女性通常會錯過生命的前半

段；她們像作夢般地走過前半生，生命對她們而言是煩惱和焦躁的持久來源。但如果她們能夠克服這種負向母親情結，她們在人生的下半場就很有機會可以帶著前半生所失去的青春自發性而重新發現生命。就如同榮格在最後一段所說的，因為雖然一部份的生命失去，但它的意義卻保留了下來。[3] 那就是這種女性的悲劇，但她們能夠走到那個轉捩點，在生命的後半段讓自己的雙手得到療癒，然後可以伸出手取得她們想要的東西——不是由阿尼姆斯或意識自我取得，而是根據本性，單純只是把雙手伸向自己所愛的東西。雖然它看起來無比簡單，做起來卻是極其困難，因為那是有負向母親情結的女性所無法做到的；她需要上帝的幫助。即使分析師也無法幫上她的忙，必須等到有一天改變就這樣發生了，而這通常是當她已經受過足夠的痛苦之後。一個人無法逃離自己的命運，它的整體痛苦必須被接受，直到有一天，極其簡單的，解決辦法就會出現了。

　　男性的問題也是相同，只是細節有點差異而已，他的阿尼瑪被母親的阿尼姆斯所傷害。這種男性或許可以談論自己的這種狀況，但他無法從內在將真正黑暗神祕的陽性反應展現出來，做真正具有男子氣概的自己——他是根據自己信以為真的陽性模式而活。要發現自己內在的自發性是如此簡單，已經擁有的人無法想像對那些不曾擁有過的人而言是多麼困難。經歷過這種重新找回自己雙手經驗的女性，她們曾經失去一部份的生活——那是有正向母親情結的女性所擁有的。但是後者（指有正向母親情結的女性）對某些深層的療癒歷程毫無所知，而前者雖然必須走遍全世界去尋找生活，但她卻在其中找到了宗教的意義。對她而言，單純的活著就像是一種禪的經驗，她對自己所做的事會有完全的覺知，因此她的受苦也得到

了報償。當榮格說：「一部份的生活失去了，意義卻保留了。」他所指的就是這個意思。

國王臉上的餐巾

國王來找自己的妻子，但卻認不出她來。於是他將餐巾蓋在臉上躺下來睡覺。天使告訴他的妻子她丈夫來了，她要兒子哀傷去把掉落地上的餐巾撿起來，重新把父親的臉遮蓋起來。國王聽到他的妻子和男孩說話就認出她來，兩人終於重聚了。如果我們將國王詮釋成那個女人真正的丈夫，那表示婚姻生活經歷了一段危機，她必須暫時被切斷，等她療癒之後，自然的連結就會恢復了。如果國王代表的是集體生活的規範原則，在這裡他可能也是這個意義，表示這個女性往後就可以適應集體生活和活動了。就好像她已經在生命的後半段覺醒，可以在社會中佔有正常而合適的位置，而之前切斷她的整個奇怪現象都已經消失，因此她現在可以從內在發出自發性的反應了。

兒子的名字叫哀傷——「Scmerzensreich」，意思是「充滿哀傷」。他是那位女性生命的果實，她經歷了整個受苦的經驗，也因此獲得了寧靜與智慧。她知道這麼多有關受苦的事，這種人通常都可以重新適應生活，她以成熟的方式經歷過許多事情，自然也就能夠幫助其他人。她會有某種吸引人之處，因為其他人將會認出她的受苦，那也將會使她更瞭解別人。一位西伯利亞的薩滿巫師被一位旅人問道：「一個人是否在經過啟蒙之後，還可以走到任何他想去的地方？」他回答說是的，如果一個人已經準備好對每次的受苦付

出代價的話。受苦是內在歷程的步驟。這位女性比任何不曾活在這種狀況下的人都知道得更多。

　　國王的臉必須被蓋起來以保護他不被陽光照到，這個母題是非常有意義的。在神話學中，國王和太陽有很密切的關係，像在埃及，**太陽王**（le roi soleil）象徵著國王。[4] 國王是太陽原則在地面上的代表，如果他代表主導的集體意識，太陽就會是他背後的原型。一般而言，太陽有一種正向的意義，它帶來光明和溫暖，但在某些情況下它也被看成是像惡魔一樣的，因為它會燃燒起來，就像《聖經》上所說的「正午的魔鬼」，當太陽以一種摧毀性的方式燃燒起來時會毀掉所有的植物。因此可以說如果意識太過清明的話，它會有破壞性的一面。它會燒掉所有這些帶著神祕性的原型過程；它們還在形成中，因此還不能被拉到集體意識的領域裡面。每個經歷過個體化歷程的人都會發現，有些事情是必須完全留給自己的，通常這些經驗都是屬於無法向任何人啟口的愛欲領域，有時候甚至也無法告訴分析師。甚至有時候我們會知道一些關於別人的事情，雖然自己並不想知道，但卻無意中知道了一些別人的祕密，而我們明白必須永遠表現得好像不知道一樣。有些事情甚至不能跟人討論──它們必須被留在朦朧的曙光當中而不能把它看得太清楚。靈魂的祕密之事只有在黑暗中才能生長──意識清楚的日光會把它們的生命燒毀。在神話學中有一些這種精靈、侏儒及其同類，甚至是善良的人物，他們被太陽射出的光線擊中就僵化不能動了。他們必須活在暮光之下，如果被太陽光束擊中就會變成石頭。

　　如果你把國王當成一個真正的人，那就表示他無法和自己的阿尼瑪連結──因為那位女性代表的是他的阿尼瑪──除非用餐巾遮

住臉，讓自己遠離集體意識的原則，否則他認不出自己的阿尼瑪。只有當他把眼睛遮起來不去看外在世界時，他才能整合自己受苦的阿尼瑪。如果國王代表的是女性心中的集體原則，那就表示她必須把自己內在的集體性宗教和道德觀念放在一邊，她才能根據自己個人的內在真實來反應。國王送給她一雙銀手，因此也強迫她進入一種半對半錯的生活。放在他頭上的餐巾表示遮去理性態度，才不會有過度的理智。集體性的原則應該保留一點審慎的相對性，不應該靠得太近看得太清楚；那表示在這個特別的案例中，集體行為的原則並沒有變成負面的，因為它們並沒有偏離太遠。它的原則在一定範圍內還很適用，因為阿尼姆斯在這裡是正向的。他給她某些東西讓她可以保持在特定軌跡上，那是一個道德的架構保護她免得過於脆弱或是在生活中迷失。臉上的餐巾是一幅漂亮的圖像——集體的價值應該被保護起來免得被意識太清楚的太陽照到。

就統計上來看，阿尼姆斯通常都是對的，那也是為什麼我們會上了他的當。但**在真實的情況下他並不是對的**。你或許會對這種孤單的女性說她應該要更內向一點，沉入她自己的孤寂當中。但她會對你說她已經這麼孤立了，她需要有更多的連結，內省只會讓事情變得更糟而已。她說的也對，只是在錯誤的時間點上說出來而已！原本是正確的事現在突然變成是錯誤的，但我們也不應該告訴阿尼姆斯他錯了。要告訴他：「你是對的，只是現在情況和你所想的不一樣。」而那就是在國王的臉上放了一塊餐巾。

甚至如果她有些有價值的事要說，最好是讓她把意見留給自己，或是只有在私人對話或被詢問時才說出來。一個老是給忠告的女性會激怒男性，她的阿尼姆斯需要有面紗來遮住他內在的顏面。

他先是蓋上面紗，然後又讓它掉落，那時王后讓哀傷去把它重新蓋上。正向的阿尼姆斯對於需要有面紗這件事有正確的感覺，這種方式讓國王和王后在情感和態度上能整合起來——這就是對立面的整合。先前痛苦消極的無手狀態現在轉化成有意識的自由行動，這就是先前無手狀態的正面意義。

面紗的母題是一種原型母題。你可以說最深的宗教經驗必須保持神祕，而且在本質上也必須維持祕密，把它們告訴任何人都是極具破壞性的。那個比其他人知道得更多的人，就因為這樣所以很難見容於社會，反而成了一頭黑羊——這是很自然的。例如，在爭吵時每一方都認為自己是對的而對方是錯的，但旁觀者不能夠選邊站，因為他瞭解兩邊都是由於陰影問題所造成的，是陰影被投射出去到對方身上。旁觀者可能被指控為懦弱，因為他克制行動，但是看得更遠的人必須置身事外，並準備接受令人討厭的懦弱角色，因為上述爭吵的兩方都會有陰影投射。就整體來看，或許這看起來像是缺乏骨氣和沒有能力選擇站在正確的那一方，但沒有任何解釋是可行的，因為解釋只會帶來雙方的攻擊而已，這時候就必須用上面紗了——個體化的歷程常常需要某種斟酌過的自由。

瑞士聖人克勞斯弟兄（Bruder Klaus）[5] 有最崇高的內在經驗，他離群索居並和自己的內在經驗住在一起。偶爾神學家們會來拜訪並試著質疑他。他不只是一個聖人也是個非常聰明的農夫，但如果他看到他們對真實的宗教經驗毫無概念的話，他會說自己只是個貧窮而無知的文盲，如果**他們**能對他的無知有所幫助的話他會很高興。他把自己整個內在生活都用面紗蓋起來，也就逃過了審問。他擁有本能的健康，知道不應該告訴別人他們還無法理解的事情。有

些神祕的事是無法分享給每一個人的。克勞斯會把他的內在經驗告訴他的朋友，但是有些事情是無法告訴任何人的，因為將祕密告訴錯誤的人是具有破壞性，甚至是不負責任的。一個分析師也必須很小心的詮釋夢境，這樣它才可以落入分析師能夠瞭解的範圍內，而不會逾越這個範圍。

有一次，我母親的女傭的朋友來找我諮商，她說她會聽見聲音。她是廚師，個性純樸，那些聲音阻止她去參加聖餐。我被要求接這個個案，但是就醫學的觀點來看，她就是瘋了。我看即便我用最原始的語言她也無法瞭解，於是我推薦她去瑞士艾因西德倫（Einsiedeln）找一位會驅魔的人，而從此之後她就平安無事了。就那個案例來說，把那聲音視為外在的經驗是對的。一個充滿熱情的初學者可能會介紹這個人去分析，但那會是一種不負責任的行為，因為那會將她帶離她自然的位置。

有些人是活在中世紀或甚至石器時代的，那些人應該被留在那個年代直到有確定的徵兆顯示他們內在有些東西需要往前進；否則，驟然的行動是很有破壞性的。我在瑞士屈斯那赫特（Kusnacht）曾遇過一個屬於石器時代的人！我需要買一些工具、斧頭和鋸子，我告訴他我要在森林裡蓋一個小木屋，那裡沒有電。下一次我再看到那個人時，他說：「妳正在遠離文明，而妳是對的。我在很久以前也這樣做。我一年工作三到四個月，然後會到阿爾卑斯山當中較高的一座山上買燻肉和酒，再到更高的山上去，用石頭和木頭在石縫間築巢。我不穿衣服，而且如果附近沒有人的話，我會赤裸裸地走在冰河上尋找水晶。」他接著又說：「每個上教堂的人都生病了。妳必須傾聽植物和石頭，因為上帝就在他們當

中，而其他的都是垃圾。我已經六十五歲了，而我從來沒有感冒過。」他是那種赤裸走在冰河上的「喜馬拉雅山雪人」——不是一個適合榮格分析的人。因此我們總是必須考慮另一個人所處的歷史年代，而不要將那個人暴露在現代理性主義的「太陽」底下，要用面紗把它遮蓋起來！

註釋

1　原書註：*The Complete Grimm's Fairy Tales*, p. 160.

2　譯註：是聯邦政府認定的美洲原住民部落之一，主要生活在亞利桑那州東北部，他們將土地視為神聖的，農業是他們的文化中非常重要的部份。

3　原書註：Jung, *The Archetypes and the Collective Unconscious*, cw 9/i (1959), p. 99, para. 185.

4　原書註：See C. G. Jung, "Rex and Regina," in *Mysterium Coniunctionis: An Inquiry into the Separation and Synthesis of Psychic Opposites in Alchemy*, cw 14 (1963), para. 349.

5　譯註：是 15 世紀的一位聖徒，出身富貴卻放棄物質追求，住進山谷裡過隱士生活，他曾避免瑞士內戰並對和平做出貢獻，是許多人心中的精神領袖。

變成蜘蛛的女人

如果我們總結前面看過的三個童話故事，其中的典型是所有這些女英雄都孤獨住在大自然中。在〈無手少女〉的故事中，那位女性漂泊了多年，越來越遠離生活，直到她接受自己必須安靜待在森林裡暫時不要返回生活這個事實之後，她才被治癒。這是很常見的母題，對我而言，多年被排除在生活之外似乎很典型的說明了女性心理學的問題。從外表看起來，它似乎就像完全停滯，但事實上那是一段啟蒙和孵育的時期，在這段期間深層的內在分裂得到療癒，而內在的問題也得到解決。這種母題和男性英雄更為積極的探索恰好形成對比，男性英雄必須要到遠方屠殺怪物，或是尋找寶藏或新娘。通常他的旅程必須做得更多，完成某些功績，而不是只有待在生活之外而已。男性和女性原則之間似乎有一種典型的差異。女英雄是以孤立的方式來經驗無意識，之後才是重返生活。另外相關的是童話中的無手少女面對的是很深的宗教問題，因為她受到了天使和魔鬼雙重的影響。如你所知，在故事開頭，魔鬼企圖將她納入他的勢力範圍，但她逃脫之後則受到天使的保護。她受到兩種神聖力量的影響，一種是黑暗的魔鬼，一種是上帝使者的天使。在俄國的版本中，甚至上帝本人都親自來幫她。

　　這種典型不是只發生在我們的文明。在原始的素材中也會發現同樣的問題，女英雄一旦進入無意識，她面對的就是善良和邪惡的力量。在女性身上，這和阿尼姆斯的問題有關。在男性心理學方面，你可以說男性的阿尼瑪在生活及其相關的問題上展現、在處理本能和驅力的問題上將他纏住，讓他需要去面對倫理的問題。但阿尼瑪從不直接將男性的世界觀問題放在他身上；相反的，她是將他間接置於一種情境當中，他在那種情境之下就必須修正他對生活的

整個宗教態度。而另一方面，女性一旦進入無意識則直接面對善良和邪惡的問題，因為阿尼姆斯是和觀念及概念有關的。當她進入內在的旅程時，她馬上會遇到上帝和魔鬼。在生活之外流浪對一個女英雄來說可能也是危險的。女性也可能找不到返回人類生活的道路。這可以用丹麥人類學家克努茲・拉斯穆森（Knud Rasmussen）所說的愛斯基摩人的童話故事來作為例子，那是關於一個女人變成蜘蛛的故事。[1]

變成蜘蛛的女人（The Woman Who Became A Spider）

從前有一個男人和一個女人，他們生了一個女兒，若非這個女兒輕視男性的話，他們會很快樂的生活在一起。父親希望女兒結婚，但她總是拒絕。因為她是個漂亮的女孩，許多年輕男子都自告奮勇前來。到了傍晚父親也會帶年輕男子回家讓他們和女兒見面。但一點幫助也沒有；只要一提到男人那女孩就會發脾氣，而且如果有任何男子進到屋裡，她就會馬上離開。

有一天父親跟她說，他帶男人來家裡並不是為了要讓她難過或是傷害她，但她應該記住他們沒有兒子，而她是他們唯一的女兒也是唯一的小孩。她的母親和他很快就都會變老，往後的日子他將無法提供食物和衣服給她們了，但如果他們沒有女婿的話，誰會在他們年老時幫助他們呢？

這些話讓那女孩覺得非常難過，她漫步到崎嶇起伏的大曠野，那裡有許多的小山丘。突然，從山丘間跳出一顆沒有身體

的頭，但那是張非常俊美男子的臉。那個年輕男子對女孩微笑著說：「妳不想要有個丈夫，但是我來這裡接妳，而妳應該知道我是來自一個勢力龐大的種族。」

那女孩有生之年第一次覺得和男人在一起很快樂，天黑時，她把那個頭拿起來，小心翼翼地放在她的毛皮外套中帶回家。她悄悄地溜進家裡，把那個英俊男人的頭放在她的臥榻旁邊，並且躺下來愉快地和那個陌生人講話，她愛上了他，因為他和其他男人都不一樣。她的父親醒來聽到女兒的臥榻傳來低語和竊笑的聲音，他不明白那裡發生了什麼事。隔天仍然發生同樣的事情，但父親感到很高興，因為現在他知道至少有一個女婿和獵人在屋子裡了。

從那時候開始，女孩總是很快樂。以前她白天總是遠離村莊以逃避男人，但現在她經常待在家裡，而且很少離開她的臥榻。但父親和母親對於從未見過他們的女婿感到很驚訝。

有一天，當那女孩外出時，父親想要知道誰在晚上陪伴他的女兒，就將她臥榻的毛毯推到一旁。當他發現那是個沒有身體的英俊男子的頭時，他非常的生氣。他拿起一隻肉叉刺進那年輕男子的眼中，然後把那個頭丟到垃圾堆裡，叫著說：「一個沒有身體的兒子對我沒有用，當我們年老時，他也不能替我們打獵。」

那顆頭就這樣滾得越來越遠，越過家門前的草原，最後消失在海中，留下一道血跡拖曳在後面。

那天晚上，父親和母親聽到女孩整夜都在啼哭啜泣，第二天早上，女孩問她的先生到哪裡去了。父親回答說他們要這樣

一個女婿沒有用。「妳的談話很愚蠢，而妳的行為也很傻。」
那女孩答道：「他是一個很有能力的男人，而不是普通的人
類，現在我不會再留在家裡和你們住在一起了。」

　　那女孩整裝出發，沿著血跡來到海邊。她想要潛入浪中，
但海浪卻像木頭一樣的堅硬，使她無法潛入其中。於是她到內
陸去尋找一隻白色的旅鼠，那是從天堂掉下來的，她知道那種
旅鼠藏有特殊的魔力。最後她將抓到的旅鼠丟到海裡，海浪立
刻分開露出一條通路，她沿著路走到海底。

　　她看到遠方有一間小屋，她跑向前去，從窗子往裡看，看
到一對老夫妻和他們的兒子。那兒子躺在臥床上剛剛失去了一
隻眼睛。那女孩叫說：「我來了，出來吧！」

　　那年輕人回答說他不會出來見她，因為她的父母輕視他，
他再也不會睜眼看著她了。即使女孩說她永遠都不曾回到她父母
親那裡去，那年輕男子還是說他永遠都不會再和她有任何關連
了。

　　女孩非常的沮喪，她以太陽在天上運行的方向繞著房子跑
了三圈，但她自己也不知道自己在做什麼。接著她看到兩條路
——一條直通到陸地，第二條則通往天堂。她選了那條通往天
堂的路，但當那男子看到這種情形時，他對她大叫說她走錯了
路，應該要回頭，如果她走去天堂的話就永遠也回不來了。女
孩說：「如果你不再和我住在一起，我到哪裡去都是一樣。」

　　現在那年輕人後悔自己說了那些話，但為時已晚，他求她
回來，她卻越飛越高一直飛到天上，消失在他眼前。

　　那女孩繼續飛上去，但卻不知道自己是如何辦到的，最後

她來到一個接近世界頂端、有個洞口的蓋子下方。但要到達那個洞口很難，她也不知道如何爬上去。最後她鼓起勇氣一躍，抓住洞口邊緣，把自己盪過那個洞口，才又重新找到了空氣、天堂和陸地。再過去一點有個湖，她走去坐在湖邊，心想自己可能會死在這裡，而她的身體開始崩解。她不想再想太多，生命對她而言已經不再具有任何意義。突然，她聽到槳落在湖面上的聲音，她抬頭看見有個人坐在獨木舟上。他所擁有的一切──他的獨木舟、他的槳和他的魚叉──每件東西都是閃亮的古銅色。那女孩靜靜的坐著，幾乎不敢呼吸。她想沒有人會看到她藏身在深邃的草叢裡。

那個男人唱著歌：

> 女人的乳房誘惑獨木舟
> 它划過閃亮的湖面
> 去親吻柔軟的雙頰

男人唱完歌之後，他一手高舉向天，另一手伸向湖裡。女孩看到自己赤裸著上半身，而她的毛外套則掛在那個奇怪男人的手上。

那男人又唱了一次歌，當他唱完時又把一手高舉，一手向下伸，那女孩剩下的衣服都飛到他高舉的手臂上。女孩全身赤裸地坐在那裡，自己感覺很羞恥，她不能瞭解到底發生了什麼事。第三次那男人又唱完他的歌，而這次女孩就失去意識了，等到她清醒過來時，她已經和那男人一起坐在他的獨木舟上了。那男人閃亮的銅槳在空氣中濕亮亮地閃耀著，他載著她

一起划了很遠，越過了湖。他們一路無語，來到一個地方看見兩間房子。村落的入口處是一間大房子，在它的背後則是一間小房子。然後那男人用嚴厲的聲音說：「妳必須走進那間大房子，而不是那間小房子。」

那女孩照著男人告訴她的話走進大房子，然後男人就划走了。大房子死氣沉沉，裡面連一個靈魂都沒有，但她幾乎要走進去之前，有個矮小的女人先跑了進去。她的衣著奇特，是由有鬍鬚的海豹的腸子做成的。她呼叫那女孩到其他房子去，因為那個和女孩一起來的男人很危險並且會殺了她。女孩馬上回頭走進另外那間小房子。那裡有個小女生坐在床鋪上，她和那個穿著腸子衣服的奇特女人住在一起。

年輕女孩離開了她所愛的男人之後就無法再想太多其他的事情了。有時候她以為自己已經死了，但她聽得到其他人說話，也看到他們在屋內走動。矮小女人出來對她小聲說：這次她得救了，但是和她一起來的那個男人並不是個普通人，沒有任何人可以抗拒他，他很快就會回來了，而且他看到她離開他的房子會很生氣。但那個女人會幫助她，她給女孩一個裝滿水的小桶子，裡面裝著四小片鯨魚皮。她並告訴她當那奇怪男人進來時，她應該躲在房子的入口處，將鯨魚皮往他臉上丟，因為那女人已經為這禮物唱了神奇的咒語，這樣可以讓它變得更強壯。

那男人很快就乘著獨木舟回來。他在海邊坐下，大聲呼喊說她應該靜靜待在他的屋內，還說他不會傷害她，但是她絕對不能躲著他。然後他像一隻鳥一樣飛過空中，繞著他的房子飛

了四次才飛到那間小房子。他在那裡撿起他用來射鳥的箭，但叫著說他不會殺她。

那女孩藏身站在房子入口的轉角處，將鯨魚皮往他臉上一丟。剎那間他就從空中掉了下來，並失去了他的力量。隨後有三個女人走進他的房子，那是月亮精神的房子，而他也就是月神本人，那個穿著腸皮衣的女人用她的魔法讓他暫時變得無害，月亮精神是不可估量的，可以變得危險；他奪取但也給予，而男人必須對月神犧牲才能分享他所統治的東西。

那三個女人走進他的房子，房子的橡木屋頂上有成群的麋鹿在奔跑。角落處有個大水桶，就像內陸的湖那麼大。那幾個女人走向水桶往內看，看到鯨魚、海象和海豹在裡面游泳。

在地板中央躺著一塊鯨魚的背鰭。女人們把它推到一邊，於是露出一個通到地面上的開口，從那裡可以看到人類的住處。你可以很清楚看到人類並聽到他們大聲呼喊自己所求的東西。有些人請求鯨魚肉；有些人想要長壽。月亮精神具有廣大神力，他可以賜予人們祈求的所有東西。

那個年輕女孩看著地面上那些國家，她發現在很遠很遠的下方，有個叫作提克瑞克（Tikeraq）的地方，那是她所知道最大的地方。那裡有許多女人的船和許多忙碌的人。他們正在用小桶子汲水，把水灑向新月，希望可以求得一個好對象。這一切就好像在作夢一樣，她不能瞭解自己是如何捲入這一切，這些事她從老人家所說的故事中都已經知道得很清楚了。或許就像新月一樣，因為那個穿著腸皮衣的小女人已經讓月亮精神變得無意識。只要月亮的精神變得虛弱，人們就對它獻祭。他們

在他變成大滿月之前許下願望，大滿月閃亮得如銅一般。

現在女孩看到人們如何向月亮祈求好對象。某些男人有很強的魔法配方，因此他們的水杓很接近月亮精神的房子。在地球上這些水杓很小，但透過魔法的用語，他們變得非常大，而且充滿清新冰涼的水。這些祭祀品是帶來獻給海裡的動物的，他們通常都很渴。有時候是一隻鯨魚，有時候是海象，有時候是海豹，牠們被放進水杓送達月亮精神的房子。那樣表示那個男人的祈禱被聽到了，而他的祭品被接受了，他會得到一個好對象。但那些仍然靠近地上人們的住處附近的水杓則屬於缺乏好運的壞獵人所有。

年輕女孩看到這一切，想起了找到伴侶之後的快樂，於是她開始想家了，不一會兒之前，她想到的只是死亡而已。

那個穿腸皮衣的老女人和她的小跟班都為她感到難過，她們想要幫助她回到地面上去。那三個女人用許多動物的肌腱編成一條很長的繩子，她們一面編一面將繩子滾成一個球。她們很快就編好了，老女人說：「妳必須把眼睛閉上，從這裡下去。但當妳一接觸到地面的剎那，妳必須很快地睜開眼睛。如果妳沒有睜開眼睛的話，妳將永遠都不能再變成人類了。」

那年輕女孩把繩子一端緊緊綁在天上，拿著那個肌腱編成的大球開始讓自己往下降。她心想那將會是一段很長的路程，但她感覺到腳下地面的時間比她所預期的時間更短。它發生得那麼快以致於還來不及張開眼睛就已經落地了，於是她就變成了一隻蜘蛛。世界上所有的蜘蛛都是由她變來的——所有蜘蛛都是那個拿著肌腱編成的繩子從天堂降到地面的那個女孩變成

的。

無意識經驗的失敗案例

這個故事中的女孩是一個從一般社會出走的女孩，因為她拒絕一般人類在特定年齡結婚和延續部落本能生活的命運。故事的結局並不好，那是許多原始故事的典型，但並不比我們文明中的故事還差；它是因打破禁忌或是希求某些特別之物受到負面的評價而導致致命的後果。例如有個非洲的故事，一個女人想要和其他部落的男人結婚，那違反了自己部落的結婚規則。她和那個從其他部落來的男人結婚，卻遭到了可怕的命運。那個擁有魔法公牛的男人被殺了，到最後連她自己也被殺了。這種結局對許多希求某些特別之物的故事而言是很典型的，人們反抗生活中的一般規則，招致無望的悲劇。

然而，有些童話故事則有相反的觀念，例如在〈丘比德與賽姬〉和〈歌唱遨翔的獅雀〉（The Singing Soaring Lion-Lark）[2] 的故事中，女孩想要有個特別的丈夫。有位父親告訴他的三個女兒他將要去旅行，問她們想要他帶回什麼禮物。兩個女兒都說想要珠寶，但第三個女兒說想要一隻「獅雀」，那隻獅雀後來變成一個動物新郎，並是個鬼新郎，在歷經不同的災難和困境之後，她找到了真正的快樂。這是個相反的模式，故事中的女孩有個特殊的願望，她在經歷過漫長的歷程和困難之後，結局是和奇妙的鬼新郎完美的結合，整個故事敘述的是正向的發展。但是在愛斯基摩人的故事中，

特別的願望卻導致毀滅。故事並不是非要出錯不可。當女孩回到地面時，她沒有及時張開眼睛，而那個單純的錯誤卻造成很大的差異。若是她在適當的時刻張開眼睛，自然而然的結論就是她透過個人經驗而變成一位熟知遠方祕密的薩滿女巫師，她可以告訴她的族人關於彼界的所有事情，也會獲得偉大女巫師的聲譽——那個瞭解集體無意識也對它有個人經驗的女人，透過她的特殊經驗，那個受過啟蒙的人會知道無意識所發生的事。只是當她返回地面時未能及時張開眼睛，這個小小的錯誤讓故事有了負面的結局。從心理上來詮釋似乎是說：如果在一種情況下意識過於微弱的話，那無意識的經驗就會變成負面的，而不會是正向的。

我們在做心理工作時永遠都必須記住的大問題是：是否被分析者的意識——或他的人格素質——是某種我們可以感覺卻不能描述的東西，它是否夠強壯可以承載集體無意識的經驗。有些人有遭逢無意識甚至集體無意識的美好經驗，但卻因為某種虛弱的反應，他們從經驗中並沒有得到正向的結果。在思覺失調症的個案中，即使最深刻的經驗也不會有任何結果。在無意識素材應該被整合的關鍵時刻，卻什麼也沒有發生。例如，有一次我在加州的納帕谷州立醫院（Napa Valley State Hospital）和一位波蘭籍的墨西哥農婦談話。她是一位長得很好看的中年婦女。有時候她會製造出嚇人而來自集體無意識的原型素材，但和其他的思覺失調症患者不一樣的是，她一有機會談到它就會很高興。她內在有一種狂躁的傾向。當我遇見她時，她馬上就開始告訴我當她在月亮上看見天堂時，上帝和耶穌基督長得什麼樣子。我覺得很有趣，但她和這些素材並沒有連結。她帶著很大的情感敘述這些事情，但自己卻很缺乏情感——她就像

蜘蛛在旋轉吐絲一樣，沿著絲線跑上跑下而已。她沿著自己的線行走，但她不是人類。你會覺得那裡沒有人可以和你說話。對這種個案你會覺得自己面對的是一種真空狀態。有令人震驚和有趣的素材，但卻沒有人在裡面。

蜘蛛女告訴故事中的女孩在到達地面之前要把眼睛閉起來。到達地面的旅程並不是很長，而她似乎也不是因為恐懼才一直把眼睛閉著。比較可能是她並不想要面對返回現實的狀況；在嫁給月神之後又重返現實可能會有很大的失落。

我認識一位非常窮困潦倒的男人，他的母親是一名妓女而父親是一個醉漢，他因為發瘋被送進醫院並和最嚴重的病患住在一起。有一位很好的醫生治療了這個病患，讓他保持在相當正常的狀況而可以到田間工作，他看起來似乎完全適應了，也被轉到和病情最輕的病人同房。後來醫生開始非常慎重地跟他談出院的事，而那男人說：「噢！不！醫生，你抓不到我的！」他又再度發病而被送回最嚴重的病房，變得像從前一樣的瘋狂。他並不想把眼睛張開返回地面，地上有他曾經驗過的悲慘生活。在他重創的經驗之後，他並不想要再變回正常。

這種不想回到現實的人經常有這種傾向，而這是由一定程度的意識決定的，因為比起和鬼靈及月神結婚，返回這個悲慘世界是比較差的替代方案。波蘭女人的例子也是如此，我覺得她在她的瘋狂狀態下是快樂的。她喜歡清洗醫院的地板，她在那裡覺得非常自由而且工作得很好。我也不認為她是因為不夠謙虛才不能返回人類生活；她只是睡著了。她就像是隻兔子張著眼睛睡覺，人們對她的直覺就像那樣——除了對自己經驗的熱情之外，她就是一個睡著的

人。醫院裡的每個人都很喜歡她，而你任何時候都可以請她講一個故事給妳聽。她會開始紡起原型的線紗，然後又走開。她是一個「紡織女」（spinster，那是那個字的出處），或是一隻沒有張開眼看這世界的蜘蛛。

與「頭」新郎結婚──阿尼姆斯擄獲

根據極地圈部落的說法，「頭」人是住在海底的人──他們是只有頭的鬼靈。某些非洲部落也相信有「頭」人──到處滾動而沒有身體的鬼。他們被認為是很危險的，而且被用在魔法的用途上。他們在地底或海底組成強大的族群，被認為是亡者的精靈，死者的精髓儲存在腦中，有時稱為「頭顱」，有時稱為「頭」人。

女孩受到鬼靈所吸引，而對人類新郎不感興趣，她和祂在一起很快樂。這是我們枯燥的專業、所謂「阿尼姆斯擄獲」的絕佳案例。阿尼姆斯擄獲是抽象的公式，表示那個女人和一個「頭」新郎結婚，而無法關注也無法靠近人類這邊。她經常和這個自發性的靈性因素對話，她和他有很長的內在對話。如果一個人可以觀察到自己的阿尼姆斯擄獲狀態（但這是沒有辦法的），她就會看到自己經常在進行內在對話，一直在想著討論著無法向人啟口的事情，就像那個女人一樣。她也沒有辦法阻止它，因為它是完全自發性的；完全沒有一個阿基米德點（Archemedean）可以從外在觀看事情。只有旁觀者會注意到阿尼姆斯擄獲的女人是在和內在的靈性歷程對話。她是如此沉溺其中而自己卻看不見。這就是為什麼這種女人常顯得魂不守舍，就好像她們暗藏了什麼玄機，因為他們自己保留了

一些東西。頭是阿尼姆斯的美好意象，它任何時候總是在發表意見和沉思。

父親對女兒阿尼姆斯發展的重創

在這個例子中，父親聽到頭丈夫在說話，這是經常發生的事。對真實的男人而言，阿尼姆斯擄獲特別容易激怒他；一個人類新郎可能就會殺了那個頭或是傷害他。它對活著的男人有一種自動激怒的效果，他無法容忍這種事情發生在女人身上。在生活中當一個女孩開始要有自己的想法時，就可以見到這種情形。父親聽到女兒在爭吵，他開始感覺到女兒的阿尼姆斯正在成長，因為他討厭並憎恨妻子和其他女人的阿尼姆斯，因此當女兒也開始發展阿尼姆斯時，他就來斥責她了。這是一個由來已久的悲劇，當女兒的心智活動開始萌芽時，就被父親的反應擊碎或毀滅。許多女人在靈性和心智以及自己的工作上都患有嚴重的跛腳，因為父親在不恰當的時刻曾經說過她們無法做某些事。一個五十歲的女人曾經告訴過我，當她十歲的時候她想要學希臘文，而她的父親卻說她沒有能力學那些。父親不應該用那種方式來挫折女兒，因為那會影響她們的發展，也不是讓女兒脫離阿尼姆斯擄獲的方式。父親的這種反應具有災難性的效果，因為它會影響女兒內在的心智能力。

阿尼姆斯和阿尼瑪在孵育狀態時（*in statu nascendi*）並不高尚；它們是不及格的。就像男孩到了十六歲左右，當愛欲問題開始浮現時，他們在學校裡突然就開始不做事了。他們只是到處站著，臉上和背上都長滿了青春痘。我們有位德國老師說過：「你又坐進

了男生的沼澤區了嗎？」他們有纏綿不盡的幻想，他們被情感、生理反應、性及其他最模糊而愚蠢形式的幻想所絆住。這就是異性戀的開端以及阿尼瑪初步覺醒的樣子。如果你多瞭解他們一點，你將發現他們會寫非常感性的情詩給女生，在那個時候母親或姊妹嘲弄的評論也可以重擊或摧毀某些東西，就像父親對女兒所做的一樣。需要有超然的意識態度才能看到並且審慎地忽視這種事情。我們應該忽視這些正在形成的過程，它必須經過某些階段，這情形也適用在女孩的阿尼姆斯。當它開始出現時，它是不會退讓的，也是充滿幻想的，然而父親這時候不應該攻擊它。但顯然連愛斯基摩人的父親也會被這激怒。

進入無意識

因此那女孩出走來到海洋，也就是進了集體無意識之水，但她在那裡也遭到拒絕。那是來自她自己的傷害，就像那個父親告訴她不能學希臘文的女性一樣，因為她內在的「它」不想再學習了。創造性的阿尼姆斯在那個階段是如此敏感，因此再也無法重拾熱情，無法再把它找回來了，於是同樣的錯誤又發生了（指無法重拾阿尼姆斯所帶給她的熱情）。接著女孩有兩條路可以選擇：她錯過通往地球的道路而走到天上去，不顧那個頭曾經警告過她。因為她已經受到警告，這次她真的應該為她的錯誤負責，但她對那個頭說：「如果你不再和我住在一起，我到哪裡去都是一樣的。」那就很像德國人說：「如果我的腳凍僵而我生病了，那是我父親應得的報應。」那正是她落入的反應。

我們從其他故事和原型材料得知，這種和「頭」結婚的傾向通常是由於女兒的父親情結所造成。但這個故事並沒有這麼說。她喜歡「頭」新郎勝過於人類新郎的事實很可能是和他父親有關，但故事裡並沒有提到，我也還沒有接受這種說法。在後面我們會繼續談到的故事中，有一個父親應該負責的例子。母親的阿尼姆斯可能也會有影響，但那是稍微不同的形式。母親的阿尼姆斯在〈白雪公主〉故事中就可看到。女兒因為有負向的母親及母親的阿尼姆斯，所以必須到森林裡進入一段孵育期。有人可能會說父親的阿尼瑪或是母親的阿尼姆斯應該為女兒被逐出生活之外負責，但坦白來說，為什麼總是應該怪罪父母呢？自從有人類以來，人就已經帶有某些負面的無意識；那種遺產一代又一代的傳遞下去，或許它一直都是這樣。或許那是一般人類的狀況──人不是只受到眼前的父母所影響，也受到他們的無意識所影響，這是很正常的，而且到處都是這樣。我認為若老是歸諸於父親的阿尼瑪或是母親的阿尼姆斯，那是一種非常理性而因果的思考方式。每個人都是由父母所生，而父母都有意識**以及**無意識的態度。事實上我們知道如果父母和自己的無意識有連結的話，對小孩所造成的壓力可能會小一些。但即便如此，我會說沒有人可以逃脫受父母無意識的影響。為什麼一個女孩受到父親的阿尼瑪影響較多，而另一個女孩受到母親的阿尼姆斯影響較深，我想是要看那個小孩原始的氣質而定。在同一個家庭裡面，可能有一個小孩會發展出較強大的父親情結，而另外的小孩並不會。那是小孩天生氣質的效果使得這個女兒更專注在父親身上，因此更容易受到他無意識的影響。雖也不是如此簡單，但我們知道女兒在年輕時如果對父親角色（而不是母親角色）更為著迷的話，

童話中的女性：從榮格觀點探索童話世界

比較容易會有從生活中被隔離的命運。

唯一解救之道就是為自己是什麼負起責任，並且非常努力地去切斷一代傳一代的詛咒或鎖鍊。甚至在夢中你都可以看到這樣的訊息。有一個病人的夢告訴他，要去做一件特別的事才能夠拯救他的父親。如果他去做他父親沒有去做的事，他就可以阻斷詛咒。

我認識一名男子，他從來不曾站起來反抗他母親的情緒，而他也處在妻子的掌控之下，他讓她為所欲為以得到平靜和快樂的氣氛。他的兒子在表達自己的男子氣概方面有很大的困難，但他必須學習這麼做。他和一個有很強大阿尼姆斯的女孩結了婚，而情況就這樣重演下去；甚至在剛結婚的前幾個月，她想要依自己的方式做事，而他則必須捍衛一些事情，於是爭吵就開始了。他好幾次夢到應該救贖自己死去的父親，也就是說他的父親所不曾做過的，他現在應該去做。他有責任不要繼續相同的詛咒；否則他的小孩會有同樣的問題。他必須終止先人詛咒的歷程，這在夢中是以告訴他必須救贖祖先的方式來表達。那個必須變得有意識的人就是那個必須阻斷代間傳承詛咒的人。

就像之前提過的，我們也必須考慮小孩天生的氣質，小孩有可能接受或是拒絕父母的影響。如果一個父親告訴小孩她將永遠學不會希臘文，而她的回答是：「我就是要學給你看！」那就不一定會變成上面那個女人的例子。她內在已經有讓她跛腳的東西了，因此就算她父親已經死了很久，她還是不能夠學希臘文。無論她試著想做什麼，就會有一個聲音說：「妳沒有辦法做那個！」她有那種會以挫敗想法來阻止她任何發展的阿尼姆斯。也可以說父親踏進了她期待的陷阱當中。這種事會發生在有強大情結的人身上，它會為你

設下陷阱，而如果你不是非常有意識的話，就會掉進去陷阱裡面。例如有一次，我不是故意想要欺騙或者開錯被分析者的帳單，但我一名女性個案的母親總是在金錢方面欺騙她，而你相信嗎，我給那個女人的帳單金額竟然比她欠我的還要多？很自然的，那匯聚了整個劇碼，而我則坐在那裡愣住了。

如果你對這種個案沒有警惕的話，你就會被推進父親或者母親的角色當中。你必須要日夜守護才不會被抓住，因為如果一個人對自己的陰影不夠有覺察，被分析者的情結將會迫使你演出他們的模式。它會造成一種集體的效果，讓人變得不太有意識。所有的被分析者都會試圖將分析師推進他們的祖傳模式。也有可能是小孩的天生氣質邀請了父母的回應。現代醫學只看因果關係的事實，這種觀點並不是一種真實的評估，而是我們文明中典型的迷信，如果我們看得更仔細的話，它和事實是不相符的。

男性月神

我們故事中的女孩穿過一個洞口進到天堂。這種描述對愛斯基摩人來說是很典型的，他們認為天堂只是和地面一樣，它是這個地球的鏡像，那裡住著月神。月神是另一個漂亮的阿尼姆斯人物，但和海裡的頭人不一樣，因為他不是死人的鬼靈，而是部落通常認可的神，他是一位愛斯基摩人不怎麼喜愛、但在狩獵時會向他祈求好運的神。當涉及生存問題的時候，每件事都得靠有個好對象，因此他也成了生育之神及生命的賜予者。那很有趣，因為還沒有進入神學研究細節的人很容易認為男神原則總是和靈性有關，而母神總是

和作物及動物的生育有關，諸如此類等等。在許多愛斯基摩部落，食物的賜予者是女神。例如海之女神賽德娜（Sedna）就是一位這樣的女神——她住在海底，薩滿巫師必須去拜訪她，幫她清理頭髮上的虱子或是治好某些創傷，在那之後，巫師才又會帶來好運。有時候是由一位女神賦予大自然生育力，而這裡則是一名男神擁有此種功能。人們不應該落入一種概略式的思維而說月神是女性的，而生育之神是一位母神。即使在羅馬時代，月神也是雌雄同體的。在北非也存在一種像陽具般的月神；另外在古代的埃及文明，月神敏有巨大筆直的陽具，他在所有領域都是生育之神，他的動物是公牛。

所以月亮並不一定總是屬於女性，但它是一個自然之神和一種生育力的精神。因此你可以說土地生育力這種觀念的本質可以被歸屬於女性或是男性原則。我們必須要看文化的整體脈絡才能找出為何它是如此。在中國、波里尼西亞，還有大部份的印度神話中，他們說「我們的地母」和「我們的天父」，但在埃及正好相反。蓋布（Geb）代表土地原則，他是一位男神，而努特（Nut）則是天空女神，她是一位女性。那麼，埃及文明和其他多數的文明有何不同呢？在埃及文明中，觀念的具體化非常令人吃驚。例如，埃及人就像所有人類一樣希望能獲得永生，但只有在埃及這種觀念是用物質性保留身體的方式來表達。他們試著用保存身體的方式來保障永生。在其他文明比較是一種概念和意象的東西，在埃及變得很具體。這個事實也衝擊到希臘人。在埃及，諸神的雕像需要更新，因此他們事實上會被送到尼羅河，在那裡清洗並且上油。正常情況下屬於精神或心理世界的，在埃及卻是屬於地球上的。那是心理上的

倒轉表現，地上屬於男性原則而天上屬於女性原則。在埃及不具體的東西是情緒、感覺和情感——它們有一種靈性的意涵。

那麼，如果生育的原則是男性而非女性，那表示什麼呢？如果自然的原則是男性的，人們會期待以怎樣的態度來面對生活呢？我想那會是對於自然的一種被動性的補償。對一個活躍的獵人來說，擁有動物的樹林或海洋，是一種女性的恩惠；他穿越自然進入其中，在那裡得到滋養。當然他需要魅力和幸運，但在穿越狩獵場時，他感覺到積極的活著。在這種案例當中，大自然的「祢」（thou）是一個女性。大自然感覺起來是不理性的，像女性一樣的愛恨交織，被認為像女人一樣的詭詐、殘忍又不可靠，因此生育和食物的賦予者是一位女神。但恰恰相反的是，有內傾情感態度的男性不相信動手做事，或者如果他們做了也不會覺得那是必要的，他們經驗到的大自然比較像是一種積極的男性生命原則，而他們自己則是大自然禮物的接受者。

在這個部落，他們藉由拋擲水杓來向月神祈願——水杓是一種女性的象徵；他們想要被動的接受。帶著魚叉坐著獨木舟出發是一件小事、因為大自然的神祕力量會**遣送**動物、魚和麋鹿。獵人是妻子、是女性，而大自然遣送動物過來。如果一位女性夢到月神，那表示她的情感是面對著無意識——她是被動的，也不知道她自己可以做什麼。無意識是某種活躍而會令她感動的東西，而她只是祈求某些東西而已。

故事接著說當月神被蜘蛛女的魔法迷昏時，正是新月開始之時。我們可以從故事中猜出這種月神昏倒之事是相當規律的發生，而蜘蛛女就是那能使月亮虧缺的強大力量。因此這女孩就進入這種

介於月神和蜘蛛女之間、也是女性和和男性之間對立面的遊戲。蜘蛛在這裡是慈愛的，而月神則是一個喜怒無常的創造者。

對原型素材的疲弱回應

蜘蛛女對女性而言是一種自性的象徵，一個正向又比月神還要強大的人物。除此之外，從女性心理學的角度來看，她幫助女孩對抗破壞性的阿尼姆斯——那是一種藍鬍子的阿尼姆斯，而女孩不能逃回地面是因為她天生的弱點和她無法張開自己的雙眼。許多故事都有這種主題，並且在原始的文明中是很常見的，在那裡社會個體化歷程是在一種懶洋洋的昏睡和不覺察的狀態下進行。但我們必須記住，雖然我們談到原始的人類，但在我們現代人口的某些階層中還有這種人，這些不覺知、像動物一樣的人，他們無法進入無意識或是變得有意識，對他們而言，任何和無意識的接觸都是只有破壞性而已。這種人必須被排除在分析之外。初學者會對這種情況犯下重大錯誤，因為這些人會產出美好的原型素材，因此很自然地，如果單單只看那些素材的話，會認為那是很不尋常的東西。但我們不應該忘了要看看那個人，看看那些素材是屬於誰的夢和意象，以及是否有任何可能的機會能夠部份整合那些素材。有時候我們會發現沒有任何這種機會，因此沒有辦法在個體化的歷程上引導這種人。你或許會問這是否是靠分析師的主觀判斷來認為某人適合與否，但其實，這是素材本身會顯現出來。在素材的小細節當中就可以發現個體化歷程不可能發生，因此你必須非常小心的詮釋夢境最微小的細節才能夠決定。在這個故事中有兩個這種細節。一個是當女孩錯

過了正確的道路，而另一個是當她太晚睜開眼睛。在這兩個細節中，故事都偏離了薩滿旅程的正常模式，也就是啟蒙的模式。

在羅馬尼亞歷史學家米爾恰‧伊里亞德（Mircea Eliade）所寫關於薩滿教（Shamanism）[3]的書中可以看到在所有極地圈的部落，薩滿巫師透過像我們故事中的經驗而得到啟蒙。薩滿巫師爬上一條通往天界的繩子然後又靠著它返回地面。此後他帶著那條繩子作為他和其他世界連結的標誌。他們從上面看到了整個儀式，經由自己所發生的事而得到啟蒙。我們的女英雄經歷了典型的薩滿成年禮，但她失敗了。愛斯基摩人相信瘋狂而受擄獲的人和薩滿是一樣的，只是後者能夠讓自己重新獲得自由而已。被擄獲和心理疾病和身為薩滿巫師是非常接近的，但有確定的標準可以判斷何者為何。上到天堂，遇見蜘蛛，得到四件鯨魚皮等等這些都很可能出現在個人的素材當中，但卻不可能是踏上個體化歷程的道路。在一開始分析的時候，當還未診斷出是否自己面對的是精神病患或是個暫時被無意識淹沒的人，夢境看起來可能都一樣。我曾見過初始夢（initial dream）說海洋淹沒整個陸地——那可能是精神錯亂；或者墳墓打開，僵屍復活到處走動——那也可能是精神錯亂。事實上無意識只顯示集體無意識絕對是壓在這個人上面，但你只能說這是一種看起來像精神錯亂的狀態，雖然它不必然是這樣。而如果它是這樣的話，那會顯現在對素材貧瘠的回應上面，缺乏活力，對這種母題的回應是極端的愚蠢或者完全缺乏回應。那是你能夠發現可能是精神錯亂的痕跡。如果你看到這種情形，你就不能和被分析者一起進入無意識。

有一名女性在一開始分析的時候夢到她看見伊麗莎白王后的

婚禮或者加冕禮。夢者處在一個奇怪的中世紀城鎮，婚禮在那裡舉行，她被街上興奮的群眾推著走。一列長長的隊伍走了過來，領頭的是四隻黑色的馬，隨後跟著四隻棕色的馬，而馬的頭和尾巴則長得像公雞一樣。一會兒之後太陽神來了，接著是王后，她看起來就像是個超自然女神。接著還有一些大象和獅子等等。夢者這時又走回群眾當中，她必須找到一個位置才能看到遊行隊伍，但接著她發現自己還沒有把鞋子擦乾淨，而這是她必須做的。但後來一個嬰孩似的陰影人物出現分散了她的注意力，夢就結束了。無意識當中有眾多的活動，而這可能是健康或是不健康的。她在群眾當中，表示她是在集體裡面，那也可能是健康或是不健康的。正常的人也可能被無意識所淹沒。她不能馬上找到她的位置，顯示有某種弱點存在，但即使是那樣也還不至於是致命的。她瞭解她必須清潔自己的鞋子，這是一件很健康的事。這表示真正重要的是她有一個乾淨的立足點，她不會說謊或欺騙，她會認真地對待她的分析，會承受生活中迎面而來的每件事。她是個很會說謊的人，但現在有一個嬰孩似的人物，一個小女孩，讓她轉移了必須清理鞋子這件事的注意力，夢在這裡消失卻沒有解答。夢境說整件事會因為她的幼稚而出問題，但夢者似乎還無法克服這種幼稚。

因為夢境似乎只有一個地方是不健康或是危險的，所以我決定接受這個分析個案，而前幾個禮拜或兩個月也有很好的進展，但我總是碰到她的幼稚狀況。她總是抱怨而且想要像嬰兒般地受到呵護，又總是依賴不同的人。她租了一個房子，但她抱怨她的女房東，卻又繼續受她影響。這些是典型的嬰孩型幼稚症狀，接著發生了一件事使得這個個案就終結了。她的前一個女性分析師從

別的國家到蘇黎世來把她釣回去。被分析者寫說她對我很滿意，但那引起其他分析師的自負心態，她告訴她我是個不恰當的人，會讓她陷入災難，因此她的分析就中斷了。後來那個病人對人智學（anthroposophy）產生興趣，然後又發展出癌症恐懼症，為了努力逃避自己設想的癌症威脅，她後來採信了憂鬱症的順勢療法（hypo-chondriacal homeopathic）。最後她寫信給我說她想要再跟我工作，說她瞭解她做了愚蠢的事並指控另外的分析師——就好像她無法抗拒那種介入一樣。她說她有一天會來找我，但我從此之後就沒有再聽到任何消息了——她夢境中逐漸消失的歷程從她的幼稚行為又復活了。那不是她的錯，她只是沒有足夠的力量站起來反抗其他的分析師。危險的成份通常在夢境最細微的地方顯現出來，但有時候也藏在中間的某個小地方，而素材美麗之處卻無法保證可以對抗它。

這是一個典型的初始夢，但它走錯了，就如那愛斯基摩人故事所說的，那是因為人格的弱點所造成。這個女人是一個原始的農家女孩，她還不夠成熟到可以處理它。那並不表示來自原始階層的人無法做到。大自然是具有貴族氣息的，但她貴族氣息的體系和我們的社會觀念很不相同，它遍佈社會上的所有階層。我們對這種情形要有適當的感覺，這是很重要的，否則的話會誘使人們進入他們無法承受的歷程。

榮格在「小孩的夢境」研討會中曾提到過一個夢，有一個後來變成思覺失調症的小女孩夢到霜精傑克（Jack Frost）碰觸她的胃。[4] 榮格說這裡病態的成份是那個女孩沒有反應。如果夢者受到驚嚇而醒過來，或者她只是說：「然後我就醒過來了」，那也等同於一

種反應。但霜精傑克是寒冬的擬人化人物，他來了而且碰觸了她，但是她卻一點都沒有受到影響。有時人們會哭著醒來，那是一種有力量的反應，而且是一種病勢的緩解。這種夢境有一種震撼的效果，但那小孩的夢境中令人驚訝的是它甚至連一點震驚的反應都沒有。霜精傑克是寒冬的魔鬼，他應該會引起恐懼。思覺失調症患者會敘述恐怖的夢境而沒有任何的反應，這是他們典型的反應；他們在談論它的時候就好像在講早餐的麵包或咖啡一樣。那是一種嚴重的症狀。或者常有一種潛在的精神錯亂，他們固著於非常偏執的理性主義，會完全拒絕對夢境做象徵性詮釋。榮格觀察到極端的偏執可以是一種精神病的症狀。

這種偏執的人無法瞭解象徵。我知道有一個精神病患的案例，那位女性患者有一種強迫行為：她總是把紙張用迴紋針夾在一起。我問她為什麼這樣做，她說有一天窗戶可能會打開，風可能會吹進來造成混亂。那是非常有象徵意義的。風是無意識的精神層面，有一天會吹進來，而她可能永遠就無法從她的心理混亂掙脫出來了。因此她把每件事都固定住。她陷入對每件事都非常偏執和侷限的態度裡── 這純粹是一種防衛機制。這種人沒有冒險的精神，他們受驚嚇而且被理性主義所侷限。吝嗇也可以是相同的情形，它表達的是相同的東西。她無法放下，無法冒險；必須把每件事都放在一起，因為框架在任何時候都有可能垮掉。因此貧瘠的反應比起象徵本身更應該受到關注。它指出這或許是一種病態的氣質或者──如同我們的故事一樣──是一種原初的狀態，它阻止任何進一步的內在發展。

蜘蛛的象徵

　　女英雄以蜘蛛的形式返回地面。如果她維持她的人類身體，她可能就會死掉；因此蜘蛛女把她變成一隻蜘蛛。蜘蛛女是一個大母神人物，她在這裡是以慈愛的形式出現。[5] 在女性的心靈當中，她代表的是自性。美洲原住民部落的祖尼人（Zuni）的神話中也有一個蜘蛛女，她住在地球的邊緣。她對男人時有幫助，時有危害。在印度神話中，蜘蛛是女神瑪雅（Maya）的一種象徵形式，她代表那種讓人們相信外在的物質世界才是真實的神祕因素。印度的聖人試圖克服這種妄想，因此超越了世界的侷限。在民間故事中，蜘蛛通常被認為是一種巫婆的動物，因為牠用狡猾的方式捕捉獵物。就如同瑪雅的面向所透露的，蜘蛛和無意識心靈中創造幻想的來源是相連結的。有一位必須離開外在活動轉而向內發展創造力的女性做了以下的夢：

　　我在一座監獄，一個黑暗而陰鬱的地方。我收到一個包裹，我不知道是誰寄的，但我知道在那個白色小盒內裝的是一隻蜘蛛。我不確定它有沒有毒。我想我必須由盒子上方的一個小洞來餵食牠。我放了一小塊麵包屑進去。那隻蜘蛛是上帝。

　　監獄象徵著強加在她身上的內省，但她還不太喜歡這樣。她從無意識那裡得到了一個禮物───一個裝著蜘蛛的小白盒。接著出現令人吃驚的最後一句：那蜘蛛是上帝。在人類心靈底層的創造力內核多少有點像是神性所在之處。這神性的中心旋轉出命運連貫的絲

線，而我們則是沿著命運的絲線往前移動。

　　這就是蜘蛛女在我們的故事中教女英雄所做的事。藉著這個絲線的幫助，她可以返回地面，但後來她沒有張開眼睛，結果就永遠變成了一隻蜘蛛。她卡在自己內在的幻想世界而不能返回人類社會。從外在現象來看，這可能代表單純的發瘋，或是維持孤僻的輕微案例。這個故事是一個帶著悲劇結果的失敗薩滿旅程。我們下一個故事也會代表這種旅程，但是它有正向的結局。

註釋

1　　原書註：Translated from Knud Rasmussen, *Die Gabe des Adlers* (Frankfurt am Main: Societäts-Verlag, 1937), p. 121.

2　　原書註：*The Complete Grimm's Fairy Tales*, p. 399.

3　　原書註：Mircea Eliade, *Shamanism*, trans. Willard R. Trask (Princeton: Princeton University Press, Bollingen Series LXXVI, 1974), pp. 50, 484f., 111f.

4　　原書註：C. G. Jung, *Kindertraum-Seminare* (Seminar on Children's Dreams) (Olten: Walter Verlag, 1987), p. 345f.

5　　原書註：*Indianermärchen aus Nordamerika*, in the "Märchen der Weltli-teratur" series (Jena: Diederichs Verlag, 1924), p. 155.

〈六隻天鵝〉和
〈七隻渡鴉〉（上）

我想要將這兩個故事放在一起討論，因為兩個故事中都有妹妹救贖哥哥的母題，在一個故事中哥哥變成了天鵝，而另外一個則是變成渡鴉。

六隻天鵝（The Six Swans）[1]

有一位喪妻的國王在大森林中打獵時迷失了方向，一個點著頭的老婦人說她會為他指引出路，但條件是他必須和她的女兒結婚。國王同意了，但是他對新的妻子有很不好的感覺，因此他將自己的小孩（他前一段婚姻所生的六個男孩和一個女孩）藏在森林裡一座孤獨的城堡中，時常會去看望他們。為了不迷路，他用一個智慧女人送給他的棉球，就像希臘神話中的阿里阿德涅（Ariadne）的線團[2]一樣，他就能夠經常走到城堡去。但是喜歡追根究柢的王后開始起疑心並且發現他所做的事，加上她已經從她母親那裡學到了法術，於是她做了一些精細的絲綢襯衫，在每一件上都縫了一個咒語。然後，她得到同樣棉球的幫忙，跟蹤國王找到了那六個男孩。那個時候女孩剛好外出，男孩們看到遠處有人走來，心想一定是他們的父親，就很高興地跑出去迎接，於是繼母將襯衫丟向他們，他們立刻就變成了天鵝，朝向森林的方向飛去。

第二天國王來看他的小孩，就問女兒哥哥們到哪裡去了。她告訴父親她看到他們如何變成了天鵝。國王害怕女兒也會受到詛咒，想要把她帶回家。但因為女兒很怕她的繼母，她請求

允許她在城堡中多待一晚。於是她就出去尋找她的兄長。在森林中經過一段漫長的旅程，她找到了一間破舊的小屋，裡面有六張小床。她爬到一張床下，當太陽下山時，六隻白天鵝從窗戶飛進來，開始互相拍打彼此直到他們的天鵝羽毛像襯衫一樣的脫下來，於是兄妹們彼此歡樂的相見。但是哥哥告訴她這是一個強盜的藏身處，如果強盜們回來看到她的話，會殺了她。男孩們解釋說，他們每天只有在傍晚才能脫下天鵝羽毛十五分鐘。妹妹問怎樣才能夠解救他們，他們告訴她必須在未來六年當中都不能說話也不能笑。在這段期間她必須用星星的花朵縫製六件小襯衫，然後將它們拋向天鵝。

於是那女孩決定要拯救她的兄長。她離開了小木屋，走進森林中更深邃的地方，收集星星的花朵，然後爬到樹上坐下來開始編織襯衫。經過了一段時間之後，有一天有位國王在打獵時發現了她並且詢問她是誰。她沒有回答，但她先丟下她的金項鍊，再來是她的腰帶，最後是她貴重的洋裝，試圖讓他打消念頭。但她是如此美麗使得國王心受感動，深深地愛上了她並且帶她回家和她結了婚。

接著就是經典的母題了，因為年輕的國王有一個邪惡的母親，也就是女孩現在的婆婆。當王后生下了一個小孩之後，婆婆將那小孩藏起來並指控王后謀殺了小孩。這樣的情形發生了三次。第三次，國王不得不讓他的妻子接受審判，而她被判要像巫婆一樣被燒死。但正當要行刑的時候，日蝕發生了，六隻天鵝飛了過來。女孩很快將她隨身攜帶的襯衫拋向天鵝，而她的兄長就精神抖擻的站起來了完全恢復正常。但是有一件襯衫

還來不及完成，因此最年輕的哥哥左手仍然保留著一隻天鵝的翅膀。王后現在可以開口說出自己所經歷的事，而邪惡的繼母則被判刑送上刑台燒死，三個被她藏起來的小孩也被送回宮廷中。

七隻渡鴉（The Seven Ravens）[3]

有個男人有七個兒子，最後終於生下了一個女兒，她非常的弱小，因此他決定馬上幫她受洗，否則如果她夭折的話就無法進入天堂。父親派了其中一個兒子匆忙趕到泉水邊取水以為受洗之用，但所有的兒子都一起跑去了。因為每個人都搶著要做第一個把水桶裝滿的人，結果水桶就被擠破了。父親等得不耐煩，就說男孩們真是一無是處的年輕人，就只記得玩耍把取水的事都忘了。後來他變得焦躁起來，唯恐那女孩還未受洗就先死去，於是說：「我希望他們都變成渡鴉！」他才剛剛說完就聽到頭上有颼颼的呼叫聲，抬頭一看，看到七隻烏黑的渡鴉飛過屋子。

父母無法撤回詛咒，他們為失去的兒子感到非常悲傷，但也在小女兒身上得到一些安慰，她長得一天比一天強壯又漂亮。然而女孩無意間聽到人們說儘管她非常美麗，但是她七個哥哥的罪行卻算在她頭上，這讓她感到非常悲傷。她去問了父母，得知所發生的事，於是展開一段漫長的旅程到了世界的盡

頭去救贖那些男孩。她只帶了一只屬於父母的戒指作為紀念，一條麵包以填飽飢餓，一瓶水可以喝，和一個當疲倦時用得上的小凳子。她的旅程首先來到太陽的地方，但它又熱又令人害怕，還會燒傷小孩。接著她跑到月亮那裡，但月亮很冷酷，看起來又很邪惡，他說：「我聞到了，我聞到了人類的肉。」於是她趕快溜走，跑到星星那裡去，星星對她很友善也很仁慈，並允許她留下來休息。每個星星都坐在自己的小位子上，除了晨星（維納斯）之外，她站著並給她一根彎曲的骨頭說：「如果妳沒有這根骨頭，就無法打開妳兄長所在的玻璃城堡。」女孩把骨頭用手帕包好繼續上路，但當抵達玻璃城堡時，她驚恐的發現自己把那根彎骨頭遺失了，因此她把自己的小指頭切下來，用它來把門打開。

有個侏儒來應門，她告訴他自己在尋找七個哥哥。他回答說他們不在家，但她應該進來坐下等待。接著他拿出要給七隻渡鴉吃的食物，裝在七個盤子和杯子裡。那女孩吃了每個小盤子裡的一點食物，又喝了每個小杯子裡的一點東西，但她把隨身攜帶的戒指掉在最後一個杯子裡面。

渡鴉回來準備開始用餐時，他們注意到有人來過這裡，因為有人從他們的盤子裡吃過東西，從杯子裡喝過東西。但當第七隻渡鴉見到他的杯底時，一個小戒指掉了出來，他認出那是他父母親的戒指：「上帝保佑，我們的妹妹來到這裡了！我們得救了。」

當站在門後的少女聽到這些話之後，她走了出來，所有的渡鴉立刻恢復人形，他們擁抱並親吻自己的妹妹，然後一起快

樂的返回家中。

數字的意義

　　首先，就數字的象徵意義來看的話，這兩個故事有個有趣的小差異——有六隻天鵝和七隻渡鴉；但如果看故事的結尾，我們發現兩個故事中都有八個人；一個故事中有國王王后及六隻被救贖的天鵝，在另一個故事中，妹妹並沒有結婚，因此也是八個人。因此，無論它是如何開始的，到了結局總是有八個人物，我們可以說這兩個故事都和「由七到八之間的關係」這個出名的問題有關；它是三到四問題的變形版本，這在數字的象徵意義上扮演著重要的角色。從榮格在《心理學與煉金術》[4]書中第一部份對夢的評論中，我們得知從三到四的階段，是表示要將第四種功能同化進來，這在心理的演化上是個非常困難的階段。由第七到第八也是相同問題的細分，因為從三到四的危險階段可以被分割成由七到八，於是就只剩半步需要努力了。把它分成兩部份，就變得比較簡單。因此，數字七和八表現的是針對邪惡和劣勢功能問題更具區辨的方法。在數字的象徵上，七通常被認為是改革歷程的數字，就如同在古典占星學上的七個行星一樣。我們可以說七個行星是星象圖的基本要素，每一個人類人格都建立在這些原型的基本要素之上。每個人都有土星、火星和月亮等等，但以不同的配置來呈現。雖然根據星象圖的模式，它發生的方式總是不同，但這導致一種觀念，認為人格的演化是和七個行星有關，因此每個人在生命中的某些時候必須去瞭

解這些基本的要素。另外一週有七天，一個八度音有七個音。有時候七是一個完全的數字，有時候是八，作為在更高層次上返回的第一個因素，就像在音樂上的音階一樣。數字七被細分成三和四，因此它具有某種程度的內在張力。神祕主義者雅各布・伯梅（Jakob Boehme）對數字的象徵主義有深入的瞭解，他說七是介於天上屬靈的神聖三位一體和地上四種元素之間的緊張關係；第八是突然把這兩者連結起來的光明，七會呼喚八的到來。聖奧古斯汀（Saint Augustine）也談到七的符號象徵。他說一週當中的六天相當於創世紀中創造的工作，到了第七天上帝要休息，那就是耶和華的日子（the day of the Lord）。於是你想它會停在七，但他又說這七天仍然還在時間當中，還有一個八才是永恆的存在。因此我們必須把第八個元素算進來，而那會是一個「不在時間當中」的元素；因此八就像四一樣帶有自性的意義，它是整體的面向；它踏出進化歷程之外進入一種永恆的靜止狀態。

點頭老婦的象徵

在六隻天鵝的故事中，國王在森林裡迷失了方向，而他必須答應和邪惡老婦人的女兒結婚才能找到出路。一般而言國王代表集體意識的主導原則，在童話故事中他通常是生病了或是陷入一個困難的情境。因此故事出現一種經典的情境，那就是當集體意識原則迷失又受困，而且不再處於領導地位也不能再行使適當功能的時候；這就是國王迷失在森林中，在深邃的無意識當中，無法找到自己的出路。我們可以說這現象底下有著黑魔法，因為那個點頭老婦人露

面了，她可能一開始就對他施了魔法導致他迷失方向。她變成一種大母神的邪惡型態，因為她是詛咒天鵝的主使人物。無意識的點頭通常被認為是和魔鬼角色有關。其他的童話故事還有女英雄進入密室禁區中，在裡面發現一具點頭的邪惡骨骸。[5] 類似的版本則是她在密室禁區中發現了大母神人物，叫做受詛咒的瑪利亞。她坐在一個火熱的鞦韆上，因此垂首或是坐在火熱的鞦韆上擺盪都是相同的母題。這是一個基本的原型觀念，魔鬼機械性呆滯的搖擺動作，表達的是一種未被救贖的狀態。許多對希臘冥界的描述都含有相同的意象。例如，薛西佛斯（Sisyphus）必須永恆地推石頭上山、丹尼亞斯（Danaides）必須用篩子取水，或者坦塔羅斯（Tantalus）和一直後退永遠都喝不到也吃不到的水和水果。當有一種無意義的永恆律動模式，它幾乎要達到目標了，但卻永遠都差那麼一點，那就是虐待的本質，永恆而無意義的旋轉繞圈；因此，這種機械性永恆的重複動作在神話學中是和魔鬼或受詛咒的人有關。

就心理上來看，這種母題出現在精神異常的素材並且表達的是某種折磨，甚至連旁觀者都看得出來。有時候病人在比較好的階段會出現具有建設性的幻想素材，看起來像是有進步了，你覺得一種正向的生活移動正在建立起來。但就在關鍵時刻，它又垮下去了，因為沒有自我可以涵容來自無意識的素材；因此潮起潮落──建構又解體──隨著韻律進行。但到最後即使這種動作也會停止下來，人會變得呆滯、遲鈍又愚笨，而似乎也沒有任何內在歷程在進行──它似乎永遠都不會再回到表面了。這種狀態在神話學上是歸因於神性黑暗面的效果。在基督宗教它是上帝強加的地獄懲罰，是脆弱和失落的靈魂所去之處。母神據說也有這種黑暗面，她以這種

　　　　　　　　　　童話中的女性：從榮格觀點探索童話世界 |

無意義的動作來呈現，正是她賦予我們故事中的老婦人這種魔鬼般的面向。

巫婆們通常都有漂亮的女兒，但就性格而言她們就全然像她們的母親一樣。國王娶了巫婆的女兒，而後他的小孩受到她的虐待。但他仍然還有覺知，覺得事有蹊蹺並試圖拯救他的小孩，這是很不尋常的，因為通常他會被困在巫婆的婚姻當中，而小孩們會受到繼母的迫害。在這裡國王把小孩送走又藉著有魔法的棉球到達他們那裡，那是一種像阿里阿德涅的線球，但那樣做並沒有用。如果集體意識的主導原則已經疲乏，那麼小孩就代表新的精神力量、也是新原則的希望，而這現在由國王本人將它送進森林當中——為的是要保護他。意識原則在一個人身上會有衰弱的傾向，接著就有更新的必要，而這永遠都是個危險的時刻；人們會害怕毀壞，但為了更新那是絕對必要的。人們害怕放棄之後面對空無的短暫片刻。因此意識自我的懦弱或野心容易抓住舊有的方式而逃避更新，因此邪惡就此潛入。而這種情形在這裡並不是直接的發生，因為小孩們被移走了，那代表什麼意思呢？

這種情形通常發生在已經抵達到這個危險點的人們身上，他們建立一種雙重的生活；也就是說，他在意識上並沒有壓抑新長出來的那一面，但卻允許它存在在個人生活中的隱密角落。例如，有一位過度工作的中年商人，他患有經理人疾病，他想藉著理性的方式來進行隱藏的外遇，以避免崩潰，他允許自己有個安全的小角落可以讓自己愚蠢的感覺和劣勢功能得以存活，但他卻變得越來越神經質。他想要有自己的蛋糕可吃，也想把事情安排得可以避免衝突。所以，他在星期六去找女朋友，而在星期天去上教堂，希望用這種

方式可以避開衝突。這種人到了週末的時候就開始變得感性起來，但在其他的五天當中仍然是輕率的詐騙者──他們為了自己的其他面向做某些事情，但是如果無意識的意圖是一種崩潰、一種態度的全然轉變，而不是一種妥協的話，就必須以正確的方式來做，否則並不會成功。繼母抓到小孩就好像國王不曾試圖拯救他們一樣。

就集體意識的情況而言，這會是當女性原則已經失去她的正面型態而轉為邪惡的狀況。女性的層面在整個故事當中是負向的──除了女英雄之外，唯一的女性就是一個負向的母親人物。情感和自然的原則不再被確認。意識變得太陽剛和理性，因此幽冥界便以這種負面的形式來回應。負向母親原則把國王的小男孩們變成了天鵝。

在檢視天鵝的符號象徵之前，首先我想要討論〈七隻渡鴉〉的開頭部份。渡鴉和天鵝兩者都是阿波羅（Apollo）的鳥，它們有許多非常相似的地方。在〈七隻渡鴉〉中，是父親本人而不是繼母在盛怒之下宣告詛咒自己的兒子，但並不是父親的意識自我採取如此行動，而是他不受控制的情緒反應，也就是他負向的阿尼瑪所為。因此它變成像第一個故事一樣──負向的女性特質──因為他對自己所說的話言不由衷。父親角色如果不是代表國王的話，就是代表人們習慣的意識態度；他有不受控制的情緒反應，這對自己兒子帶來破壞。

第二個故事是和基督教的受洗問題有關，因為女兒必須儘快受洗，而當男孩們去取受洗用水時卻弄壞了水桶。因此父親在所謂的神聖憤怒之下詛咒了自己的小孩，因為他想要拯救女兒靈魂的意圖並沒有獲得好的結局。根據基督教的教義，受洗可以保證

小孩擁有不朽的靈魂，而在天主教教會，則說是**真福享見**（visio beatifica）。如果小孩病得很重，可以舉行緊急受洗（而不是依慣例在第三天舉行）。如果我們瞭解這象徵性地代表這個女孩的命運，我們可以說這個女孩很可能在進入基督教的傳統上有著困難。從基督教意識的立場來看，她有迷失的危險。父親用舊有的習慣強迫她，而在這麼做的同時意外就發生了。這和第一個故事的開頭有某種心理學上的相似之處，因為意識攀附著舊有的原則和方式，於是啟動了邪惡原則，而父親黑暗面突然就跑了出來，他未預期的情感反應就落在小男孩身上了。

天鵝的象徵

　　小男孩在一個例子中變為天鵝，在另外一個例子中變成渡鴉。天鵝在意義上非常具有神祕性。《德國迷信袖珍字典》[6]說**天鵝**（swan）這個字和拉丁字**鳴響**（*sonare*）有同樣的字根，具有發出聲響（sounding）或聲音（sound）的意義，指的是唱歌的天鵝。據說天鵝垂死時的歌聲非常具有音樂性，雖然這遭到絕大多數的自然科學家所否認。但布雷姆（Brehm）指出當天鵝變老時，牠們變得過於虛弱，無法快速潛入水中獵取食物；因此牠們吃得較少並且忍受飢餓，還因為沒有力量到比較溫暖的地方去而常常被卡在冰上。一旦被捕之後，牠們或是被其他動物所吞食或是因飢餓而慢慢餓死。在死前的剎那牠們似乎就像在痛苦的抱怨一樣，發出一種高頻的哀嚎。這種冰上垂死的老天鵝所發出來的奇怪哭聲很可能引發天鵝之歌的投射。據說天鵝可以預知自己死期將至，因此就像其他鳥

類一樣可以預知未來和天氣。德國有一種說法「我有天鵝的想法」（mir schwant），意思是「我對未來有一種模糊的預感、靈感或想法。」

因為天鵝是能夠預知未來的鳥類，對希臘神話的阿波羅以及北歐神話的尼奧爾德（Njodr）而言，它是神聖的，也在著名的天鵝少女神話母題上扮演了一個角色。有許多關於獵人發現一隻天鵝，而牠其實是一個漂亮女人的故事。例如，有個獵人發現三個漂亮的女人在洗澡，她們的羽衣脫在一旁，而他把其中一件衣服拿走，因此其中一個女人就無法重新恢復鳥類的形狀。於是他把她帶走，但某些災難就發生了；或許是她就飛走了從此消失不見，或是他必須經過漫長的旅程才能再找到她。這是常見的天鵝少女母題，其中的阿尼瑪先以白鳥的形象出現，通常會是一隻天鵝。如果當你獨自在林中徘徊時遇見某種奇怪的東西，但不確定那是幻覺或是真的人類，神話學會建議去看看那人的腳，因為妖怪會有天鵝、鴨子或是鵝的腳，顯示那並非人類而是鬼怪。在古老的英格蘭，人們會以天鵝之名發誓，因此天鵝又被賦予一種神聖的品質。天鵝可以說是代表無意識心靈中的靈性層面。就像所有的鳥類一樣，它代表直覺和靈感，似乎不知從何而來又稍縱即逝的想法和感覺。

在天鵝少女的母題中，有一個獵人和一位先前現身為天鵝的漂亮女人交談。這是一個關於男人如何找到他的阿尼瑪的問題：他必須注意到自己意識背景中的心情和半無意識的思想，抓住它們，讓它們不會再度消失。藉著把情緒或想法寫下來，他去掉了它的變幻莫測而賦予它一種人的品質。

但只做一次是不夠的。即使是一個已經瞭解阿尼瑪是什麼的

男性也可能讓她再度溜走，藏身在她的羽衣之下而飛出窗外。同樣的狀況對女性而言也是真實的。如果我們沒有每天關注阿尼姆斯，他又會再返回他的老鳥型態。通常我們需要有意識的努力保住這些內在實體和人類意識接觸時的樣貌，因為它們的自然傾向是逃走，天鵝新娘總是容易恢復她們的羽衣而且飛走，有時候是帶著小孩，有時候是沒有小孩。因此，從負面來看，天鵝代表著阿尼瑪的反復無常以及非人性的品質。但一旦返回人形，就表示對無意識更能覺察，對愛欲也可能有更深刻的內在理解。

如果我們從歷史上來檢視天鵝少女的故事，它會指向前基督教時期。馬丁・寧克（Martin Ninck）所寫的《奧丁和日耳曼宿命論》談到天鵝是沃登神的自然伴侶。如果某些已經存在於人類意識的束西被迫進入天鵝的外衣，這表示一種退行。由於意識態度的墮落，曾經被整合到某種程度的無意識內容物也可能再度退化。

在中世紀的十二和十三世紀時，一種愛欲文化開始在德國人當中以基督教騎士服務他們的女士和配戴榮耀勳章的方式展現出來，這種方式展開了整個男女關係以及泛指一般愛欲的狂熱崇拜。在同一時期，煉金術也大大盛行，這並不是偶然的，煉金術和宮廷愛情（Minnedienst）之間有某種連結，或許是受到女性原則在阿拉伯受到認可和關注的影響。這帶來某種確認自然、身體以及物質的問題。因為宗教改革運動和文藝復興運動像著魔般的蔓延開來，使得這種非常有希望的啟蒙與確認女性原則的狀況又再度消失，而理性主義反而強硬起來。即使連德國神學家艾克哈特大師（Meister Eckehart）也遭到了遺忘。煉金術的象徵主義存活得比較久一點，但宮廷愛情卻完全消失了。因此一種最有希望的心理態度和一種非

常重要的啟蒙，突然間因強硬的基督宗教集體意識態度而受到了壓抑，有部份原因是由於改革和反改革勢力之間的分裂，但也是受到文藝復興時期開始發展的技術理性所影響。當然，在歷史的進展上這也有一些正向的效果，但是阿尼瑪的發展卻是倒退的。我們可以說阿尼瑪被迫退入她的天鵝外衣當中。

渡鴉的象徵

然而在我們的兩個故事當中，展現成天鵝或是渡鴉型態的並非是阿尼瑪而是阿尼姆斯的問題。除了外表看起來不同之外，天鵝和渡鴉有許多共同之處。在德國、北美印地安人及愛斯基摩人的神話中，渡鴉原本是一種白色的鳥類。在北美印第安人和極地圈的神話當中，它是大光明的傳遞者，一種普羅米修司般的人物和創造之神。當牠把光明和火種帶下來給人類時受到嚴重的灼傷，因此才變成黑色。在德國，尤其是希臘的神話中，都傳說渡鴉原本是白色的，但因犯下某些罪行，因此才受到阿波羅的詛咒而變成黑色。同樣的事也發生在烏鴉（crow）身上，它被認為是渡鴉的老婆，是克羅妮絲（Coronis），也是阿斯克勒庇俄斯（Asklepios）的母親。在《聖經》中，渡鴉是一種模稜兩可的鳥，因為根據傳說，當諾亞（Noah）從方舟上將它放出去之後，它找到了陸地並以屍體為食，但並沒有返回來。諾亞徒勞地等待，後來才派鴿子出去，結果帶回來橄欖葉。因此渡鴉從此之後在《聖經》裡就得到一個壞的印記。在德國雨果拉納（Hugo Rahner）神父所寫的一篇關於天堂和人世精神的文章中，天堂的精神是由鴿子所代表，而魔鬼和巫婆

　　　　　　　　　　　　　童話中的女性：從榮格觀點探索童話世界

的精神則由渡鴉所代表。[8] 但是既然對立面總是包含著它自己對立面的種子在裡面，渡鴉也被稱為非常虔誠的鳥類，因為它們在希臘的帕特莫斯（Patmos）島上曾經餵食過以利亞（Elijah）和聖約翰（Saint John）。人們關於黑和白的象徵主義總是有種奇怪的雙重想法。法文的**白色**（blanc）這個字，和德文**空白**（blank）這個字有相同的字根，它的意思是「閃亮、清晰」，可以用來形容一種閃亮的黑色或者閃亮的白色表面。從心理學上來看，並不難理解成這是對極端對立面的祕密認同。一旦對立面達到它的極端型態，它就變成自己的對立。從那個角度來看你可以說渡鴉代表了黑色的思想，也可以是你心中突然的靈光一閃。鳥類一般而言象徵著突然擄獲自己的、不由自主的概念和想法。我們認為**我們**擁有它們，但實際上是它們飛落到我們腦中。因為我還不曾仔細思考過它，因此它並不是我的思想，它只是來到我這裡。它是前意識地覺察到某些東西。想要捕捉它還包括對那想法進行批判性的同化。

在夢境中渡鴉通常是以帶著憂愁色調的思想出現——悲傷的想法。你或許曾看過憂鬱的人畫的圖畫，表現出黑森林，沙漠，波濤洶湧的海，或是到處都是黑鳥，這些都和人們處於這種狀態下時悲傷、憂鬱的思想有關：我誰也不是，我永遠也不會好起來，我永遠也到不了什麼地方等等。因此渡鴉是一種破壞性的鳥，但它也是上帝的傳信者，因為有一種叫做創造性憂鬱的東西。如果你承認那些黑色的思想——如果你說：「是的，或許我誰也不是，但從哪方面來看呢？」——你可以和無意識對話。克服憂鬱最好的方式就是走進去它裡面，而不是和它對抗——收音機和《讀者文摘》（*Reader's Digest*）只會使它更惡化而已。允許這種黑色思想浮到意識層面並

和它們進行對話是比較好的方式。然後通常它們就會變成靈糧的傳送者，把我們和上帝連結起來。憂鬱真正的意義是將一個人重新和神聖原則連結在一起。隱士們自願進入憂鬱狀態並且和它一起處於內傾狀態，那表示不再知道任何事情，而且也無依無靠。在這種狀況下，憂鬱的思想帶來神性的靈糧，這也說明了為何渡鴉在神話學中有奇怪的雙重面向。理性的意識需要藉由憂鬱而黯淡下來，為的是讓新的曙光可以被發現，帶來嶄新創造的可能性。

和天鵝少女取得連結表示一個男人想要發展愛欲的可能性。然而，在我們的兩個故事當中，卻是由女性去連結她的天鵝和渡鴉兄弟。從一個女性的角度來看，這會表示女英雄和被官方拒絕的思想取得連結。女性的心思通常比較接近自然，這包括正面和負面的型態。在一般的出版和科學界，通常被官方思想所拒絕的科學和宗教主題會被女性所拾起。因為她們比較不會嚴肅地看待心靈這回事，具有更自由和更為彈性的優勢，畢竟如果一件事並不是如此重要的話，那麼為什麼不能以一種超然的方式來看待它呢？

下面的經典案例總是令我印象深刻，它可以說明和女性與男性做心理工作的差異。我曾經告訴一位電子學教授關於超心理的現象，在某人死前，有一個玻璃杯自動碎裂了三次。那個教授突然生氣起來，並且說那只是巧合而已。我繼續堅持我的看法，接著他突然看著我說，如果我是對的話，他會射死自己！我說那樣是很心胸狹窄的，為什麼我們不去調查那個問題看看呢？他不一定需要接受它。但他說他已經教了許多世代了，事情就是如此，除此之外都是不科學的無稽之談，他無法容忍任何改變。那是一種榮耀的回應。那個男人為他所教的事而奮鬥，那是最好的科學家和老師。他有實

質的內涵，對他而言，什麼是真的、什麼不是真的都有所依據。這種事如果發生在女性身上，它可能就意味著愚蠢而僵硬的阿尼姆斯。女性最終的定讞是在愛及其相關問題的領域，在科學上她是比較自由的。科學觀念的改變對她而言並不是攸關生死的問題，她可以說：「讓我們看看事情是怎樣，並檢查看看它是否有用，如果是的話，那我們就可以接受它。」那也說明了為什麼當有新的運動發生時，女性通常是首先加入其中的人。男性需要較長的時間去面對新的內容和觀念，但是女性則比較放鬆，而藉著帶給男性一種比較放鬆的態度則可以對男性產生正向效果。作為**鼓舞人心的女性**（femmes inspiratrices），透過她們自由和創造的遊戲態度對男性產生滋潤。許多文明都有女祭師，她們通常是有巫術的女預言家，是可以嗅得到風並且知道未來氣候的人。

編織星星襯衫

在我們的故事中，女英雄必須為人類社群帶回原本就存在其中的東西，也就是她受詛咒的兄長們，而那個任務必須六年之中不說話也不能笑，只能編織星星襯衫才能完成。用來對抗巫婆襯衫的星星襯衫是女孩用來救贖兄長的良方。在童話故事中，受詛咒及解咒的達成通常是藉著覆蓋一件外衣或者動物皮毛來完成——像狼皮等等。許多童話故事中的巫婆外衣或動物皮毛必須很快被移開。皮毛或外衣指的是方法（modus），或者一個人所展現出來的方式，或者它可以是面具或人格面具——一種可以讓你藏在下面的皮膚或外衣。我可以用我是誰的姿態出現，或是以不同於自己的姿態出

現，在這種情況下外衣變成是一種面具，也是我想向世界展現的人格面具。許多密教儀式會讓參與者赤身露體，它們底層的觀念就是「赤裸的真實」。另外，外衣也可以是一個人是什麼的真實表達，那是一個人展現人類觀點的方式。也許多數人覺得自己有時候是一團模糊的思想和行動，要將它表達出來和讓別人知道是一件困難的工作。例如當你有某種情感，你必須要表達它，雖然也有些內向的人會認為其他人應該夠聰明可以猜得到，但這種人是活在動物的皮毛之下，他們沒有方法能夠表達他們所害怕或喜歡的，抑或是他們對其他人的想法。當你不能表達你自己時，你就掉回到動物皮毛之內。當你被情感裹住時，有時候你無法呈現出它內在的核心。在你能夠表達它的基本內容之前，它必須先被區別和整合。

有許多方式可以將動物毛皮拿掉還原成人形。假設某人應該對某人表達情感或抗拒，這件事對他而言非常重要——兒童必須對父母表達抗拒，被分析者必須對分析師表達抗拒——整個問題就在於是否可以用人類的形式將它呈現出來，這樣做就會使它失去它的妖魔力、它的刺痛、它的毒性。如果某人可以用人類的方式說他不喜歡這個或那個，如果這可以被適當的表達，只有無人性的人才不能接受它。但通常人們會陷在情感當中，接著攻擊性就會進來了。有時候被分析者在表達抗拒時很害怕自己的攻擊性，因此他們會把它寫下來；但這毫無幫助，因為她們會用很溫和而人性化的方式把它讀出來，像是聲音放低或是其他等等，但我們知道攻擊的情緒還是存在。下層的感覺還沒有被處理，因此分析師覺得受到一種非人的攻擊。表面上看起來很有人性，但其實情感並沒有被克服。困難之處在於一個人的抗拒應該被人性化到透入身體的振動裡面，而不是

只有用禮貌的形式遮蓋起來而已。人可以偽裝自己很有禮貌也沒有攻擊性，但自己的情感卻使得氣氛變差，因為兩個人都可以感覺到它，而另一個人會感受到身體上的衝擊。將這種原型動力予以人性化也是個體化的一面，它代表將它整合起來，對它變得有意識，但那是非常困難的。用神話學的語言來表達，它就是讓一個受詛咒的人返回人形的偉大任務，這種救贖母題在所有神話中都可以發現。

因此，縫製星星襯衫就意味著在最深的內傾和集中狀態工作了許多年，為的是找到一種人性的方式好讓這些非理性的無意識內容物——也就是天鵝——用一種不會讓意識世界驚嚇或崩潰的方式重現在人類生活。它是一種創造性的工作，從一種負面的情感狀態，到後來留下的是不同的理性陳述。有時阿尼姆斯擄獲可以被辨認出來，但當一個人可以同意自己和其他人不同時，這時候他的批判或抗拒底下才是他自己真實的陳述。從集體的情感和它的感染效應脫離出來也是個體化的另外一面。

但是，當一個人將抗拒予以人性化時，他也可能會欺騙自己。我曾經一次又一次的看到被分析者用這種方式欺騙自己。他們和阿尼姆斯及阿尼瑪對抗，發洩情緒，然後認為自己不需要去談它。但這是一種錯覺。這個人應該說：「上一週我陷入一種阻抗的困境，但最後我看到那是我自己的阿尼姆斯，或是阿尼瑪。」他應該要提及這件事。如果你和某個人接觸並且好幾個禮拜都討厭那個人，後來事情過了，為什麼不提這件事呢？不這麼做是很不符合正常人性的。在一個阻抗當中通常都有很多的投射，但分析師必然做了某些事才得到這種阻抗，所以他應該知道是什麼事啟動了這個劇碼，這是很重要的。如果被分析者說的是過去式，那麼分析師可以道歉，

因為雖然那是受分析者的問題，而且現在已經克服了，但知道發生什麼事還是很重要的。因此，把一隻動物或甚至凶殘的情感予以人性化，或是以文明的方式表達負面的意見，都是重大的功課；它也是文化的精華所在。

註釋

1 原書註：*The Complete Grimm's Fairy Tales*, p.232. For the variations, see Bolte and Polivka, *Anmerkungen*, vol. 1, p. 427.

2 編註：克里特島國王米諾斯（Minos）之女阿莉阿德涅，為了幫助雅典王子忒修斯（Theseus）殺死迷宮中的怪物，曾贈予他一團細線，幫助他在迷宮中標記出路。

3 原書註：*The Complete Grimm's Fairy Tales*, p.137. For the variations, see Bolte and Polivka, *Anmerkungen*, vol. 1, p. 227.

4 原書註：C. G. Jung, *Psychology and Alchemy*, cw 12 (1953), pp. 63, 151f, 155ff.

5 原書註：Marie-Louise von Franz, "Bei der Schwarzen Frau," in *Studien zur analytischen Psychologie*, vol. 2 (Zurich: Rascher Verlag, 1955), p. 1.

6 原書註：See the entry "Schwan" in Hoffman-Krayer, *Handwörterbuch des deutschen Aberglaubens* (Berlin & Leipzig: Walter de Gruyter & Co., 1927).

7 原書註：Martin Ninck, *Wodan und germanischer Schicksalsglaube* (Darmstadt: Wissenschaftliche Buchgesellschaft, 1967), pp. 69, 167, 178, 224, 229, 234, 254f., 278, 327.

8 原書註：Hugo Rahner, *Greek Myths and Christian Mystery*, trans. B. Battershaw (New York & London, 1963).

〈六隻天鵝〉和
〈七隻渡鴉〉（下）

在我們的兩個故事中，女英雄的哥哥們在變成鳥類之前，他們是青少年。在女性心理學的脈絡下，男孩代表的是真誠的進取心和朝向積極生活的衝動力，也是率直而天真的想法。巫婆代表負向的母親，她的活動使得年輕女孩的這種活力被弱化成天鵝和烏鴉，也就是弱化成異世界的或是哀愁的幻想。哥哥們需要一件星星花所編製的外衣才可以重返人類的領域。這也可以指更具靈性的、情緒的、或是無意識思想的內涵，需要以符合人性的適當方式表達出來。通常這兩種情形都有可能，因為情緒通常也包含象徵性的觀念；而反之亦然，來自無意識的想法通常也含有大量的情緒。襯衫的材料是由星星花所做成。森林裡長著一種花莖無葉、非常小而單純、像星星一樣的花朵，稱為**星辰花**（Sternblume），它是一種星型的花朵。我不知道它的植物學名。這種花通常可以在沼澤地的樹下、陽光灑落之處找到。它們長得像某種銀蓮花（anemones），但是比較綠一點，暗示一顆星星在森林的綠沼澤地，而且是一顆從下往上長的星星，而不是從天上掉下來的。

一元世界（ *unus mundus* ）

從地上長出來的星星這種母題是非常原型的，它在煉金術的思想上也相當有重要性。瑞士醫生及偉大的煉金術士帕拉塞爾斯（Paracelsus）與他的學生格哈德·多恩尼斯（Gerhard Dorneus，或稱多恩〔 Dorn 〕，榮格經常在他有關煉金術的文章中引註他的工作），他們表示星星和香草植物在星象學上是相呼應的。這種想法起源於中世紀阿拉伯的亞里斯多德主義（Aristotelian-Arabic）傳

統，主要是說每一種花和香草植物都有星象學上的對應，它們是星象學星座的地面意象；這背後是整個**萬物印記**（*signatura rerum*）的概念。為了連結這種狀態，多恩尼斯發展出一種積極想像的煉金術工作方式，它並不是由畫圖或寫作來達成，而是透過將物質混合起來而完成。他說這個工作到了某個階段時，需要「將天堂形塑到地面」。[1] 他建議將舊酒的殘渣，也就是酒石（在酒桶邊緣形成的硬殼或沉積物）加以蒸餾，直到得到藍色液體為止，這樣在下方的天堂就準備好了。接著必須引入特定的星星，這時就要放進黃色的花朵，如櫻花及其他花朵，這樣在下方的天堂就建立起來了。然後必須再經過烹煮，烹煮的結果代表製作哲人石的最後階段，換句話說就是和整個宇宙本質的終極結合。當在下方的天堂被製造出來之後，煉金術士就和**一元世界**（*unus mundus*），也就是宇宙的神聖本質合而為一了。

我們所能瞭解的多恩尼斯觀念是這樣的：在上帝創造世界之前，他先在心裡把它想像出來。在開始建造以前，建築師的心裡就先存有計畫了，因此上帝身為一個好的建築師，他想像了一個世界及其中各種事物的心理意象，從這當中才發展出物質界多樣的實現。但這個精細模型的總和在上帝心中仍然只是一個，它在學理上被視為相當於女性原型人物的智慧之神，而被稱為**型態**（*typi*）或是原型觀念的總和。多恩尼斯稱這種潛在的神性世界為**一元世界**，它是還未分化之前的整體宇宙。**一元世界**所傳達的觀念是：客體的多樣性只有透過對這個計畫的實現才會進入存在的狀態。在這個世界的模型計畫被物質化之前，並沒有單一客體存在；它們就像細菌聚合在液體或類似的東西當中，而不是像真實物質世界中物質客體

的無限總和。神性在物質中的一體性就是這樣表達的。那個藏在我們真實世界背後的一元世界就是煉金術士讓自己和它合而為一的那個向度，但並不是以泛神論（Pantheistic）的形式存在。泛神論的觀念是和真實的物理世界合而為一，但多恩尼斯的觀念是和背後的那個整體合而為一——那個在真實存在的多樣性背後的一體緣起。

中國的道家哲學也有類似的觀念：悟道之人或道家的大師與道合而為一；它和真實的**源起**（germs）合而為一，而不是和真實本身合而為一。在《易經》的第十六卦（豫卦）第二爻說：「介于石」（如石一般堅硬）。哲人石或是智者（超越之人）深知緣起並馬上行動，《易經》中「知緣起」（knowing the germs）之意就如同以下的事實。[2] 我們假設有某種類似原型邪惡的東西在醞釀著；後來透過成為一種邪惡的事蹟或是某人的思想才把自己實現出來。現在它存在了，但是你不能把輪子倒轉回像源起狀態時你所能做的那樣；當它還在無意識的匯聚狀態而尚未被實現時，就可以對它做些什麼事——如果你知道、也能瞭解正在發生什麼事的話——在那個階段你可以對命運做點事。因此有智慧的人知道源起並且能夠瞭解銀幕背後所發生的事，他可以對這些事採取行動，讓它們有比較好的轉變或是創造性的表達。他和這個世界背後的那個世界有所連結，能認出源起並且立即行動。這和煉金術士與**一元世界**合而為一、和現實背後的原型星座（constellation）整體合為一，兩者是相同的觀念。他認識它們並且馬上就和它們連結起來，那是他創造力的來源，這也使他對正在發生的事有機會產生有創意的影響。那就是多恩尼斯所理解的和**一元世界**合而為一，他所謂在下方建立天堂並與其合一的奇怪觀念背後就是這種**一元世界**的概念。就如我們所

知道的，星星象徵著原型的星宿群，和道家哲學所稱的源起是相同的東西，那是還未成形之前的存有，可以意指許多不同的東西，但還不是某種確定的東西。

星座（constellation）

星座這個字是從「stella」來的，意思是星星。它是一個非常模糊的概念，因為當我們經驗到某些令人興奮的消息時，我們說：「現在問題變得匯聚起來了」（constellated）而且還自以為說出了什麼。我們總覺得自己所認為的意思已經表達了，但其實我們對自己的意思並不全然瞭解，只是無意識中的某個層面已經被攪動而已。它以共時性（synchronistic）事件的型態顯現於外在世界。假設一個病患做了一個很不尋常的夢，例如在夢中受到海浪或獅子的威脅，但她的外在世界只是在抱怨生活的無趣和頭痛而已。你可以說無意識已經宣告了一種原型的情緒匯聚，一種 X，但還不能說它已經在外在真實世界匯聚起來。你在心裡面記下這件事，而分析也持續進行了九個月，但整段期間你都會感覺到那股巨大的驅力，那獅子的原欲還不曾在外在世界匯聚起來。於是有一天，一個有魅力的男人出現了，並且約她出去喝了餐前的開胃酒；她的先生並不反對，而他們也度過了愉快的時光。她的頭痛變得比較好了，但她先生夢見一個交通事故，而她則是夢到夜賊闖入，現在事情就匯聚起來了！

我們一直都知道她正望向窗外尋求冒險，想要某些可以創造熱度的東西，一種衝突、冒險及生活。我會說獅子或者海浪的問題

在以前是潛伏的，現在變得匯聚起來了。瞭解六個月之前的夢就像知道源起一樣。那位女性傳記中的一部份現在匯聚起來了。當她做了那個夢的時候，它還離她非常的遙遠，但當大變動來臨時它就真的匯聚起來了。這就是通常我們如何使用「匯聚」這個字。這種匯聚通常有一定的次序——一種原型隱含著次序和排列，它是一種模式，而你多少可以看得出事情的意圖是什麼。就如你所知，獅子的符號象徵有無限多的意義，也可以有不同的表現型式。三個月之後它可能只是個愛情外遇的故事，或者離婚了，或者是精神性的擾亂，或是一次企圖自殺事件，甚或者嚴重的情緒崩潰及伴隨而來的痛苦及意識面的擴展——你無法預測哪種狀況會發生。你唯一能確定的是往後十年她的生命將不會走得平順。

就歷史上來看，**星座**（匯聚）這個字來自星象學。如同榮格所說，星象學是中世紀的科學嘗試，它想藉著觀測天空中同時發生的事件來描述共時性。星象圖是次序和無序的美好混合，其中有著規律和不規律的事件會發生，像流星就是。在**星座**這個字背後有整體的神祕性；人們或多或少都知道它表示什麼，但它暗示的是神祕性。

縫製星星花的襯衫指的是某種矛盾的東西。她縫製襯衫的目的是要將鳥類從牠們的動物型態救贖回來，還給牠們一種人類的表達方式，但她所使用的是一種原型的**星座**，星星似乎是最**不人類**的。襯衫是一種兩難的矛盾情境——藉著使用原型的匯聚力量，你讓這些內容物可以用人性的方式表達出來！考慮我們要適當地詮釋一個夢或一個神話時，我們先用其他的原型母題去擴大那個素材的含意，這就好像用原型母題為夢穿上一件外衣，這樣夢的內涵就可以

被整合起來。這就是我們如何詮釋無意識素材的方法,而我們學習神話學就是為了獲得充分的原型**星座**知識,好為自己和父母的無意識內容縫製襯衫。

花一般而言也和情感有關,例如在誕生、結婚、葬禮等等場合,我們用它們來表達情感。玫瑰象徵著愛情和愛欲,這是眾所皆知的。女孩如果不用來自天上的星星縫製襯衫,她也可以用石頭或是花來做成什麼。而她使用星星花則指出女性需要對原型的匯聚有一種情感的理解;因為對女性而言,理解是透過情感來達成的,啟蒙通常會在那個領域降臨。

樹的象徵

她坐在樹上編織襯衫,樹是可以逃離野生動物的避難所。在非洲叢林,人們可以在樹上避難,把自己綁在樹上過夜是明智的。人猿是我們人類的近親,牠們為了安全的緣故晚上是在樹上過夜的。因此樹的基本概念是在地面之上,並且因為遠離蛇及其他危險動物,所以也是相對安全的。在比較宗教學中,樹和爬上樹通常有接近天堂的意義,就好像登上高山頂峰去和上帝對話,而鬼魂一般也都是在天空中的。米爾恰·伊里亞德在他的書《薩滿教》(*Shamanism*)中描述西伯利亞薩滿巫師在啟蒙儀式時如何爬上白樺樹和神靈對談。[3] 初學的巫師在一種出神的狀態下和另外的世界取得聯繫,當他從樹上下來之後便成為一個經過啟蒙和開悟的人。薩滿的教學者則爬到更高的白樺樹上,為附近較低的人啟蒙,他將一條繩索從一棵樹垂到另外一棵樹,繩索上掛著教學者送給新啟

蒙者完成任務時需要用到的所有物品：鼓、腰帶……。天界的力量給予啟蒙者在成為薩滿巫師後的工作所需要的物品。只有薩滿巫師和這種人可以連結到其他世界，而這種神奇的連結是透過繩索來完成──那是新薩滿在他的啟蒙儀式時坐在樹上所得到的，當他從樹上下來時將會有盛大的慶祝。他處在一種狂喜狀態並和另一個世界連結，那也表示他開始和自己的個體化歷程及內在的心理成長緊緊相連。

我曾經聽過一個故事，它顯示樹的原型象徵是如何依然具有穿透力。在美國有一位年紀約十六、七歲的男孩，他處在一種近乎精神分裂的狀態。他的父母很害怕他有可能發瘋，於是決定送他到中西部一位務農的叔叔那裡，希望做些粗活對他會有幫助。那男孩到了那裡之後並沒有去做粗活，反而爬到一棵樹上，他在樹上築了一個巢，又拿了許多食物到樹上去。那個農夫叔叔沒有去找精神科醫師來或是堅持他得去做粗活，只是說：「隨他去吧！如果他要坐在樹上就讓他坐吧！」於是他就讓他一個人獨處，除了送食物給他之外沒有任何人去干擾他。他在樹上待了三週或是一個月，就只是坐在自己的巢裡面而已，後來他從樹上下來，完全處於明理的狀態。挫折過去了，而他也沒事了。那是一個短暫而幸運的遁逃。那男孩跟隨原型衝動而拯救了自己，他也很幸運沒有受到朋友的阻撓。你可以說他是經歷了薩滿的啟蒙儀式。他在樹上或許有得到來自集體無意識的靈視（visions）；那或許是相當不尋常的經驗，如果他被阻止這麼做的話，他可能必須被送進醫院。這個原型仍然非常具有活力，這個男孩擁有足夠的本能來療癒自己以免於瘋狂的故事，這就是個證明。因此，坐在樹上意味著從現實中隱退並退入精神的領

　　　　童話中的女性：從榮格觀點探索童話世界 ┤

域中。就好像不但不逃避具有威脅性的東西，反而還隱入其中。危險之處在於完全失去和現實的連結，而優點則是具有威脅性的無意識變成了第二個子宮，重生可以在裡面孕育。因此樹也有一種母性的特質，人可以像果實一樣從樹上掉落下來；它代表一種靈性重生的歷程。許多國家都有小孩是從樹上生下來的迷信。爬到樹上再從樹上下來是一種心理重生的歷程。因此人們處於困難的情況時，就像活「在樹上」一段時間一樣，或是正常的小孩在樹上築巢扮演在樹上生活的遊戲；它是一個幻想和魔法的世界。在美國，人們會對發脾氣的人說：「去爬樹吧！」，或你可以把某人「趕上樹去」或「爬上旗竿」以遠離人類的接觸。

緘默的神祕

童話故事中的女英雄在樹上的那段期間，她必須不能說話也不能笑，這通常是**處於孵育狀態**的慣例。在原始的孵育儀式中，男孩們通常被關進一間密室，或是令人焦躁不安的小屋，而且必須保持沉默。神祕主義（mysticism）和神祕的（mystic）這兩個字來自「myo」這個字，意思是把嘴巴閉起來。把手指頭放到人的嘴巴上暗示那是一個應該保持緘默的祕密。因此神祕的緘默是當有些不太正面的事情無意識地發生時，意識所做的變形回應。當壓倒性的情緒內容在無意識中匯聚起來時，它會讓人變得遲鈍；它是無法被表達的。你可能知道有些情緒狀態是你無法言說的。如果被分析者碰觸到情緒性的情結而無法再說話時，那並不是因為缺乏善意，而是因為那是無法被說出來的，因此極有可能那最關鍵的事在五、

六年內都不會被說出來。被分析者只會靠近那內容但卻無法去談論它——因為情緒變得太巨大了。緊張性思覺失調症狀態（catatonic state）是這種狀態的極端表現，但是反過來說，當一個人決定對某些事保持緘默好讓它存在心中並允許它繼續成長時，它既不會被集體意識的世俗思想寵壞也不會受它污染，那麼緘默變成是一種有意識並沉默地隱藏祕密的品質，為的是讓它可以變成一種宗教性的經驗；透過緘默保護無意識的內涵不受外在及個人內在集體性的誤解。我們內在都有庸俗的詮釋，一種「只不過是」的反應，我們可能會因此而傷害了重要的內在內涵。每個做過創造性工作的人都知道處於孵育狀態的創意不應該被談論，一個作者不應該跟太多人展示或討論他正在寫的東西。當他的工作處於成長的細緻狀態時他通常是知道的。某人或許會說：「是的……非常好。」但僅僅是那一點點在「是的」之後的遲疑就足以奪走他堅持下去的勇氣——在創作被完成之前就是這麼的細緻，遲疑的回應或是一個愚蠢的問題都足以使他殘廢。一旦那「小孩」生下來之後，你或許可以自己批評它，而那時距離就已經拉開了；但當它還是半成形狀態時，你無法去談論它。

當女英雄處於這種緘默狀態時國王發現了她，他帶她回家並且和她結婚。但即使她有了小孩，她仍然保持緘默。雖然她變成了王后並返回人類生活，但她仍然繼續做著救贖兄長的工作，在緘默中堅持那個歷程，她真的是過著一種雙重的生活。她雖然是王后但私底下卻擁有這個沒有人知道的第二職業，而這種雙重生活造成別人對她的誤解和錯誤的詮釋。邪惡的婆婆帶走了她的小孩並控訴她謀殺了他們。自從十三世紀中葉以來這種母題就經常出現在傳說中。

它是原型的，也被加入許多童話故事的版本中，出現在許多不同國家的故事裡面，因此它必然是非常重要也是很典型的。然而，這種狀況並不是由單一因素或匯聚所造成，它可以是透過負向母親或父親情結所造成，也可以由不同的原型理由造成，但兩者的解決之道非常類似。王后的雙重生活問題某方面是和國王有關，也就是和主流的集體意識有關，因為他聽從他邪惡的母親，而邪惡的母親則虐待新的王后。

雖然新王后是有生產力的，也實現了她正常的女性生活，但在幕後還有某些東西在進行著，那是第二個歷程，它導致誤會產生。有時候繼母或者婆婆能夠讓國王遠離他的妻子。於是她慢慢地被逼到完全孤立的狀態，而她的英雄行徑則在於保持緘默；儘管這威脅到她的生命，那種狀況下的壓力還是沒有迫使她揭露自己的祕密。她承受身邊的人對她的誤解，而她最高的努力則是用在保持宗教性的祕密。她的誓約可能就像約伯（Job）的誓約一樣，他在最深的憂鬱和困難時刻，被帶著集體誤解的摯愛友人所包圍。在今日如果這種情況發生，人們會說你是緊緊抱著神經質的觀念不放。但對你而言，這是對上帝的忠誠，那是自己內在的感覺。但既然別人那樣說，或許那只是一種阿尼姆斯觀念或是擄獲；因為你自己內心也會向你提出相同的問題。當一個人被懷疑所撕裂而自己也不知道那是阿尼姆斯或是自己真正的本質在說話時，他必須有最內在的本能確信能告訴自己何者為何，這是極為困難的事。例如，有位女性可能愛著一個在關係方面令她失望的男人，而她內在有些聲音說她是一個蠢蛋並且那並不是一段適合她的關係。但又有另外的聲音說那是她的阿尼姆斯而且即使情況看起來很糟她也應該撐下去。然後，又

有一個聲音說她把自己困在錯誤的問題上。通常，一個女人的個體化歷程必須經過這些階段，而且，誰又能說什麼是正確的事呢？夢境或許很有幫助，但即使夢境也不是永遠都很清楚；因此人可能會被單獨留下，就像約伯全身佈滿膿瘡坐在灰燼當中一樣。但也正是在這個時刻，人才能夠發現他與神性直接而私密的連結。

把對話藏在心中而不讓破壞性的力量將它帶向公開，這是個體化歷程中最後的關鍵一役。它甚至還讓那女人受控將以巫婆罪名燒死在火型柱上。解決之道降臨的方式是很經典的——恰巧——或者我們比較喜歡說它是共時性地發生。六年過去，天鵝飛來了，她把襯衫扔向他們，拯救了他們，而自己也從火型柱上被釋放了。但她還有一個袖子尚未完成，於是最年輕的哥哥左手就長著天鵝的翅膀，而不是一隻左手。我們可以和德國大文豪歌德（Goethe）一樣說：「我們仍須在世間休息，忍受它已經夠痛苦了。」（Uns bleibt ein Erdenrest, zu tragen peinlich. 根據西奧多・馬丁〔Theodore Martin〕的翻譯是「天啊！仍然帶著世間的污點正是他的拖累。」）雖然在這裡我們也可以說：「仍然帶著天堂的東西，穿起來有些笨拙」（Uns bleibt ein Himmelsrest, zu tragen peinlich）。

在印度的宇宙靈魂（Atman）是指神聖的靈魂，相較於婆羅門（Brahman），它置身於創造之外——雖然他們兩者是一體的兩面——宇宙靈魂通常是由天鵝來象徵，並且據說就像天鵝遨翔劃過海面一腳在水中一腳露出水面一樣。如果他能將第二隻腳拉出來，世界就會停止存在了。瑪雅世界的幻象會繼續下去是因為世界靈魂並沒有將第二隻腳拉出來。在這個童話故事中，你可以說四分之三，或者六分之五的世界靈魂在世界上，但一隻翅膀還在另一個世

　　童話中的女性：從榮格觀點探索童話世界 ├────

界。假如左翅膀已經完成而且變成了手，那就沒問題了，也不會有剩下的問題。它就像是個宗教和靈性的問號，它永遠也不可能被整合也或許不應該被整合，因為如果那樣的話每件事就太清晰也太固定了。人如果知道了所有的事情，那就跟死亡沒兩樣。當詮釋無意識素材時，人會有一種關於它的良知。如果把它詮釋得太膚淺的話，他會覺得沒有達到深度或精髓之處，但如果非常認真去詮釋的話，雖然最完整的解釋還沒有完全達成，他也會覺得已經夠了。即使最好的詮釋也絕非完整，只是相對滿意而已。原型的基礎必須維持一種神祕性，那是最佳的詮釋也無法解決的；就像有一隻翅膀在另外一個世界而且永遠都不太可能把它拉回這個世界。天主教的教示說，每種教義都有它清晰可理解的部份，那是教堂神父可以討論的，但也有它神祕的部份，那是一個人永遠都無法領悟的。即使已經很充分努力嘗試想要將象徵的祕密內涵帶到意識層面，那個靈性問號依然還是存在。如果很迂腐的將天鵝視為女性的阿尼姆斯，那表示阿尼姆斯總是蘊含著神祕的成份，他是既美麗又笨拙的某種難解的祕密。這個最後的男孩是個殘廢，他擁有一隻可笑的天鵝翅膀，只有另外一隻手可以行動；他是某種懸而未決但卻又是屬於人類的成份。

哥哥們和妹妹互相親吻彼此，婆婆的迫害被揭發了，她以巫婆的罪名被燒死。她是負向母親的邪惡展現，就像是井底的蟾蜍一樣，現在已經除去了，而其他的六個哥哥加上國王和王后生活在一起總共八個人，剛好是整體的象徵。

渡鴉的故事則有些不同的地方，女孩展開的是一段漫長的旅程而不是爬到樹上。她到了太陽、月亮和星星那裡，最後在晨星那

裡得到幫助；這是一種稱為「天國之旅」（heavenly journey）的原型母題變形版本。它也可以在薩滿教和古代以及猶太傳統的以諾書（Book of Enoch）中發現。啟蒙的發生是經由一段漫長的旅程，而當他知道其他世界的事而成為先知和薩滿巫師之後，最後才返回地球。煉金術士向人們講述他的煉金之旅，天使帶他們進入蒼穹，而星辰的力量啟蒙他們進入煉金的知識。在童話故事中的女性心理學，當女英雄呼應這種天國之旅的要求時，通常都會有一種價值觀的翻轉，太陽變成了最邪惡的力量，月亮也相當邪惡，而帶著繁星的夜晚則是最有助益的，這和通常將太陽詮釋成啟蒙的光源而夜晚是應迴避的黑暗力量的看法是相反的。這種母題在多數關於愛欲及與愛有關的神祕旅程中都可以發現，而在另一方面，如果是關於進入未知的世界（the Beyond）找尋靈性和心理的光明，那麼太陽就會是最高的價值。例如在波斯密特拉（Persian Mithraic）的神祕劇，在基督時期，初學者在和太陽神合一之前必須先經過渡鴉、獅子、追日者和父親階段。太陽對男性而言是神性的象徵，也是自性的象徵，是啟蒙儀式的目標，也是神祕性最正向的象徵。但是在這裡以及許多其他的啟蒙儀式，相同的事卻有相反的意義，即使連奧地利音樂家莫札特（Wolfgang Amadeus Mozart）作品《魔笛》（*The Magic Flute*）的象徵也是如此，王子向他的新娘說：「不要太相信太陽或月亮；下來和我一起沉浸在夜晚的深邃裡。」黑暗才是目標，而太陽是具有破壞性的燃燒力量。

切下小指頭

你記得在〈無手少女〉故事中我們稍微討論過國王必須把餐巾放在臉上的主題。我們在那裡看到意識對某些心靈的歷程具有破壞性。就女孩的這趟旅程而言，最有助益的力量是晨星——那就是金星維納斯，代表愛的原則及其所有的符號象徵。有些問題並不是把它們拉進意識層面就可以解決的，而是只能追隨自己的情感，而這對女性的個體化歷程通常是不可或缺的。金星送給女孩彎曲的骨頭以打開禁閉七隻渡鴉的玻璃城堡。這是一個重要的象徵。它是雞的如願骨，就像兩顆櫻桃的分枝一樣，得到較長一端的人就可以實現願望，但那不可以說出來。關於彎曲的骨頭有著各式各樣的迷信，而整個歐洲共同的迷信是它在愛情魔法上的用途。在中世紀，人們將青蛙的一隻腳放在蟻丘上，等螞蟻把所有的青蛙肉都吃完之後，骨頭就拿來作為愛情魔法之用。用那彎曲的骨頭就可以施作愛情魔咒了。或許金星給那女孩的彎曲骨頭也有類似的意義。我們可能會問自己，　根彎曲的骨頭和愛情魔咒有什麼關係？它或許是和吊鉤的作用有關！那是一種古代的聯想，但我們談的還有吊鉤的投射作用。它可能是一種原型幻想，你需要這種彎曲的骨頭好讓自己的正向投射不會落空而會抓住其他的人。女孩把金星送給她的彎曲骨頭放在手帕中，但卻把它遺失了，在略微遲疑之後，她將自己的小指頭切下，用它來打開玻璃城堡。

切下小指頭指的是一種痛苦的犧牲，犧牲掉自己的一小點肉；如果使用金星給的彎骨頭，這犧牲就太容易了；同樣地，單獨的愛情魔法也不再發生效力；一個女性如果想要發展和救贖她自己的人

格的話就必須受苦和對問題有所貢獻。我們也可以說我們用我們所有的指頭作為吊鉤來抓取東西，而如果我們切掉其中之一，我們就失去了一個吊鉤。它犧牲的是自我的願望。一個戀愛中的女人也會不自主地有一種詭計或陰謀：「我要」、「我希望」、「他必須」等等。總是會有陰謀或詭計存在，一開始的時候是走過某個地方希望能遇見「他」，然後再裝出驚訝的表情，雖然這在早上早就已經計畫好了。那就是用自我來做吊鉤。把指頭切掉表示把自我中心的計畫和密謀以及蓄意的企圖切斷。關鍵的問題總是在於：是否愛情的實現是自性的意思；如果不是的話，那麼就必須有所犧牲。

就手相術來看，每根指頭都和一個星球有關，而水星（Mercury）掌管的是小指，因此它的犧牲就是指切掉墨丘利式的計畫或密謀，也就是自我對它的利用——把巫婆的聰明用在自我的目的上。女人認為她釣住了所愛之人，但她自己也被困住了。她成了自己計畫之下的犧牲者，也因此失去了她的自由，無數的悲劇都是這樣造成的，我們經常會突然遇到這種情形。有時候女性會帶著一種自我的目的來進行分析：她對某個特定的男人有興趣，那是她已經試過沒有釣成功的男人——她太神經質了——但是魔鬼說如果她自己覺得可以，那麼她就可以去做！於是她就帶著這麼一個聰明的墨丘利式的計畫來進行分析，希望自己可以釣得更有效率一點。萬一她的計畫失敗了，她就離開分析並且把整件事情都推翻，並就此承認她的自我密謀已經失敗。那是女性心理的個體化歷程中，各種危險角落的其中一個。我們需要切斷小指，犧牲自我的計畫，並將整件事交付給自性。去愛某人是很正當的，但應該還要加上上帝同意（*Deo concedente*〔 God willing 〕）才行。同樣地，當男性開始

在分析中和無意識工作時，阿尼瑪會將某些觀念和一種**世界觀**強加在他之上，而那會讓他覺得很反感。雖然他知道他即將獲得的知識對他而言很重要，問題是他是否真的願意用他的生涯去冒險。但對一名女性來說，卻是犧牲在愛情上的自我計畫才是重要的一大步，而故事顯示女孩如何藉由切掉她的手指來打開玻璃城堡。

玻璃城堡的象徵

玻璃表現的是一種部份被切斷的狀態。在一個木頭或石頭的城堡中，你在每一處都完全被禁錮。然而在玻璃的城堡內，你在心智上是自由的，但情緒上卻是被切斷了。玻璃是一種絕緣體，那也是為什麼它用來做窗戶。冷熱都不會穿透它；雖然你至少可以看穿它，但它是一種絕緣體。人們在分析時說：「我可以很清楚的看到問題所在，但我感覺不到它。」他們就像在一道玻璃牆後面。那就是部份被切斷了，並不是在智性上的，而是在情緒上的；他是被玻璃牆所禁錮。如果一種情緒經驗是來自白性的意圖，那種精神也有可能成為負面的禁錮。讓我們從實際面來考慮：有一位內傾理智型的男人愛上一位女性；他的阿尼瑪投射到她身上。無意識帶給他這種經驗，因為它想要給他一種情感經驗並帶領他進入生活。但在那一刻那個男人說：「但榮格心理學說這種事情只是阿尼瑪的投射，因此我回家對她做些積極想像就好了。」他所說的都沒錯，很符合榮格心理學，有時候也有極高的價值，但它不應該在這個時候被派上用場。因此，原本應該是精神的東西現在反而變成了禁錮和阻礙。這是自相矛盾的：一個人情感涉入太多時，精神面可以救贖

他，但對一個活得不夠有情感的人，精神面反而成了一種禁錮。

玻璃城堡並不會告訴你該如何採取行動。你雖然看到了狀況，但卻什麼也不能做，因為你並不知道怎麼做。在分析時你把事情討論過一遍並同意分析師的看法，也看到了自己的狀況，但你能對它做些什麼呢？有時候分析師看到一條出路並且讓他知道如何用情緒攻擊就可以打破玻璃，但經常人們並沒有那種靈感，那就必須把它留給命運去決定。在這個故事中，穿透玻璃的事是由犧牲來完成。沒有什麼比自我的算計更能隔絕女性的內在和外在生活，因為這些算計之中有一種機制會阻斷生活並讓歷程中斷。女性進入分析如果是為了變得更有吸引力來勾引男人，這是有算計地誤用了精神，並且這會將任何自發性的門關閉起來。她的算計杜絕了生活中的非理性事件並將每件事都禁錮了。

在玻璃城堡中女孩發現七隻渡鴉和一個照料它們的侏儒。侏儒是僕人，但也是它們所住城堡的主人，他是無意識創造力的象徵。在德國和希臘神話中，他是偉大的工匠。在希臘，有某個侏儒的階級被稱為指頭（手指）。侏儒是礦工、鐵匠、寶石匠，雕刻家，音樂家等等。他們通常是屬於大母神周邊的人物，代表創造性衝動的體現。那個原本和自我連結的密謀，當它被切斷之後就轉成創造力了。創造力是詭計和密謀的替代方案，但是沉迷於這種方式的女人並不想要為了創造力的侏儒而切斷密謀的小指。而這也為我們指出渡鴉到哪裡去了！牠們去到一個隱密而與土地的創造力量連結的地方，那表示所有的這種創造能量，也是這個女孩所失去的心理活力——她的哥哥們——都和創造性的侏儒一同住在無意識當中，因此必須被救贖。渡鴉經由戒指的象徵再度和她連結起來，並且恢復

人形和她愉快地返回家中。

在兩則故事當中，這個故事是比較不讓人滿意的。女孩只是和她的父母回家了；她回到從前嬰孩的狀態，而侏儒則被留在身後。在〈六隻天鵝〉的故事中，嬰孩式的標誌只留在最年幼哥哥的左翅膀上。然而，即使在生活中，個體化歷程也不必然會持續進行。有時候它只是一種「治療」而已，但有時候也可能有更大的發展。個體化歷程在何處止步是一種「只是如此而已」（just-so）的故事。

註釋

1　原書註：Jung, *Mysterium Coniunctionis*, cw 14, para 663f.
2　原書註：The *I Ching*; Richard Wilhelm translation rendered into English by Cary F. Baynes (Princeton University Press, Bollingen Series XIX,1967), hexagram 16, line 2. 編註：見《易經 · 繫辭下》：「君子見幾而作，不俟終日。」（王弼周易注）
3　原書註：Mircea Eliade, *Shamanism*, pp. 123ff.

美麗的瓦希麗莎（上）

在我們最後一個故事，我想要回來探討更深一層的負向母親情節的問題。它是關於神性的女性面向，它既具靈啟有時又有很危險的一面。遠古大母神正面的那一半已經有一部份被整合到聖母瑪利亞的形象當中，但許多其他面向已經遺失了，轉而出現在某些童話故事當中。

美麗的瓦希麗莎（Vasilisa the Beautiful）[1]

　　在一個國家的遙遠鄉下住著一個商人和她的妻子，以及一個叫做瓦希麗莎的美麗女兒。當那小孩長到八歲的時候，妻子突然病得很嚴重。她臨終前把瓦希麗莎叫到床前，給她一個娃娃並且說：「聽著，我親愛的孩子，這些是我最後的話了，妳要謹記在心。我就快要死了，我把我的祝福和這個娃娃留給妳。妳要永遠帶著它，不要讓任何人看見，任何時候妳碰到任何困難，都可以向它尋求忠告。」於是她最後一次親吻女兒之後就與世長辭了。

　　那個商人有好長的一段時間都哀悼著他的妻子，但後來還是決定再婚，他選擇了一個帶著兩個女兒的寡婦。但對女兒瓦希麗莎而言，那段婚姻是令人失望的，因為新的老婆真是一個壞繼母，她讓她做盡所有困難的工作，希望風吹日曬可以毀了她的美貌，讓她看起來像個農家女孩一樣。但瓦希麗莎承擔了所有事情而沒有抱怨，而且變得一天比一天漂亮，而她的異母姊姊雖然整天把手放在大腿上坐著無所事事，卻由於嫉妒心

而變得越來越瘦又更醜。儘管如此，那個娃娃總是安慰瓦希麗莎，而且還替她做了許多的工作。

　　一年就這樣過去了，雖然瓦希麗莎有很多的追求者，但她的異母姊姊乏人問津，使她被禁止比她們更早結婚。後來，那個商人必須到遠方的另一個國家去。當他不在家的時候，繼母搬到大森林旁邊的一間房子裡去住。在同一座森林的空地上有一座小屋，裡面住著芭芭雅嘎，她不允許任何人靠近，任何靠近她的人都會被她吃掉。那個繼母的計謀就是把新房子蓋在剛好的位置上，她總是派瓦希麗莎到森林裡去，但她總是安全地返回來，這得要感謝那個娃娃的幫忙。

　　一個秋天的傍晚，繼母分派工作給三個女兒做。一個必須要編織，一個必須要刺繡，瓦希麗莎則必須紡紗。繼母接著把火熄滅了，只留著一點小火繼續燃燒，好讓女孩們可以看得見並繼續工作，然後她就去睡覺了。眼看蠟燭就快燒光了，異母姊姊拿她的棒針去清理燭芯，她一面這麼做一面故意把火弄熄。一個姊姊說她不需要任何的光，她有棒針就足夠了，而另一個又說她的繡花針也給了她足夠的光，但瓦希麗莎必須到芭芭雅嘎那裡去取火；於是她們就將她趕出房間。瓦希麗莎走到她的房間去拿她的娃娃，她就像往常一樣告訴它自己將要到森林裡去。娃娃告訴她不要害怕，只要把它帶在身上就不會有什麼壞事發生。

　　瓦希麗莎雖然還是很恐懼，但她把娃娃放在口袋中，自己劃了個十字就出發到森林裡去了。突然一個穿著白袍的男子騎著白馬從一旁經過，白天來臨了。再往前一點，有個穿著紅袍

騎著紅馬的男子從旁邊經過，然後太陽就升起了。就這樣過了夜晚到隔天，瓦希麗莎走過森林，在傍晚時來到一個小屋，屋外的圍籬都是由人骨和頭顱築成的。門是用骨頭做的，門栓是用人的手骨做的，而門鎖的地方是個疵牙裂嘴的嘴巴。瓦希麗莎幾乎被嚇到沒有知覺，楞楞地站在原地不動。這時，突然有另一個騎士從旁經過，這次這位是全身黑衣騎在黑馬上面。他跳下馬來打開門之後就消失了，好像被地面所吞噬了一般，而它就像黑夜一樣的黑暗。但很快的，在圍籬頭骨中的雙眼開始一閃一閃地亮了起來，把林中的空地照得就像是白天一樣。瓦希麗莎恐懼地顫抖著，但也不知道該往哪裡去，就站在原地不動。

接著樹木開始沙沙作響，芭芭雅嘎出現了，她坐在一個臼裡面，用臼槌來控制方向，還有一支掃把用來把她的痕跡清除。當她抵達門口時，她用鼻子聞一聞，叫嚷說這聞起來像個俄國人，就問是誰在那裡。

「是我，老祖母。我的異母姊妹派我來向妳取火。」

芭芭雅嘎說：「很好！我認識妳。妳跟我待在這裡一段時間，然後就會得到妳要的火。」

於是她們一起走進屋裡，芭芭雅嘎躺下來並告訴瓦希麗莎把烤箱內的每樣東西都拿出來給她吃。那裡有足夠十個人吃的東西，但芭芭雅嘎把所有的東西都吃光了，只留下一點麵包皮和一點湯給瓦希麗莎。接著她說：「明天我出去時，妳必須打掃庭院、打掃小屋、煮中餐、洗衣服，然後去玉米棚將發了霉的玉米和好的種子分開。妳必須在我回來之前完成所有的事

情，否則的話我就會把妳吃掉。」

當芭芭雅嘎開始在床上打呼時，瓦希麗莎把自己的食物分給娃娃吃，並告訴它自己必須做的苦工。但娃娃告訴她說食物應該留著自己吃就好，而且不必害怕，但是要唸祈禱文並且上床睡覺，因為白天是比晚上還要聰明的。

當瓦希麗莎早上醒來時，頭顱的眼睛才剛剛閉上，白騎士從身旁奔馳而過，白天就來臨了。芭芭雅嘎吹了口哨，於是白、杵及掃帚就出現了；紅色騎士從身邊擦身而過，太陽就昇起來了。當芭芭雅嘎離開之後，瓦希麗莎獨自被留下來，她很困擾不知道該從哪個工作做起，但她發現都已經做好了，那個娃娃才剛把最後一些發霉的玉米種子移走。瓦希麗莎說娃娃是她的拯救者，說它解救她免於天大的不幸，而娃娃告訴她現在她需要做的只剩煮晚餐而已。

當傍晚來臨時，瓦希麗莎把桌子整理好等待著，當芭芭雅嘎回來時，她問說是否每件事都已經做完。瓦希麗莎說：「妳自己看看，婆婆。」

芭芭雅嘎檢視每件事，因為找不到任何錯誤所以非常的生氣，但她只是說：「是的，做得不錯。」然後就叫她忠誠的僕人去磨她的玉米。於是出現了三雙手開始把穀粒分類。芭芭雅嘎像昨天傍晚一樣的吃著晚餐，然後她告訴瓦希麗莎隔天應該做相同的事，除此之外，還得將穀倉內的罌粟花種子分類並且將灰塵清理乾淨。

瓦希麗莎再度求助於她的娃娃，娃娃告訴她做和昨天傍晚同樣的事就好，第二天，娃娃做完了瓦希麗莎該做的一切事。

當老婦人回家之後，她把所有的事檢查一遍，再一次叫出她忠誠的僕人，於是三雙手出現把罌粟花種子拿走並榨出油來。

當芭芭雅嘎正在吃她的飯時，瓦希麗莎在一旁安靜地站著。芭芭雅嘎問道：「妳一句話也不說是在看什麼？妳是笨蛋嗎？」

瓦希麗莎說：「如果妳允許我這麼做的話，我想要問幾個問題。」

芭芭雅嘎說：「問吧！但記住並不是所有的問題都是有智慧的；太多的知識使人變老。」

瓦希麗莎說她只想問有關騎士的事。芭芭雅嘎告訴她第一個騎士是她的白天，紅騎士是她的太陽，而黑騎士則是她的夜晚。瓦希麗莎想再問有關三雙手的事，但她不敢問只是保持沈默。

芭芭雅嘎說：「妳為什麼不再多問一點呢？」

瓦希麗莎說：「這樣已經足夠了。婆婆，妳自己說的，太多的知識讓人變老。」

芭芭雅嘎接著說，只問在小屋外面所看到的事是很有智慧的，但現在她倒想要問**她**問題，於是就問瓦希麗莎如何完成所有的工作。

瓦希麗莎說那是她母親的祝福幫助了她。芭芭雅嘎說：「是這樣的嗎？那麼就滾出這裡吧！我不想要我的屋內有任何的祝福。」於是將瓦希麗莎推出房間，又推出門外，並從頭顱圍籬取下其中一個眼中冒著火焰的頭顱，將它放在一隻竿上拿給瓦希麗莎說：「這是要給妳異母姊妹的火焰，把它帶回家去

吧！」

於是瓦希麗莎飛奔回家，在第二天的傍晚前返抵家門，她心裡想著要把頭顱扔掉，但有個聲音從頭顱中發出來，它說她不應該這麼做，應該把它拿給她的異母姊妹。加上瓦希麗莎看到屋子裡沒有火，她就照著它的話做了。

這是她的繼母和異母姊妹第一次友善地對待她，並告訴她自從她離開之後她們就沒有火了，她們生不起任何的火，並且她們從鄰居那裡取得的火只要一進了屋裡就熄滅了。繼母說：「或許妳的火不會熄滅。」她把頭顱拿到客廳，但那對炙熱的火眼不停地瞪著她和她女兒的眼睛，直透入她們的靈魂。她們試著閃躲，但眼睛卻到處跟著她們，到了早上她們就燒成灰燼了。

當白天來臨時，瓦希麗莎把頭顱埋起來，把房子鎖了，她來到城裡，請求一位孤獨的老婦人讓她待在一起直到她的父親返家，然後就這樣等待著。有一天，瓦希麗莎告訴那老婦人她無事可做覺得很無聊，請她幫忙買些線回來讓她可以紡紗。瓦希麗莎紡出來的線非常均勻，就像髮絲一樣又細又精緻，找不到那麼細緻的機器可以將它織成布，因此她就去尋求娃娃的忠告。一天晚上，那娃娃弄來了一部漂亮的機器，等到春天來臨時，衣服就完成了。瓦希麗莎把它拿去給那個老婦人請她把它賣了然後把錢存起來。老婦人把衣服拿到皇家的城堡，國王注意到了就問她要賣多少錢，她說沒有人可以付得起那種工作，她帶這個來是做為禮物用的。

國王謝謝她，回贈禮物並送她回家。但因為衣服太過於

細緻，找不到一個裁縫可以將它做成襯衫。因此國王召喚那個老婦人過來，並且說既然她已經紡了紗又織成布，她應該能夠做成襯衫。於是老婦人告訴國王那是一個年輕漂亮的女孩子做的。國王說應該請那個女孩縫製襯衫，因此瓦希麗莎就做了一打細緻的襯衫，老婦人把它們拿去獻給國王。在那同時瓦希麗莎把自己梳洗乾淨，把頭髮梳好，穿上她最好的衣服，在窗戶旁邊等待著。

不久之後，有一個僕人從王宮來了，他說國王陛下想要見那個做襯衫的藝術家，這樣他才能親自答謝她。瓦希麗莎隨著僕人到了王宮出現在國王面前。當國王看見美麗的瓦希麗莎時，就愛上她了並說他不會和她分開，她應該成為他的妻子。

他牽起她的手讓她坐上寶座，他們當天就結婚了。瓦希麗莎的父親很快就從他的旅程回來了，為她女兒的好運感到高興，從此就和她女兒待在一起。瓦希麗莎也把那老婦人帶進皇宮，而那個娃娃她則終身一直帶在身邊。

這個故事比起德國和其他灰姑娘故事的版本都更為豐富。[2] 其中的**戲劇人物**（*dramatis personae*）有商人、他的妻子和唯一的女兒。當女兒八歲大的時候，妻子死了。在童話故事中，14 或 15 歲對一個女孩來說通常是個重要的年齡，因為它是童年結束之後的轉化階段。但在這裡當母親被繼母取代之後致命的改變就發生了。通常，故事中的掌權者代表主導的集體意識，而英雄則通常是王子或者是貧窮的農人。但這次的故事有一種中產階級市民的背景，因此

我們可以將這個父親人物視為一般集體精神的象徵。父親並沒有扮演重要的角色，他既非善也非惡，而且只有在故事一開始及結尾時出現，這兩處似乎都不是問題的焦點，整個劇情是發生在女性的領域。商人的妻子突然死了，從故事中可看得出來她並沒有一個名字或者稱謂，代表的是生活中一般的女性類型，那種鄉村裡頭一再重複的慣常類型。總會有女人過著各種不同型態的一般生活，但突然意外就發生了，生活突然垮掉再也無法運作，這時生活就被某件神奇的事取代了——也就是母親的祝福和會幫忙的娃娃。

娃娃的象徵

在德國的灰姑娘版本中，母親死亡並且下葬，她的墳上長出一棵樹，樹上有一隻鳥，或者從樹上傳來一個聲音會幫助女孩，因此她從樹那裡得到她所需要的東西。在愛爾蘭版本中，她發現了一隻戴著烏龜殼的貓，牠會提供她所需要的一切東西。通常的母題是在正向母親人物死亡之後，某種超自然或者神性的東西存活下來；也就是母親的鬼靈（ghost）進入動物或者某種物件當中，並且和它結合。在原始的國家，祖靈通常和偶像結合並因此攜帶著它們助人的功能。

當一個人被一隻貓、一棵樹或者娃娃取代時，那代表什麼意思？原型的內涵有時出現在人類，有時也出現在其他形態當中。只有當它們接近意識時，它們才會變成人形。無意識的內涵若以擬人化的人形出現時，表示它已經可以被整合進人的層次。對於它可能是什麼，人們會有一種感覺或者模糊的概念。當一個阿尼姆斯人物

在夢中以人的姿態出現時，你會知道那多少是可以被處理的，而你通常都能夠提出工作上的假設，認為做夢者有一般的觀念知道那可能是什麼。但如果是一種破壞性的聲音從墳墓發出來，那也有可能是一種阿尼姆斯的人格化，你會說她還無法去面對它，因為它還很遙遠而且是相當自主的，也因此還具有相當的威力，還無法進入意識的領域。

　　原型人物的死亡只是它的轉化而已，因為原型本身是不會死亡的。它們是永恆的、天生而本能的傾向，但是它們可以從一種象徵外型改變成另外一種。如果它們失去了人類外形，那表示它們不再以能夠被輕易整合進人類生活中的形式運作了。在這裡小女孩的正向母親原型死亡，但仍然和她在一起的是那個娃娃，雖然它不屬於人類，但它代表的是母親人物最深的本質。絕大多數和母親有正向關係的女兒，都會對自己的母親有某種原型的認同，特別是在兒童時期當小孩對他的娃娃說話時就好像她的母親在對她說話一般，甚至她還會重覆父母親的聲音和用語。許多帶有正向母親情結的女性會為家人鋪床單，煮飯，裝飾聖誕樹，就像「媽媽做的一樣」，甚至用同樣的方法教育小孩。那造成相同形式生活的延續，背後是帶著每件事都進行得很平順而生命會一直延續下去的想法。但這種情形有阻礙女兒發展個體化歷程的缺點，她所延續的是正向女性人物的類型，而不是一個個別的人，也不能瞭解自己和母親有什麼特別的差異。

　　如果母親死了，那象徵性地表示女兒理解到自己已經不能夠再和母親完全相同了，雖然她們重要的正向關係仍然存在。因此母親的死亡是女兒個體化歷程的開始；女兒將面臨尋找自己的形式來表

現女性特質的任務，這需要經歷所有的困難才能夠找到。遠古的母女認同已經破裂了，而瓦希麗莎也瞭解自己的弱勢。這是女性心理學上再三出現的大問題。女性比男性更容易認同她們自己的性別，並維持這種遠古的認同。例如在女校當中，一個女孩會複製其他女孩的新髮型或者講話的方式。她們就像一群綿羊一樣，都是同一種類的。從我所讀過的資料得知，同樣的情形在原始的村落中也一樣存在。遠古的**神祕參與**（participantion mystique）對女性有極大的影響力，她們通常對愛欲、關係方面比較有興趣，也對彼此完全認同並浸泡在其中。或許她們對於脫離認同很有困難，這個事實可以解釋某些女性的惡毒行為。因為她們是如此容易認同，她們會在彼此背後中傷對方。她們對於自己獨特的人格特質沒有知覺，卻沉浸在這種把戲中，但這其實是為了想要從這種認同當中分離出去。

在瑞士山上存在著一種娃娃和幽靈鬼之間的關係，稱為「Doggeli」或「Toggeli」（小娃娃）。住在山上的寂寞男人沒有女伴，他會受到小娃娃的壓迫，它從鑰匙孔鑽進來坐在他的胸前讓他窒息，而他會從惡夢中驚醒並喚起性的興奮。[3] 這裡的娃娃是帶著原始性需求和幻想的阿尼瑪擬人化。同樣的小娃娃有時也會以陰魂不散的幽靈方式出現，它也是由鑰匙孔進來，發出小小的拍打聲。在這個俄國故事中同樣也有娃娃和鬼靈間的關係。這其中基本的原型觀念和偶像崇拜是相同的，這種情形你在世界各地偶爾都會遇到。

通常娃娃被認為是孩子想要自己擁有小孩的幻想投射。如果妳觀察小女孩的遊戲，她們會模仿整個母女關係。但這似乎並非娃娃的唯一面向，因為在兒童期的更早階段，它更是一個含有神力的物

體。許多小孩在兩歲到四歲之間如果沒有在枕頭旁邊放些東西就無法入睡，例如毛巾、泰迪熊或某種玩偶，而且還必須放在特定的地方，否則小孩就無法入睡並且會暴露在夜晚的危險中。就像娃娃在這個時期還不是小孩的小孩，而是小孩的神明；它就像是石器時代人類的靈魂石。在那個時代，人們會建造所謂的**密窖**（caches），有些這種密窖在瑞士已經被發現了。人們在地上挖一個洞，收集形狀特別的石頭，再築巢將這些石頭保存起來。這個地方是保密的，也是個人祕密力量的象徵。澳洲的原住民還保留著這種密窖。

挪威海上探險家索爾・海爾達（Thor Heyerdahl）[4]，在復活節島（Easter Islands）慢慢和當地的人熟絡起來之後，發現有些家庭將鑰匙藏在石頭底下，那可以打開通往地下的門。但只有家中的一名成員知道這個地底洞穴或是密窖，裡面放有刻著最不尋常樣式的石頭，它們有些是新的也不特別具藝術性，但其他則是古代從印度進口的美麗雕像，也有不同地區的石頭和一些動物雕像。龍蝦獵捕者會有漂亮的石頭龍蝦，如果保存得好的話就會帶來龍蝦，就像是一種狩獵的魔法一般。從前這種石頭一年當中要清洗和擦拭四次。擁有者必須等到四下無人時才把石頭拿出來清洗，然後把它們放在沙上晾乾以後再收藏起來。當握有這個祕密的人過世之後，這個家庭中的另一個成員總是會被傳授接棒，他不一定是最年長的兒子，甚至有時候是姪兒。你可以從這裡看到具有保護家族生存神力的魔法物件的原始意義。這些石頭是自性的一種象徵，它們代表永恆和獨特的祕密，以及人類生命本質的奧祕。

母女議題

　　兒童和娃娃或毛巾之間的早期關係攜帶了自性最早的投射。它是小孩生命所依賴的神奇客體，小孩藉由它來保住自己的本質（essence），因此，如果它遺失的話將會是個慘痛的悲劇。後來這個關係轉入到父母—小孩的遊戲當中。母親和女兒之間的遠古認同是無意識的基礎，這個基礎是母女兩人個體化的起始點。在我執業時所遇見的幾個個案，她們主要問題的底層就是這個問題。我曾經分析過一名母親，她無法逃離她的女兒們，而女兒們也無法逃離她們的母親。她們無法拆散，又總是不斷地吵架。女兒的婚姻也是一樣，就算女兒已經離開家也沒有改善──問題可以一直持續到任何年齡。

　　在生命的後半段，母親通常無法連結到自己的工作及創造力，也不知道為什麼會這樣；女兒已經離家了，母親有的是時間，但卻像機器的某處總是卡著沙子。有一位這種個案的母親做了以下的夢：她看見一個大的的馬鈴薯和一個小馬鈴薯黏在一起，就好像有時候在橘子裡面還長出一個小橘子那樣，任何水果都有可能發生這種情形。在兩個馬鈴薯連接之處伸出了一隻竿子，竿子上有一隻受迫害的蛇環繞著它。這隻有翅膀的蛇頭上戴著一個透著光的皇冠。它是一種生命之樹的象徵，令人印象非常深刻，但它的底部是這兩顆在地面上的馬鈴薯。母親被她女兒的問題所折磨，女兒似乎在生活中走錯了方向。她一直試著要和女兒一起解決問題。她們兩人會一起談話然後抱頭痛哭，但之後並沒有什麼用。根據她的夢境，有些東西不太對勁；馬鈴薯還在地上而且還黏著彼此，而生命之樹正

在成長。個體化歷程正在一個錯誤的點上發展，在某些東西綁在一起而又界線不清的惡劣狀態生長。她們之間有一種基本的遠古母女認同，只有超人的努力才能夠使她們彼此分離，而只有在分開之後才可以各自對自己的人格變得完全覺知。兩人都必須把自己的投射收回來而且變成個別的自己，而這對所有的女性都是非常困難的。你聽過有母親吞掉自己的兒子，但在許多案例中母親和女兒之間的繫縛反而是更糟糕的情況。它是一種自然的現象，也是一種典型女性問題。在這種個案當中，總會發現母親把一種自性的象徵投射到女兒身上，因此女兒就替她代表了自性，女兒無法逃離這種投射。在女性心理學中，自性是由一位較年長或較年輕的女性所代表，也就是**智慧老人**（*senex*）和**永恆少年**，天父和天子，父親和兒子，最老的和最年輕的。永恆年老和永恆年輕的女性意象或許是和自性的永恆性質有關。如果自性在女性的無意識產物中以一個年輕人的姿態出現，它代表的是最新而有意識地發現的自性，那麼自性就是我的女兒。但只要自性總是還在我之內，自性就是我的母親，並且早在我的意識自我之前就已經存在了。女性的自我意識停留在自性的基礎之上，那個基礎永遠都早就存在了，而且是一個外在的母親。只要我在自己內在發現了自性，並且讓它完全自然地走進我的生活，它就是我的女兒。這就是為什麼在女性心理學中自性是由母親和女兒所代表，就像在男性心理學中父親和兒子代表自性一樣。

當瓦希麗莎從她垂死的母親那裡收到這個魔法娃娃時，她並沒有完全和母親認同，她反而開始瞭解到她自己人格的萌芽，那是自性的第一個徵兆，那大約在八歲的時候會發生。那是對自己人格的

初步瞭解，雖然一個人還無法猜到它在往後的生活中會如何實現。

於是商人和帶著兩個女兒的巫婆結婚了，這三個嫉妒的壞女人迫害那個女孩。這是一種原型的母題：這是珍珠的所在之處，但也是有龍的地方，反之亦然。她們永遠都不會分開。通常，在初次直覺地瞭解自性之後，荒蕪和黑暗的力量就會隨之入侵。一場恐怖的屠殺總是在英雄誕生之後發生，例如當基督誕生在伯利恆（Bethlehem）之後的濫殺無辜。某些迫害的力量立刻啟動毀滅內在的胚芽。就外在而言，人類最內在的核心通常對外在環境真的會產生令人不愉快的效果。當還**在孵育階段**、當還只是一個預感時，會使得一個人顯得格格不入，也讓周圍的人感到很困難，因為它擾亂了無意識的直覺次序。榮格通常說這就像一群羊當中有一隻想要離群單獨行動時，羊群會很痛恨牠一樣。

在德國有個用母雞和其他鳥類做群眾心理學的實驗。例如母雞和烏鴉有某種啄食次序。公雞和他的第一個太太有優先權，其他的都有特殊的等級次序，牠們根據這個次序來進食及築巢。大多數的動物和人猿都有所謂首要的（alpha）、次要的（beta）、第三的（gamma）次序。某些心理學家說在人類的團體或群體中，人們也會試著互相對啄。首要母雞通常是最令人討厭和最會排擠別人的，而智力（IQ）最高的則是第三和次要的母雞。顯然地，無論人們在哪裡形成一個團體，都有這種無意識平衡的相互作用；無論如何，如果任何一個人得到自性的一點概念的話，他就掉出團體之外了，而那平衡就必須重新建立。現在有一個因素出局了，其他人感覺到那個落差，自然就會感到憤怒並試圖強迫那異端份子返回先前的無意識水準。如果你分析家庭中的一名成員，通常整個家庭就會

開始搖動並感到煩亂。只要我們還是群聚的動物，我們內在就存有想要待在群體中的惰性和個體化可能性的擾亂因素兩者之間的根本衝突。一個女性得到自性的一點初萌芽之後就立刻會受到攻擊，並不是受到外在的繼母攻擊，而是內在的繼母，也就是古老的集體女性模式的惰性，那種退行的惰性總是將人拉回去做最不會令人痛苦的事。就像在許多的灰姑娘故事中，異母姊妹都擁有懶惰的特質，而女英豪則必須做非常多的粗活，例如把穀物分類，這讓她產生超人的成就。這裡面有一種衝突介於召喚你去做超人的努力和想要回歸古老模式之間。

一旦那商人離開鄉下之後，繼母和整個家就搬到森林附近；也就是說繼母從人類的運作方式退行到植物狀態的無意識邊緣。女性比起男性更能過著令人驚訝的單調生活，尤其如果她們沒有強壯的阿尼姆斯的話。她們可以十年或者二十年過得就像植物一樣，生活中沒有正面或者負面的戲劇上演，只是存在而已。這是女性無意識的一種典型狀態，她們沉入惰性中，用簡單的方式做事，只是依循著每天的計畫。那就是大家所知道的女性的保守主義，既沒有衝突也沒有生命。這裡的繼母有一個願望想要把瓦希麗莎推出去，但她只是去到森林邊住在那裡，希望事情可以就這樣發生。她有一個密謀想要瓦希麗莎被芭芭雅嘎（Baba Yaga）吃掉——她就是**那個**所有俄國童話故事中的原型女巫。她是個大魔法師，可以把自己變成一口井或是極樂花園，英雄落入其中就被撕成「像罌粟花種子」大小的碎片，她也可以變成一把巨大的鋸子把英雄殺掉。在我們的故事中，她並不是完全邪惡的，雖然當她聽到那女孩是個受到祝福的女兒時，她告訴她並不想要她待在她的房子裡。在暗地裡，她並不完

　　　　　　　　　童話中的女性：從榮格觀點探索童話世界

全是邪惡的，有時候甚至是有助益的；她非常精彩地表現出大母神的雙重面向。

有一個〈沙皇少女〉（Maiden Tsar）的俄國故事，故事中的芭芭雅嘎住在一個會旋轉的圓形小屋中，房子是立在雞腳上面，而你必須說一個魔法的字才能進到屋裡。[5]沙皇的兒子進去了，發現她正在用她的長鼻子扒著地上的灰燼。她用自己的爪子梳頭並用她的眼睛盯著鵝看，她問那個英雄：「我親愛的小孩，你來這裡是因你的自由意志還是因為衝動而來的？」

男性身上的母親情結有個重大陷阱，就是在他的心中植入懷疑，慫恿他做另外的事可能會更好；於是那個男性就跛腳了。但那故事中的英雄說：「婆婆，你不應該問一個英雄這種問題！給我一些東西吃，如果妳不這樣做的話⋯⋯！」因此，芭芭雅嘎就幫他煮了一頓豐盛的晚餐，並且給他很好的建議，它就發揮效用了。因此關鍵在於英雄的態度。她試圖想要他退化成嬰兒，但當她看到他有擔當時，她就會幫助他。

因此，芭芭雅嘎可以是好的或壞的。只是因為神性的男性意象通常都有黑暗的一面，就像魔鬼，因此女性神性的意象，當在女性心理學中就會是自性的意象，它有光明也有黑暗的一面。通常在天主教國家，光明面是以聖母瑪利亞作為人格化的代表，她代表大母神光明的那一面，也是男人的阿尼瑪，是女性的自性中沒有陰影的那一面。芭芭雅嘎所代表的是更遠古的類似人物，只是她混合了正向和負向兩面。她充滿了破壞、荒蕪和混亂的力量，但同時也是個有助益的人物。從歷史上來看，她可能代表了近古的希臘女神赫卡特（Hekate），也就是冥界的王后。在海倫時期（Hellenistic times）這個冥王黑帝斯（Hades）的女神變得越來越像新柏拉圖哲學中的世界靈魂，她因此就變成了宇宙的女性精神，一位掌管自然和生死的女神，她甚至被譽為拯救女神（Soteira），是女性的救護者。波瑟芬妮（Persephone）就像是她的女兒一樣[6]，兩者如出一轍。這可以幫助我們更加瞭解故事中的女英雄瓦希麗莎。她和希臘的芭莎麗莎（Bassilissa）一模一樣，芭莎麗莎的意義是王后，也是波瑟芬妮眾多的名號之一。俄國的童話故事深受從南部而來的近代希臘文明影響，因此我們的芭芭雅嘎和瓦希麗莎事實上是大宇宙女神赫卡特和波瑟芬妮的殘留概念。芭芭雅嘎的神性等級從她有三個騎士供她任意支配的事實可以看得清楚——「我的白天」、「我的黑夜」，以及「我的太陽」——因此她是宇宙的神性。她也有三雙會篩選穀物的手——那是任何人都不能問也不能說的可怕祕密。三雙手所代表的可能是完全毀滅或者死亡的祕密。芭芭雅嘎坐在一個臼裡面，掌控著杵，還有一隻掃帚可以將她的痕跡弄模糊或是清理乾淨。人類的巫婆喜歡用有名的「噓！噓！」技巧做相同的事情——「天啊！千萬不要提到我！」大自然之母喜歡把自己藏起來，希臘哲學這樣說。

臼和杵的象徵

臼和杵在這個故事中是重要的象徵。臼是一種容器，它自然也是女性的象徵。聖母瑪利亞被稱為恩典的容器，而「聖杯」也被用來形容聖母瑪利亞。芭芭雅嘎也有一個原型的容器可以將物質磨成粉末，它的功用是粉碎物質。根據煉金術的文獻，煉金術士的基本

幻想就是在宇宙的最底層有一種終極的基本物質，而所有其他的東西都是建立在它之上。這對許多物理學家而言都還只是工作上的假設而已——這種觀念認為有一種基本的建構物質可以統一整個大自然，藉著它可以通達宇宙現象的根源。這種對根本物質的尋求一直都縈繞著人類的心智，尤其是自然科學家更是如此。也可以說它是上帝自己的祕密，那是祂用來建造實際存在事物的物質，因此它是神聖的，或是它包含了一個神聖的祕密。在原子分裂之前，要獲得這種基本物質的方法是把每種東西都燒成灰燼，稱它為基本物質，或是把它在臼裡磨成最細的粉末，認為那就是**原初物質**（prima materia），亦即物質最原初的基本成份。「*tero*」這個拉丁動詞是指「磨」的意思，從它衍生出一個在基督教神學上非常有趣的字，稱之為悔悟（*contritio*, contrition）。如果你瞭解你的罪，你就會感覺到良心的譴責和懺悔。如果你到達底層並覺得被自己的罪惡徹底打敗了，那麼你就被化為灰燼並被磨成粉末，你就處於一種悔悟的狀態，那會是最深的那種懺悔，擁有最高的價值；藉由悔悟你可以療癒你所有的罪過。它是一種對陰影的理解，它是如此之深以致於無法用對自己有利的方式多說什麼。就像在所有極不愉快的狀況，它的優勢是你已經到了洞底，就沒有辦法再掉得更低了。因此，它是個轉捩點。自我的負向層面已經被粉碎了，已經達到它自私意志狀態的盡頭了，必須要將自己交給更大的力量了。

　　芭芭雅嘎擁有這種悔罪的工具，杵和臼；因此，她象徵帶著自己終極真相的生命力，她會引領人類到達自己最終極的真相，因此她的遠古連結是死亡原則。許多人離真理只差一點點，他們只有在必須面對死亡之時才會達到這個完全悔悟的階段。我們就像軟木塞

一樣，當上帝沒有讓我們太沮喪時，我們就浮在表面上，但當死亡靠近時，人們突然就關閉起來並沉到某些更實質的東西裡頭。在死亡的床前，他們的表達改變了，你第一次感覺到他們變安靜也變回真正的自己，而所有自我的爭吵都不見了。因此芭芭雅嘎也是死亡的魔鬼；她帶來這種終極的悔悟。她是大煉金師，她將每件事從膚淺的表象化約回它的本質。

在我們的故事中芭芭雅嘎去睡覺了，獨自留下女孩去挑選好的和壞的穀物。這個主題在許多灰姑娘的故事中都會出現，也出現在〈丘比德與賽姬〉的古代故事中。它是在神話學中女英雄的典型任務。把好的和壞的穀物分開是一種需要耐心的工作，既不能匆忙地做也不能加速。希臘字「krino」的意思是**辨別**，辨別 A 和 B 的不同；它是種小心、瑣碎的感覺判斷工作，而不是像男性的理法所做的區別。當後者面對混亂時，他說：「讓我們找到一種數學的公式」或其他類似的想法，那是理法原則的鳥瞰觀點；它並不看細節。

女性原則也有她清楚看待事情的方式，但她是用不同的心理方式來取得，她比較是用篩選大量細節的方式去展現這個就是這個、那個就是那個。對女性而言，進入事情的細節是很重要的，例如去看見誤會是由哪裡產生和如何開始的，因為這通常是由缺乏清晰度所造成的。藉由處理細節，穀物就被篩選出來了。在關係的問題上，必須一直去做這件事。它通常很無聊，而且看起來好像在閒話家常，但是一個心理的問題沒有這些小細節就沒有辦法解決。有些女性喜歡有點模糊的狀態，這種方式引起奇妙的巫婆式混亂，再也沒有人弄得清楚什麼是什麼了。那是女性捲入自己陰影困境的出名

　　　童話中的女性：從榮格觀點探索童話世界

方式。榮格總是說女性甚至連約會地點都喜歡弄得不清不楚，例如還會加上：「如果我不在那裡的話，打電話到某某人那裡。」她們會做一種模糊的安排，然後如果事情進行的不順利的話就會大發脾氣。男性也會這樣做，但女性發生的頻率更高。如果一個人很精確的話，陰影就無法介入。

　　我可以為你舉一個例子。有個女孩有一雙穿不下的溜冰鞋，她年老的母親就想說另一個女兒應該可以穿。後來媳婦進來，試穿了一下說它們太大了，老母親建議她穿上襪子，但還是太大，老母親想說媳婦已經拒絕了，就告訴另外一個女兒把它拿走，結果她們卻怎麼找都找不到──因為媳婦已經把溜冰鞋帶走了。於是兒子必須替他的妻子辯護，通常家庭的戰爭就這樣開始了，因為這些女性們不想多花點功夫說清楚她們的意思是什麼。媳婦**看似**拒絕了它們，卻又把它們帶走！在這種事情背後有一種女性間的**神祕參與**，因此對女性而言，變成有覺知的歷程，是指在她心中必須對自己的正面和負面反應變得清楚明白，並且知道它們在哪裡，而不是製造一堆的混亂或曖昧的狀態，這是一個非常深層問題的表面現象。老母親並沒有順服於母親原型，她先答應要將溜冰鞋給一個女兒，後來又給媳婦試，結果卻讓整件事懸而未決，她在關係中顯得懶惰。這件事情背後潛藏的是，她作為一個母親並沒有發揮適當的功能，因此才會造成混亂。如果你更深入的探討這個愚蠢的事件，你將會看到她的本能有一種不確定性：她不知道要扮演誰的母親，或需要回應或不回應誰的需求，而她也不清楚其他女性的情感需求以及要把整個家庭攬在一起的必要性。在最深的意義上，她對這些都不清楚，這種女性會為家庭犧牲掉太多自己的需求和生活，結果造成她在某

些地方會憎恨她的家庭，通常這種情形會以病症的型態表現出來。例如，有位母親患有痢疾而必須去療養院，而她的夢境很清楚地說她對這一切感到厭煩，但她唯一僅知的出離方法就是回到療養院裡面去。她總是在最糟糕的時機將這種無意識的蓄意偽裝端出來；通常那也是正在家庭需要她的時候。那是魔鬼機制的一部份，因此，如果人們挖得夠深的話，在那個表面的模糊背後通常會發現有一個非常大的問題匯聚在那裡。

因此，當巫婆給瓦希麗莎這個撿選穀物的工作時，就好像在對她做一個測試，測說如果那個女孩能夠做出正確的選擇的話，她就不會落入巫婆的魔力之下了。

註釋

1　原書註：*Russian Fairy Tales* (New York: Pantheon Books, 1973), p. 439.

2　原書註：Cf. Bolte and Polivka, *Anmerkungen*, vol. 1, pp. 165ff.

3　原書註：Gotthilf Isler, *Die Sennenpuppe* (Basel: Krebs, 1971), pp. 136, 140.

4　原書註：Thor Heyerdahl, *Aku-Aku: The Secrets of Easter Island* (Penguin Books, 1958).

5　原書註：*Russian Fairy Tales*, p. 229.

6　原書註：Cf. Sarah Iles Johnston, *Hekate Soteira* (Atlanta, Ga.: Scholars Press, 1990).

美麗的瓦希麗莎（中）

篩選種子的象徵

　　玉米種子的母題通常都連結到冥界的母神，此外，種子也是死者及祖靈的靈魂象徵。在古希臘，家中的爐邊放著鍋子，裡面放著由玉米種子和其他原料做成的一種無花果凍。鍋子象徵性地代表冥界的子宮，它就像大地的子宮，而種子則代表在地底下安息的亡者，就像玉米會在春天重新復活一樣。亡者或者鬼靈被稱為奉獻給荻密特的（Demetreioi），它們屬於荻密特所有，它們就像玉米一樣在女神的子宮中安息。大約在我們的萬靈節（All Soul's Day）時間前後，會舉行一種祭典，那時鍋子會被掀開，人們相信冥界就這樣被打開了。研究希臘神話的匈牙利學者卡爾·克蘭伊通常會用的拉丁文表達方式為**世界開啟了**（*Mundus patet*），表示宇宙打開了。鬼靈會和活人一起住三天。它們回來並且在屋子裡漫遊，而每件事都變得鬼影幢幢；它們會一起用餐，餐桌上會為它們準備一部份的餐點放在一邊。經過三天之後，它們就會被用橄欖樹枝和聖水趕出屋外，並且告訴它們已經待夠久了，應該返回自己的世界，不要再驚嚇和打擾活著的人，而蓋子也又重新蓋起來了。

　　罌粟花的種子也指向亡者和鬼靈的世界。它們是滋養的，也有類似印度大麻所提煉的麻藥和其他這類藥物會產生的催眠效果。根據原始的信仰，它是和另一個世界接觸的方法，如同咀嚼長春藤的葉子和其他有毒的物質。因此罌粟花種子和沉入到另外一個世界，也就是冥界的神秘性以及接觸它的祕密有關。如此一來，就它最深的意義而言，穀物和生與死以及轉化的神祕性有關。這個隱喻出現在《聖經》中，耶穌基督提到麥子的種子落入土壤死去，然後

帶來更豐盛的果實（約翰福音 12：24）。同樣的類比在煉金術的著作中是指**倍數增殖**（*multiplicatio*）的問題。據說在哲人石煉製過程的某個時刻，容器會打開而石頭開始發散出轉化的活動，每種被它碰觸到的金屬都會變成黃金。那個類比是：哲人石是在一個容器中煉製，它經過在黑暗中的溶解而後復活。容器打開而哲人石發展出一種活動，稱為倍數增殖的歷程。而心理學上的類比似乎和這個事實有關：當一個人有意識地且正向地成功連結到原型的星座時，會有一種擴散的效果。如果祈雨者或者巫醫以正確的方式和另一個世界的力量連結，整個國家就會降雨。中國著名的哲學與教育家孔子說：「君子居其室，出其言善，則千里之外應之。」中國道家的哲學家莊子總是如此評論：只要國君試圖想要做對的事情，積極地制訂好的或壞的法律，整個國家就會越變越糟。相反地，如果他退隱並向內自省，那麼國家的問題就會自行解決了。另一則故事的版本則是說，遠古時期中國神話人物黃帝去見伏羲（代表原初的迷霧），說他想要做正確的事並向內自省，好使國內的人民都不欺騙且豐衣足食。伏羲只是淡淡的說：「我不知道怎樣才能讓你做到這樣。」於是黃帝離開了他的國家，花了三個月的時間在小屋的稻草上靜坐，之後他返回伏羲那裡告訴他：「我可以很謙虛地請問你怎樣可以把自己治理得井然有序嗎？」伏羲回答說他不應該想要把事情做對，而應該回歸現實不要理會外在的事，待在自己的位置上，諸如此類等等。統治者接著問：「那關於自然呢？」關於這個問題伏羲回答道：「你總是最後才想到自然，但她只存在開頭；你總是認為自然知道她的目的，但它還走得更遠。你總是想自然現在已經付出了每件事，但自然還儲藏著更多。」但後來他又說：「我不想

跟凡人說話；人們正在凋零死亡。而我是單獨的；我是永恆的。」
於是他便從黃帝那裡轉身離開。[1]

　　所有這些故事都指向一種祕密，那就是我們追根究柢都可碰觸到某種普遍性或是與自然合一的東西，而它通常都是在共時性事件上顯現出來。如果自己在一個問題上處置得當的話，奇蹟就會開始發生，而外在也會井然有序的就定位，看起來就好像是那個人所造成的效果，但理性上來看他不可能會產生那種效果。人們也許不該認為這種關連是一種因果的關係，因為我們並沒有**造成**事情變好；它們會變好只是共時存在而已。我曾經在之前引述過中國《易經》的「君子見幾而作，不俟終日」而事情就會自然發生。我們可以將玉米和罌粟花種子比擬成這種緣起，因為它們是狀況發生的緣起，當它們還在緣起階段時就必須要加以釐清。而且如果一個人非常有耐心繼續做下去的話，就可以解開纏縛，或是讓不可能的狀況產生可能的轉圜。

　　這些事情到底有多深是沒有辦法知道的，但我想那和女性的神性及其神祕莫測的力量很有關係。女性在很大的程度上掌握了身邊的人的生與死──她們知道得越少，情況越糟糕。如果丈夫死了，或者小孩死了，通常和那個家庭的女人很有關係。但如果一個女人**認為**她對此有責任的話，那麼那就是一種膨脹，而且有絕對的破壞性，因為那樣她所認同的就是大母神。作為一個自我，女性只需為她的意識行為負責，僅此而已。我曾經見過許多輕度思覺失調的邊緣型案例，他們會變成思覺失調是因為他們認為自己所應負的責任比事實上應該負的還要多。

　　我記得有一個個案，她是一位母親，當她兒子要去參加戰爭時

來向她道別，當時她心中閃過一個念頭——如果他不回來的話，她也不會太在意。結果他就真的沒有回來了！而她就這樣相信她應該為兒子的死亡負責。那純粹是一種膨脹。住在一起的人應該偶爾會希望對方死掉，這是很自然的事。我從來沒有分析過任何男人或女人不曾有意無意地許下這種對別人不利的願望。那是很自然的，最好是能夠承認它。我也從未分析過一個母親不曾偶爾希望她所有的小孩都沉到海底去——並不是就字面上的意義來看，而是「天啊！讓我們把那整個情況擺脫掉吧！」如果自我以錯誤的方式認同它，魔鬼就被鬆綁了。雖然自我只應該為它所做的事負責，但一直以來在這種女性的巨大本質底下，都有女性會希望周圍的人或生或死的事發生。我會說每個女性自性中的黑暗面裡都有希望生或死的潛能。如果它沒有被誤用在白魔法或黑魔法上，如果自我仍然維持在自己的工作上，這就會產生極好的效果。圍繞在一個和自己關係良好的女人周圍的人會綻放他們的生命，因為她就像是正向的母神一樣，可以讓玉米生長。但如果她和自己內在自我的關係錯誤的話，她就比較可能散發出像死亡女神赫卡特的效果，把死亡的陰影籠罩在她周圍的人身上。有時候你會在家裡面看到母親大聲吼叫希望她的小孩都下地獄去，但小孩們看起來卻是美好又有活力。為什麼會這樣呢？因為她以自己的方式順著「道」而行。她的正向本能用一種正向的生命力在支持她的小孩，這會給他們安全感，即使她可能會說他們是小魔鬼和可怕的臭小孩。

　　灰姑娘的任務就是**那**女性的任務，她需要穿透自己祕密的、細微的運作深度，將這個任務帶到意識層面，並選擇性的區別出自己在暗中運作的隱匿本質。如果她能夠穿透那個深度，在那裡辨別出

好和壞，她做的事就相當於英雄屠龍、建立新的城鎮，或是將人民從恐懼當中釋放出來的壯舉。

在分析時，我們通常必須和被分析者一起篩選這些種子。例如，曾經有一位從南非來的婦女和她丈夫及兩個兒子去河裡釣魚，但是船翻覆了。兩個小男孩都不會游泳，而父親將兩個小孩救回岸上之後卻因心臟病發而當場死亡。那個婦女沒有辦法開車，或是因為過度受到驚嚇而動彈不得，於是她們三個人就在那裡坐了一天半，直到有人經過發現才將他們和她先生的屍體一起帶回來。後來小兒子開始出現徹底思覺失調的行為，他整整兩個月不曾做過學校的任何作業，甚至後來也不再去上學了，但他會爬到低矮的農舍和房子屋頂，站在那裡吼叫並向路人丟擲刀子。他從不睡覺，但卻整夜哭喊說著夢話，看起來徹底瘋狂又悲慘。母親找遍全世界的醫生，都認為他的症狀是和父親失去生命以及他們和屍體一起坐在寒風中的可怕意外創傷有關，當她來跟我諮商時也都還這麼認為。

我問她關於男孩的夢境，除了其他夢境之外她還告訴我以下這個夢：他被關在一間房間裡面，房間裡有一台電視機——那是發生在幾年前的鄉下，不是每個人都有電視，因此那是一件令人興奮的事。房間的門是關上的，有一個聲音說：「從現在開始你必須待在這個房間，而且你的生命是一種失敗。」那個夢境就直接把他判出局了。這是思覺失調症開端的清楚陳述。他被自己無意識中的意象所禁閉了；他從生活中被切斷，而生命從此以後就是一種失敗——就在他七歲的時候！而他外在世界的圖像也敘述相同的事。他的診斷是：無望！

但我心中有點反叛，我也不能接受這樣的事，我想或許那個夢

境還帶有些好的意義，因為夢中有些東西似乎並不代表著思覺失調症。夢很簡單明瞭，結構也很完整，那是健康的。在夢境的邪惡當中還有一絲健康的味道——這一巴掌打在臉上又打得剛剛好，因此它看起來似乎不像思覺失調症，這種邪惡太明顯了。因此我懷疑誰會從這一巴掌獲益呢？而我想受益的會是一個瘋狂、病態又有野心的人。對某個瘋狂又有類似思覺失調症的人而言，必須去面對自己的生命是一種失敗這種事或許是一件好事，他就是必須坐在自己房間並瞭解每件事情都已經結束了。我問那位母親是否那男孩一直都很有野心而且在學校努力鞭策自己。她說並不是這樣，他是很普通的男孩，也不在意是否其他人比他還好；他並不是很有野心。接著我開始懷疑是否母親的野心放到了男孩身上，於是我在黑暗中開了一槍，告訴她男孩的困難和他先生的死亡一點關係都沒有，而是和她有關，說她對那個男孩有過度誇大的野心，那是毀掉他的原因。她崩潰了，一再地哭嚎、哭嚎又哭嚎——哭出了大量的海水——然後她承認了！顯然她一直都把英雄的幻想紡織到她的丈夫身上，而他卻是一個相當卑微、細緻，內向而無助的小男人，也一直總是處於失望的狀態。在他死了之後，她的野心重擔就落到兒子身上，也因為她比較喜歡小兒子，於是就落到了他身上。在那個死亡事件之後，她讀了一些關於失去父親的小孩會發生什麼事這一類的心理書籍，那是關於伊底帕斯情結的。於是她決定兒子不應該變成母親的小男孩，因此就開始對他絕對嚴格，計畫將他變成一個英雄。

想像一個小男孩剛經歷失去父親的恐怖驚嚇，而他的母親不但沒有安撫他，還把他像個熱馬鈴薯一樣的扔掉！那就足以使一個男孩爬到屋頂上向人們扔刀子了——從男孩的立場來看，換了任何人

都會做同樣的事。她是個堅毅的女性，非常有活力也很聰明，因此我告訴她我對於她的看法。第二天，當她來時，她告訴我那男孩完全正常的睡了八小時，而且第二天就起床去上學了。真正的問題是她對於英雄的夢想，而且認為兒子必須成為英雄。她的無意識當中有英雄情結，但是卻懶於活出自己的潛力——因此她認為她的男人應該去實踐它，如果不是她的丈夫，就得是兒子。她自己去過英雄的生活對她而言是太麻煩了。那個英雄幻想就是種子和緣起，它將無意識中的原型層面匯聚起來。如果她曾經梳理過這些種子，知道它們裡面藏著什麼，她就（a）不會把她的英雄幻想投到丈夫和孩子身上，（b）可能會發現她必須為自己做點什麼。那是因為她的內在有如此巨大的潛力才會有如此破壞性的效果，在她的靈魂底層有某些正向的東西造成這種負面的效果，因為她從未在自己內在將它篩選出來。當然，她自己一個人不能為丈夫的死亡和孩子的行為負責，因另一個人很可能並沒有散發出任何的負面效果。人們總是試圖要把自己的幻想投射到別人身上，但一個很健康的人會無意識且本能地把這些投射甩掉。如果我必須分析她的丈夫的話，我就不會說那個妻子是罪魁禍首，而會去看看他的問題出在哪裡，而那個女人現在不應該說**她**需要為那兩件事負責；那是唯一真正的瑕疵。她罪疚的程度只在於沒有把種子揀選出來。

如果一個女人有強大的阿尼姆斯，她就是擁有它；它不能被消滅。她只能充分利用它，而我們的經驗是如果她稍微運用它的話，她就比較不會受到擄獲。她所做的那些行為，例如將先生下葬，又很快去研讀佛洛伊德所寫的東西，然後決定將男孩塑造成英雄——那就是阿尼姆斯。她已經受到阿尼姆斯所奴役了。但通常如果一個

女人對強大的阿尼姆斯做了些什麼時，它就會磨損掉一些，而指針就會重新回到女性這邊。如果你曾經像個男人一樣的工作過，那麼妳很容易覺得做一個女人而不必這麼辛苦工作會比較好些。

關於罪惡感這個問題是非常細緻的，簡直不知道該在哪裡劃下恰當的界線。對某些人你必須說：「拜託！請不要有這種愚蠢的自我膨脹，認為自己是大自然的母神，掌管著自己周遭人的生死。」但對那些妄自以為總是在做正確之事的人，你必須說：「那麼，我想這有點奇怪，為什麼妳的兩個老公都死了呢？！」這是像毫米一樣細微的問題，對這個人是這件事，對另一個人卻又另當別論。有些人會誇大自己的罪惡感，而夢境會顯示他們有一種膨脹作用。那麼就必須對他們說：「這是無稽之談，你沒有那麼強大的力量足以殺死所有這些男人！妳的感覺就像自以為是母神，必須為每件事情負責，而那是一種愚蠢的膨脹作用。是大自然殺了你的丈夫。他死於癌症，或者心臟病，而不是因為妳。」

或者，也可說是那個有自殺傾向的男人選擇了她，因為他想要找個岩石來撞翻他的船，也因此是他有罪，而不是她。這個問題只能由自己和牽涉其中的其他人來個別決定。人必須從夢境中取得平衡，找到一個中間的態度而沒有一點過多或過少的罪惡感。這就真正是揀選種子的工作，試著讓覺知通達狀況的底層，然後才知道什麼是什麼，什麼是什麼所造成的效果，而且盡可能很謙虛地對它保持意識，才不會過度膨脹或做籠統的陳述。揀選種子的工作是非常務實地，它需要非常小心、自我紀律以及極大的覺察，而且還必須做很長的時間，這就是女性的英雄行徑。這種工作會加強意識和責任感，就如我曾經說過的，因為魔鬼會一直告訴妳多一點或少一點

無所謂，或告訴妳那裡面已經沒有黑種子了——那妳就上當了！

下界的三位一體

現在來到三雙手的問題了，女英雄對此寧可不要提出任何問題。因為我們無法從這個童話故事中瞭解這個母題，因此我想對它做一點擴大法，因為這個原型母題有許多的變形版本，而這些版本都非常具有啟發性。有一個格林童話叫做〈特露德太太〉（Mrs. Trude，或 Frau Trude）[2]：有個小女孩，她非常的頑固，從來不聽父母的話，他們住在森林邊緣，她的父母告訴她不要進到森林裡、或是到特露德太太的小屋去，否則她就會沒命。當然，她一逮到機會就迫不及待離開自己的房子到那裡去了。當她抵達小屋門前時，她遇見一個穿黑衣服的男子，到了樓梯那裡時，遇見一個穿綠衣服的男子，到了屋頂時，則是有一個穿紅衣的男子。他們只是快速從她身旁經過，而她進到了特露德太太的房間。裡面有個大鼻子的老巫婆坐在火爐邊。這個小孩有點顫抖地說：「特露德太太，誰是那個穿黑衣的男人？」那個巫婆說：「喔！那只是個清掃煙囪的工人。」她又問道：「那麼，誰又是那個綠衣男呢？」「喔！那是個獵人。」接著她又問誰又是那個紅衣男人，特露德太太告訴她那是個屠夫。然後那個小女孩說：「我從窗口望進去，但我沒有看見妳，卻看到一顆可怕的魔鬼頭。」特露德太太說：「喔！那麼妳就看到了巫婆正常的樣子了。我已經在這裡等妳很久了，而妳該給我增添一點好火光。」於是她抓住了小女孩，將她變成一塊木頭，並把她丟到火堆裡去。當木頭燒得炙熱時，她就坐在旁邊幫取暖並且

說：「這真是很好的亮光啊！」

在瓦希麗莎的故事中有穿著白衣、黑衣和紅衣的男子，而在這個故事中的男子則是穿著紅衣、綠衣和黑衣。顯然那黑衣男子就是魔鬼，他在童話故事中也經常以綠色獵人的形象出現，而紅衣男子也是魔鬼的另一個樣態。因此，事實上他們三個屬於特露德太太的家族，簡單的說就是魔鬼的三個面向。特露德太太，或是大母神，通常都和黑暗冥界的神性，也就是魔鬼，住得非常近，而通常都具有這種三個面向的結構。在我們的文明中，這個下界的三元組合是上界三位一體的補償。就像聖母瑪利亞是上界三位一體的女性代表——聖父、聖子及聖靈（God the Father, God the Son, and the Holy Ghost）——再加上聖母瑪利亞略微在外側，因此同樣的，在下界也有魔鬼的三個面向加上特露德太太組成四位一體，而這個神聖的冥界整體則是相對於上界的靈性和正面的神聖整體。因此三雙切斷的手可能是指相同的祕密，也就是和母神最後終極的邪惡與破壞原則非常相關，她藏在每個人類混沌深淵的最底部。

因此，我們不能將這個芭芭雅嘎視為無意識的個人內涵，而要將她看成是所謂大自然本身的擬人化，一種自然的女神，我們可以說那三雙手指的是難以想像的殘酷和大自然本身的殺戮性質。任何一個具有正常人類情感的人，在生命中的某些時候都難免會受到這種不可置信的殘酷所驚嚇。人會看到動物如何吞噬彼此，當有可能不必看到這些場面時，我們真要感謝上帝。事實上，是我們讓自己變得盲目，我們看見了但卻轉身走開。當我們發現大自然是如何對待自己的小孩時，當看見人類如何被癌症殘酷地緩緩吞噬，或是其他類似的疾病慢慢把人耗盡時，我們都可能受到極大的震撼。最殘

暴的虐待狂或是精神性的施虐者都不可能擁有像大自然那樣殘忍地虐人致死的幻想。有時候，例如在森林中或在山上，你會看到一隻身上掛著腫瘤的雄獐試圖想要爬過冰上——另一隻雄獐將牠踢到一旁，牠沉下去之後又掙扎著爬起來走了幾步，有好幾個禮拜就這樣拖著腫瘤，直到有一天牠不再爬起來為止，這真要感謝上帝！或者一隻狐狸把一隻凍在冰上的天鵝吃掉一部份，讓牠留著一隻被吃剩的翅膀獨自在那裡掙扎了很長的時間——除非剛好有人經過給牠**致命的一擊**（coup de grâce）。誰該為此負責呢？這些是大自然的恐怖之事，任誰也無法吞嚥得下去；它甚至是人無法啟口的事。而這個童話故事告訴我們某種健康的反應或者智慧，不要太深入探測這些事情也不要問太多的問題。一個問題的幫助有多大？那是沒有答案的！我們可以對著女神揮舞拳頭，但那無濟於事，而我們也絕不應該弄清楚為什麼是這樣——它就是這樣。這就是芭芭雅嘎深不可測的陰暗面，對於那種深淵，人只能帶著恐懼觀看然後轉身離開。大自然擁有最殘忍的殺戮祕密，但也用最美麗的方式生出最漂亮的東西。

森林中的回春磨坊

在《格林之後的德國童話》（*Deutsche Marchen seit Grimm*，或 *German Fairy Tales Since Grimm*）中，有另一個德國童話稱為〈森林敏辰〉（Waldminchen）它和「特露德太太」有相同的母題，但是個比較輕微的形式。[3] 有一對父母生了一個冥頑不靈的女兒，他們告訴她如果她不聽話的話，森林敏辰會來把她抓走。這個女孩還有

一個習慣，會在學校裡用有點殘忍的方式取笑其他小孩。有一天有個臉色蒼白的老婦人從森林裡走出來抓住她，把她帶到森林的一個地方，那裡有許多乖小孩在摘著雛菊自己顧著玩耍。森林敏辰告訴她必須和那些小孩好好相處並和他們一起玩，還說想要教育她並和她待在一起。小女孩非常害怕，但她表現得很乖，也和其他小孩一起玩耍並度過美好的一天。他們吃得很好，森林敏辰看管著他們，但第二天早上那小女孩又犯了老毛病，其他的小孩就抱怨起來了。森林敏辰說：「好吧！」於是她抓住了小女孩，把她放進森林裡三個水磨坊中的一個。有三個男人站在周圍──大女神的男性伴侶──他們把她扔進磨坊中，她被磨成碎片，從另一端出來時已經是個駝背的老婦人了。森林敏辰說：「什麼是老的就應該變年輕，什麼是年輕的就應該變老。」當那小孩從鏡中看見自己時，她變得頹廢不振也完全絕望，但她必須有一段時間維持這個狀態。當她已經得到教訓之後，森林敏辰將她重新放回磨坊中，但這次是反向操作，於是她又變回年輕了。後來她的父親出現了，失去小孩的哀傷讓他變成了　個老男人，因此他也被放進回春磨坊中，處理完後他們兩人一起走路回家，而小女孩變得安分守己也成為一個好女人。

大自然女神有一個磨坊，碾磨的是人而不是玉米，那是年輕和年老的磨坊，一種比生與死輕微的模式。這裡的女神是永恆的，她是賜予人們青春和老朽的大魔術師。如果你比較三位女孩的遭遇（瓦希麗莎、特露德太太故事中的女孩，以及森林敏辰故事中的女孩），你將會看到這位大自然女神的不同面向，視造訪者的態度而定。在〈特露德太太〉故事中的女孩是個愚蠢、像嬰孩一樣又邪惡的小生物，於是就被摧毀了。在森林敏辰故事中的女孩只是受到懲

罰。瓦希麗莎表現得很正確，於是就得到幫助。因此大自然母親的態度是依人類而決定的。有趣的是嬰孩似的好奇心被認為是極具破壞性的。就我所知，好奇的探問對神話中的英雄而言通常不太會受到懲罰，但對女英雄而言常會吸引破壞性的到來。瓦希麗莎並沒去過問關於手的事，這拯救了她的性命，但〈特露德太太〉故事中的小孩卻刺探到應該被尊重的祕密。

當女性有尚未發展的阿尼姆斯時，並且還沒有對阿尼姆斯工作時，她們的心理功能通常維持在閒話家常和想著鄰居的閒事。她們對鄰居離婚的事感興趣並想知道為何會這樣。他們用一種半吊子的心理學方式說話，那是比僅僅對離婚有興趣還要多一點，好像是一種剛起步的心理學興趣。例如，她們會這樣想：「為什麼男人和女人會吵架？」但它並沒有更進一步的發展；它一直停留在好奇的層次，卻從不追根究柢。如果這種女人可以說：「為什麼這必須和我有關？我不是對個人的問題感到興趣，而我是對男人和女人為何無法好好相處的問題感到著迷。」那她可能就會到達某個地方了。但它仍然卡在一種半發展的心理運作上，既不是沒有興趣，也不夠客觀，我想那是未發展的阿尼姆斯的典型。那和破壞性的好奇有關，魔鬼也就是在那裡伸出手來的。

邪惡的神性功能這個問題是無法真正公開談論的，因為人們總是會對它暴怒。因為它是如此矛盾，因此我們只能像瓦希麗莎所做的那樣，然而，邪惡最糟糕的毀壞卻以某種奧祕的方式和生命的法則連結在一起。例如，人們可以說卑爾根－貝爾森（Bergen-Belsen）[4] 和奧斯維辛（Auschwitz）[5] 集中營有正向的那一面，因為它們震撼了歐洲文明，讓它們瞭解到自己的陰影。但我們不能公

開地這麼說！我們必須站在人性這一邊說那只是單純的謀殺，也不能為私底下的正面效果找任何迂迴的藉口。否則，我們就會變得像魔鬼一樣，而那正是我們所關注的東西。自然科學家有時也會落入魔鬼的信仰，他們的思考就像是大自然一樣。有位名叫尼可萊（Nikolai）的名人寫了一本《戰爭的生物學》（*The Biology of War*），在書中他以全然冷漠的態度，從一個自然科學家的立場去探討「從種族生物學的觀點來看，戰爭是一件好事或壞事？」這個問題。他關心的是戰爭所摧毀的究竟是好的或者是不好的成份這一類的問題。研究這種問題需要一種魔鬼的心智。我們人自然會抗拒用這種方式去看待事情——但你可以去大學裡和那些討論原子問題的人談。他們是在那種大自然的精神之下！他們所談的是大量的破壞和如何處理它；他們被邪惡之手擄獲。

但從另一方面來看，如果一個人必須膨脹自己以進入這種思維，有時候這或許也是他的命運。例如，醫生必須要有一點魔鬼心腸，因為他們處理太多自然和它殘酷的那一面。在第一學期的大體解剖課時，學生或者是走出教室說他無法成為一個醫生，或者是他必須擁有魔鬼般大自然的冷漠，並且說總是有成千上萬的人死亡，而他必須能夠看得下去——因為那是現實。但如果人不**知道**自己在做什麼，他自己就會完全變得像魔鬼一樣。例如，一個醫生可能客觀地觀察病人可怕的疾病，那個病人對他而言只是某某病床的第某某號病患，得的是某某型態的疾病，如此而已；但如果有一天，他的妻子或小女兒得到相同的疾病，他自己才會受到生命的震撼。接著通常就有嚴重的衝突，一種是冷酷的醫生，他只視疾病為自然科學的歷程——它會如何發展及結束——另一種是身為人類，這個疾

病現在對他而言是一件獨特事件和一種情感災難。這兩種態度會互相抵觸。

在我們的故事中並沒有明確顯示那些手是屬於誰的,這暗示著人不應該探問這背後是什麼。我想,在某種程度上,如何保住私人的這一面以對抗自然科學的冷漠精神,是屬於女人的任務。一個醫生必須讓自己暴露出來並且說他不能感情用事而必須面對這種事情並保持超然。一個外科醫師如果對他正在手術的病人感情用事的話,他就無法動刀了。但女性必須要強調並保留人性的這一面,在人性這一面,事情和疾病都是獨特的,情感反應也是獨特的,這樣就不會以一種冷漠、統計的方式貶低其他的人類。如果一個女人開始用後者的方式想的話,那都是阿尼姆斯所造成,它非常具有破壞性的效果。維護人與人之間的個人氛圍、創造人性愛欲的氣氛是她的任務之一,要保留這部份就不要太過於追究那些陰影面的事情、不要太過探入大自然冷漠殘酷而缺乏人性的那一面。

瓦希麗莎必須篩選穀物,然後這些神祕的雙手將這些篩過的穀物種子拿走,但我們並不知道它們拿去做什麼。為什麼芭芭雅嘎這位偉大的魔術師不自己篩選它們呢?我們不知道,但似乎有可能是因為她無法這麼做;很可能那種倫理的區辨是專屬於人類的,它超越自然所能知的其他事情。那是榮格這麼認為的:人因為比神性多了那麼一點點的覺知,因而超越了神性。在這件事上,人必須幫助神性並服侍他或她,但那當然不表示我們可以從上帝或自然那裡將邪惡除去。

我們可以對無意識工作,但我們無法將邪惡從自然中除去,或阻止這個星球每一秒都有上百萬的生物殘酷或可怕的死去。我們

永遠都不能夠除去世上所有的疾病或死亡，人類所能做的事是有限的，而大自然接管的地方，她將永遠不會停止這些磨坊的工作。

遠東的文明試圖以不同的方式應付這個問題：藉由看到良善與邪惡的相對性，然後超然於問題之外。最近我剛重讀一點《莊子》，有時候他說智者或偉人只是看著自然就變得像她一樣，這種想法讓我受到衝擊。這其中有某種毫不在意的殘忍。就如莊子所代表的道家智者，如果他最好的朋友或妻子死了，或是他的大弟子或老師過世了，他不應該過度悲傷。他舉行完哀悼的儀式之後就不再做其他的事了，但對我們基督教的傳統而言，這是非常令人吃驚的。接著讓我感到比較安慰的是，莊子另外提到，真正悟道的人不會力求完善，而只是像大自然一樣；他讓事情自然發生。他不力求保存，也不做任何善事，並且如果其他人生病了他也不會去照料他。那看起來就像是順其自然——其他人生病了，那就是那樣了。但隨後他又加上，他自然的善心流出他對每個人的愛。有一種對他人自然情感的同理心，那是被允許的，但力求表現出道德的、倫理的原則卻是違反自然的，因此也是令人懷疑的；它會有一種祕密地反效果。但如果是出於自然的善心流露，那當朋友生病時我就會去照料他，這是由自然的生命脈動所促成，那就不是在做邪惡的事。那是被允許的，因為那將不會覺得需要回報，或想要對方表現感激。它是最微妙的、超越道德而幾乎是止於至善的境界，但因為它太細微了，因此只能用矛盾的方式來加以描述。這在西方是更加的困難，因為我們已經在力求至善的那方面做了太多，於是在另一面就累積了這種恐怖的深淵，因此我們的問題變得無法解決。

還有另外一類關於黑暗母親角色的故事，在這類故事中的女

英雄闖入駭人的大母神祕密當中，而後來否認做過這種事。例如，有一個澳洲的故事稱為〈黑女人〉（The Black Woman），故事中的黑女人擁有一座城堡。[6] 她雇了一個貧窮的農家女孩做打掃的工作，而她不應該進去某個特別的房間，但她卻這麼做了，並發現因為她的工作使得那個黑女人逐漸變白回來。那個女孩很快退了出來，但從此之後就一直受到那個黑女人追問是否進去過那個房間。她先是謊稱她沒有進去過，結果到了重要關頭時、當她就要被以巫婆的罪名燒死時，那個現在已經變白的黑女人宣布：「如果妳敢說妳進去過那個房間的話，我就會把妳燒成灰燼，但現在妳已經解救了我，而妳將會得到獎賞。」換言之她是因說謊而得到獎賞。

在另一個德國的版本中，女孩探入母神可怕的祕密之中，母神後來對她說：「我的小孩，妳看見我的苦難嗎？」而那個女孩否認了，她說她什麼也沒有看到。她也因為她的撒謊而得到獎賞。因此不要探究大自然母親的祕密，或如果已經這麼做了，即使妳已經看見了也要假裝什麼都沒有看見。根據那些故事，這樣做是一種偉大的行為也是正確該做的事。假設母神是一個我們人類就能瞭解的，她並不希望她的陰暗面、她的缺點或她的苦處被看見。雖然她假裝做大母神，但真正的她卻是個非常貪婪、受苦而不快樂的動物，而那是她所不希望人類看見的。這是我們每天都會遇見的事！如果妳試圖去碰觸被分析者的陰影時，他們就只是爆炸並離開給妳看。一個被分析者可能有個可怕的陰影，那個陰影你在第一個小時就已經看到了，而有時候他們會說：「你總是在談論其他的人，但什麼才是**我的**陰影呢？」你可以說你什麼都沒有注意到，說你對被分析者還沒有很深的認識。你必須說謊，因為你碰到了炸藥庫，整件事再

加上它所牽連的所有關係都會爆炸。

　　或許這種人類情境是一個類比，但這裡的情況是女神本人想要被巧妙地保護起來，而那是和一種根深蒂固的原始宗教態度有關。這種遠古的態度仍然可以在阿爾卑斯山上的人們身上發現。在瑞士塞利斯貝格（Seelisberg）上面，有一條漂亮的步道可以看見整個琉森湖（Vierwaldstättersee）[7]，它是橫跨四個州的湖；但當你走到轉角處時，你突然從一個完全不同的角度看到那個湖。如果陽光燦爛，湖面看起來不是綠色，而是淺色的，可以看到開闊的視野和整個阿爾卑斯山脈的景致。如果你曾被大自然的美景感動，你在那一瞬間會摒住呼吸。即使是相當強悍的瑞士牧牛者顯然也會受到感動，因為他們說在這個角落牛群很容易突然消失。他們說這時候你必須非常小心而不要驚慌或是去找牛隻，否則可能會發生某些意外，其中一隻牛可能會掉進深淵，或你可能會掉到邊緣去。他們說你必須劈哩啪啦地抽響你的鞭子並繼續呼叫牛群，彷彿牠們就在那裡一樣，假裝什麼事都沒有發生，而幾分鐘之後牠們又會出現在你面前走路了！那是一種宗教的姿態！當我受不了時，我很有可能會有一種像動物似的驚慌反應，那會立刻反應到牛群身上，牛群通常對牧牛者的狀態都非常敏感，如果他驚慌的話，牠們也會迷失，或者可能做任何事情。但如果一個人處在驚慌狀態的話，對他說教是沒有用的，因此牧牛者只是假設牛群不見了，並同時假裝沒有注意到它。他對自己說謊也因此挽救了自己的顏面和整個狀況。

　　同樣的事情也發生在當人們受到嚴重驚嚇時——那時會有一種延遲的反應。如果你告訴他們一位近親過世了，他們可能只是謝謝你告訴他們然後繼續去做他們原本在做的事情——那就是他們只是

藉由假裝沒有發生什麼事而把驚嚇隔離起來，直到最糟糕的情況過去了，他們通常會崩潰大哭然後才會有正常的反應。對非常敏感的人而言，他受到驚嚇之後很可能會垮掉，這種有益的延緩發生在自然當中，而假裝沒有發生什麼事是人類的一種深層的拯救本能也是許多宗教儀式的基礎。我想在某些情況下它應該被視為正向的健康反應。但為什麼大自然之母想要那樣呢？那對我們是好的，對瓦希麗莎也是好的，這是很清楚的，但為何大自然之母本人不想要她的邪惡面向被看見呢？當然我們不會知道她自己本身是什麼。但我想象徵性的問說：為什麼某些似乎代表類似大自然力量的原型人物會想要隱藏她可怕的那一面呢？我們必須很天真地想！她看起來就好像對自己感到羞恥。她的行為就好像一個覺得羞恥的人類。大自然似乎有一種傾向，它嚮往人類所擁有的較高意識——那造成一種奇怪的神學！我們不能說是否這是絕對真實，但無意識的紀錄是這麼說的。而且如果那是**真實**的話，儘管我們現在正面臨著災難式的發展，我們仍然有相當的機會說大自然想要保存人類並繼續實驗我們「人類」。

我們不能以形而上的方式宣稱大自然本身真的這樣做，但當我們談論到上帝的角色時也是同樣的情形。榮格總是堅持說他並非形而上地說上帝是如此，而是在人心目中的那個**上帝的意象**（the image of God）是如此。無意識心靈以某種方式顯現，我不會稱那**只是**一種投射。無意識是人們心目中的自然，因此人必須說自然（也就是人類的心靈自然）把自然描寫成想要變得更像人類且更不殘暴。它是否絕對是這樣，這個問題已經超越科學所可能調查的範圍了。我們只能說人類無意識心靈所鏡映的自然也有這種傾向，而

它讓我們相信它似乎是既健康又有助益的。它是不是一種**物自身**（an und für sich，即 in itself）的概念，這是我們不能在心理學上論斷的，因為我們不知道什麼是大自然**物自身**，我們只能說大自然在我們的無意識中鏡映自己為某種無限恐怖和殘酷的東西，但它卻有著一種隱密的渴望想要脫離這種情形。於是這成了榮格取向中某些樂觀主義的來源——如果人們只是魔鬼的話，為什麼我們應該和他們一同工作呢？

　　如果一個人太仔細觀看邪惡的事情，但不是以成熟的方式而是抱著過於天真的態度，他就會變得憤世嫉俗。如果你走過的博物館現在正在展示奧斯維辛集中營，你的結論是什麼呢？德國哲學家叔本華（Schopenhauer）說，對一個有人性的人來說，另一個人只夠用他的油脂來擦拭他的皮鞋而已。如果你擁抱那種哲學，那下一個結果就是你說：「我將要拿一把魯格手槍（Luger）[8]，或是一把柯爾特式自動手槍（Colt）[9]，我想要活下來，其他人就下地獄去吧！總之，他們是謀殺者。他們都想殺我，因此我要先射殺他們。」那就是結果。如果我不能做轉身離開的人類行為，那麼經由看到它，我自己就演出大自然的殘酷行為。那也是為什麼在禮敬古代的原始密教神祇時，人們轉頭蒙住臉後才向女神赫卡特祈求，他們在頭上蒙上一層黑色的面紗，好讓自己**不要**看到她——讓自己不要變成跟她一樣。

註釋

1　原書註：Cf. Dschuang-Dsi [Chuang-tzu], *Das wahre Buch vom südlichen Blütenland*, trans. Richard Wilhelm (Jana: Diederichs Verlag, 1923). 編按：即出自《莊子》一書（又稱《南華經》）。

2 　原書註：*The Complete Grimm's Fairy Tales*, p. 208.

3 　原書註："Waldminchen," *Deutsche Märchen seit Grimm* (Jena: Diederichs, 1922), p. 231.

4 　編註：納粹德國時期著名集中營之一，主要關押比利時、法國、蘇聯戰俘和一些猶太人，雖無毒氣室等設施，但因飢餓、疾病及過度勞累等原因，死亡人數高達 3.7 萬人之多。

5 　編註：納粹德國時期最主要的集中營和滅絕營，估計約有 110 萬人在此被殺害，其中超過九成是猶太人。

6 　原書註：Von Franz, "Bei der Schwarzen Frau."

7 　編註：位於瑞士中部，是境內第五大湖泊，也是著名的旅遊勝地。

8 　編註：一種運用肘節式起落閉鎖機制的半自動手槍，由奧地利人格奧爾格・魯格（Georg Luger）設計，二十世紀初廣為德軍採用。

9 　編註：由美國第一家研發自動手槍的槍械製造公司柯爾特（Colt's Manufacturing Company），於二十世紀初與美國輕武器發明家約翰・摩西・白朗寧（John Moses Browning）合作生產的一系列自動手槍。

美麗的瓦希麗莎（下）

對大自然黑暗面的態度

　　大自然的黑暗面，根據不同的神話有許多不同的理由。在基督教神話中，它是亞當和夏娃墮落的後果；在其他神話，則是因為神聖領域產生了一道裂縫；另外還有一種，是出於對大自然女神的失望。從極地圈的許多部落中，都可以發現愛斯基摩的故事版本以及其他不同的版本。[1] 賽德娜是愛斯基摩人的母神或是大自然女神，她住在海底並且生產鯨魚、海豹、魚類及其他動物，靠這些動物維生的愛斯基摩人，會向她祈求狩獵時得到好運氣。有些版本說賽德娜是一個奇怪的女人，她不想嫁給一個平凡的男人。有一天，一位求婚者遠道而來，他可能是以人形或海鷗的姿態出現，賽德娜就跟著他離開了。但當她抵達男人的家時，她大失所望，因為那裡沒有食物，男人不僅不會照顧她而且完全無視她的存在。

　　因此賽德娜傳遞消息給她的父親來把她接回家。父親來了以後，有些版本中把那個令人不滿的愛人或丈夫殺了。死者的鬼魂為了報復，製造了一場暴風雨在他們回家途中將船隻擊垮。為了拯救自己的性命，父親把自己的女兒丟進海裡。賽德娜緊緊抓住船邊，但父親拿出一把刀把她的手指頭切掉使她掉進海裡。後來她為了報復可能使用魔法或是透過和狗說話，讓牠們去攻擊她的父親，吃掉他的鼻子或手腳，甚至全部吞掉。

　　這對互相傷害的父女就一起住在海底。賽德娜於是變成了大自然的女神，她對人類很仁慈，但也是死亡的情婦。她是大自然的隱形女神，擁有生命與死亡的儲存庫，死去的愛斯基摩人靈魂會和她一起住在海底。如果它們表現良好，就可以過很好的生活，但如果

表現不好，就會被她的動物虐待。賽德娜和她殘廢的父親待在海底的一間小屋，有時候她累積了許多虱子在頭上，那時就必須由一個薩滿巫師潛到海底幫她清除，然後繁殖力才會重返人類的世界。因此每次當鯨魚或海豹沒有按時出現時，巫醫就必須去探望她的頭。她的邪惡面是由於她對愛的失望，她的父親和丈夫都令她失望，因此她從未得到和男性原則的正向連結。

　　卡巴拉（Kabbalah）系統也有類似的教義，教示中說現實世界之所以存在難以令人滿意的部份，是因為女性的神性被迫和上帝分離了，如果這個女性原則再度和上帝整合，世界就又會恢復秩序。因此致力於邁向更高意識的道德人士企圖想要恢復聖婚（hierosgamos），努力想使男性和女性的神聖原則復合。因此如果我們從不同的神話來看，邪惡並非總是起因於男性的越界，而是由於各種不同的形上學原因。這是個經常出現的母題，神話建議人們在面對神聖原則的邪惡面時應該要非常機智地處理；這也是舊約所建議的，簡單來說就是對上帝的敬畏。如果我允許自己批評上帝，那是一種自大——就好像上帝是我的哥哥或大自然母親是我的姊姊，而我刻意把手指放在祂們的痛處，彷彿我可以對一個夥伴所做得一樣。然而神性並非是一個我可以批評的夥伴。就像只要我願意我就可以批評我的鄰居，但是批評上帝就顯示出我對不同層次的差異缺乏理解。因此在《聖經》中上帝忠告人類要敬畏祂，也就是說要保持在某些限制之內，要瞭解上帝是不能以人類的水準來加以判斷的，並且也必須徹底瞭解我們人類的標準並不適用於神性。約伯堅持的事實是上帝對他不公平，但他信守他的人類標準，雖然他那些朋友企圖說服他上帝是對的而他一定錯了，他也不對他們讓步。

他夠尊敬才能瞭解自己並不能假設上帝是不公平的。約伯對上帝說：「我是卑賤的，我用什麼回答你呢？只好用手摀口。我說了一次，再不回答；說了兩次，就不再說。」（約伯記 40：4-5）。他這麼做是堅持他的人類原則，知道他是一個有人類限制的生物，帶著人性對於現實的看法。神性總是被經驗成超越人性的，無論是光明面還是黑暗面，因此不要去挖掘黑暗面就表示認識到那是人不能擅自去做的事。這是一種強調人性的姿態；人不能讓自己成為整個現實的判斷者，我們只是其中的一部份，擁有某些價值標準和賴以生存的本能，但我們無法成為、也不是最終的審判者，應該用全然的謙虛和自我限制來理解這件事。

瓦希麗莎有那種謙虛的態度，再加上來自娃娃對她的保護。我們解釋娃娃是一種具有魔法的物件，因此可以說瓦希麗莎是用一種宗教性的儀式來保護自己，這種方式可以和基督徒帶著十字架以求保護相比擬。我們藉由這種姿態來表達自己需要神性的保護，而且不能單單只靠智性來和邪惡對抗。

我想這在心理治療是一個非常實際的問題，當然這也是和其他人接觸時會碰到的問題。例如，如果你曾經分析過某個人，或甚至你和某人曾有過非分析的，但卻是深刻的辯論（Auseinandersetzung，指你在交手時將自己的差異性區別出來，而不帶有攻擊性），你就會知道有時候你會遭到反對，然後事情就不可能再進展下去了。在吵架的時候，你必須瞭解另外那個人是否完全被擄獲以致無法在理性或人的層次上討論事情。一旦你碰觸到那樣的主題時，另一個人就會突然轉移話題而進入一種完全被擄獲的狀態，那你就是碰到某種你無法處理的東西，一種黑暗的原型狀

態。這對一個分析師而言是常見的狀況，因為如果你碰觸到被分析者的深層問題時，可能會到達一個你覺得你無法更前進的位置。溝通完全被堵住了，而被分析者不願意再傾聽或接受你的任何爭論。

如果這種匯聚持續一段很長的時間，那麼許多人會犯了一種用滔滔不絕的談話以便從中撤退的錯誤，而不是對這種情形完全的尊重並保持緘默。務實的做法是放下治療，但不該說對方是毫無希望且受到阿尼姆斯或阿尼瑪擄獲、或是受到邪惡或此或彼的擄獲，因此治療必須要停止。這是我們一般具有情感的人類自我（human ego）會說的話，但你浪費越多的情感和語言，你就越陷入錯誤的方向糾纏不清。一個人應該要瞭解即使你認為被分析者是完全錯誤及被邪惡或某種盲目所擄獲，他也不是故意這麼做的，那不是出自他邪惡的意志，因為沒有人是自願被擄獲的；那是一種命運的悲劇，應該受到沉默的尊重。因此比較好的說法是治療無法進行下去了，因為我們被擋住了。顯然地，如果我無法再幫助被分析者，我就是在浪費時間，而被分析者也是在浪費時間和金錢，因此最好的做法就是和平的分開。

人應該藉由緘默來尊重邪惡的匯聚，而不要挖深進去又情緒性地去談論它。尤其是女性比男性對關係更感興趣，但卻會再三地犯下不斷談論這種情緒匯聚的錯誤，這只會讓情況變得更糟而已。我自己不好的經驗教會我，最好是採用遠古以來人們就有的態度——也就是把頭遮起來轉身離開，讓事情按自己的進程發生，但保持沉默。因為即使一個人所說的事情是真的，而且大部份都是真的，他在這種情況下做的也只是挖掘更多更多的黑暗面而沒有創造任何益處；他反對的並不是人性的邪惡，而是另一個人心靈當中邪惡的本

質。

　　因此這是非常務實之舉——這也是當耶穌基督說我們不應該拒絕邪惡時他真正的用意。他警告切勿用過於人性的傾向去探詢非屬於自己本身的陰影問題，因為事實上那就是一種自我膨脹。人們應該說：「我已經做了自己人性中最好的部份了，但並沒有成功，這已經讓我看見自己的限制了。」甚至不要指出他人的邪惡是比較好的。在古希臘文明和我們的中世紀時代，人們會迴避稱呼邪惡的力量。在最原始的社會中，指名道姓的談論鬼魂及黑暗精神是一種禁忌。我們還說一個人不應該召喚邪惡，因為如果你這麼做的話，他就來了。一提到名字就馬上匯聚起那個客體了；所以不要提到它就是一種尊敬的宗教態度。人恭敬地退回自己的生存範圍，也就是人類的限制之內——這是大多數承認邪惡為一種實體的宗教系統都推薦的態度。榮格指出基督教所教導的邪惡是**善的缺席**（*privatio boni*）和邪惡不存在的觀念，這有著極大的危險，它造成一種對於善的膨脹認同，一種錯誤而膨脹的樂觀主義。[2] 那種我們可以清理大自然和神性中黑暗角落的觀念，已經賦予白人文明巨大動力和樂觀朝氣，但這也是一種膨脹。這是一個很細微的問題，因為如果一個人不相信清理人類靈魂中黑暗與蒙塵的角落有可能改善人的狀況，他就不能夠成為一個分析師。但當這種樂觀主義稍多了一吋，他就自我膨脹了。

　　歐洲中世紀哲學及神學家聖‧多瑪斯（Saint Thomas）過世時正在寫一篇關於懺悔的文章，那當然也是有關邪惡的問題；如果帶著基督教灌輸我們的天真樂觀主義去碰觸那種事是非常危險的，而其實基督本人也並沒有這樣教我們。這種光明理性的態度其實

真正是從柏拉圖（Platonic）、新柏拉圖（Neoplatonic）和斯多噶（Stoic）學派的哲學來的，並非來自純粹的基督教教義。

對於大自然的黑暗面，抱持一種戒慎恐懼和尊重的態度，並且充分覺察自己本身的限制是一種正確的宗教態度。當瓦希麗莎在芭芭雅嘎的小屋詢問某些事情時，她為我們示範了一個楷模，因為當她問到黑暗之手時就不再問了，而芭芭雅嘎稱讚她這個行為，她說：「太多的知識會讓妳變老。」你可以就字面上來理解，當一個人年輕時，基於純粹的少年樂觀主義，每件事都想探問一下但也會被狠狠地敲頭。慢慢地，當一個人年歲漸長，就退回自己本身。這種情形也可能變得太過頭，就像老年人做得太過份時會把年輕人對每件事的熱情澆熄，他們會用這個行不通你不應該嘗試來使他們受挫。這種懷疑的保守主義是太過極端，應該取得一種平衡。但是瓦希麗莎若是真詢問那些手的事情的話，她可能會有某些可怕的經驗並因此失去生命的活力，這是我們必須謹記的事。一個人能承受看見多少邪惡而不失去他對生命的胃口呢？如果一個人必須經歷這些、如果天命強迫他進入其中，那麼他就必須接受；但如果是純粹出於好奇心，而將自己的船載滿了不屬於自己命運的邪惡，那是萬萬不可的。

這就是為什麼大部份非常優秀的原住民巫醫並不會宣傳自己的行為。他們不會有治療的狂熱，也不會探入邪惡或到處告訴人們應該接受治療。他們寧願把自己局限在自己真正必須面對的邪惡當中。如果有人受邪惡所折磨來請求幫忙時，他們才會不情願的同意，那表示他們更覺察到邪惡危險的現實面。除非絕對必要，一個人不應該承擔比自己更多的東西。如果一個人喜歡某人，或許她就

必須分擔那個人的命運並遇見那種邪惡，否則最好是讓沉睡的狗繼續睡著，因為那隻狗可能就是沉睡的惡魔，還是讓牠睡著最好。

檢視邪惡

當瓦希麗莎離開小屋時，她帶走了眼睛冒火的頭顱。返抵家門之後，她想要把它丟掉，但是那頭顱說她應該把它帶去給她的繼母，雖然她不知道頭顱心裡在盤算什麼，但她還是照做了，最後頭顱赤紅的雙眼一直瞪著繼母和她的女兒直到她們燒成灰燼為止。

一直被瞪著看相當於擁有一種不好的意識，好像那個人一直帶著不舒服的感覺但卻又掩蓋不了。法國浪漫主義作家維克多・雨果（Victor Hugo）寫過一首關於該隱（Cain）的美麗詩篇，該隱殺了弟弟亞伯（Abel）之後就出現一種幻覺，覺得有一隻眼睛總是在看著他。他跑到世界的盡頭想要躲藏起來，但上帝的眼睛總是跟隨著他。最後他走進了墳墓，打開石頭的棺蓋，在黑暗中坐了下來，然後他抬起雙眼，看到上帝的眼睛甚至在墳墓中都還注視著他。那就是一種壞的意識在折磨著他。你可以說人類靈魂中的絕對知識能夠知道善與惡，而人無所逃於天地之間。良知（conscience）和**意識**（consciousness）這個字有關並不是毫無理由的。良知是倫理意識的一種形態，即便警察並沒有逮到他，他也無所遁形。

瓦希麗莎走入邪惡之後，她為自己的危害匯聚起這種良知。她和芭芭雅嘎住在一起之後已經檢視了邪惡的深度，她為自己匯聚起這種保護作用，那是在做完檢視自己陰影這種很不愉快的工作之後所得到的正向成果。一般而言，檢視自己的陰影純粹是不愉快

的，它一點樂趣也沒有，而結果也不是很好玩，但它卻有一項重大優點：一個人越瞭解自己的弱點，就越能夠保護自己對抗其他人的弱點，因為自己內在的邪惡會認出別人心中的邪惡。如果我對我自己邪惡的意圖無知的話，那麼我將會淪為別人邪惡意圖之下的犧牲品。每個人都可以對我撒謊，而我將會相信他們，或是他們將會對我耍把戲，而我每次都會落入圈套而變成森林中可憐的嬰孩。傻瓜們都有良好的意圖，但邪惡世界卻很惡劣地對待他們。這確實是會發生的，特別是對年輕人而言，而且通常是對無知的人——他們真的會被邪惡的人所傷害，但他們自己又會間接地覺得罪惡，因為他們還沒有足夠瞭解自己內在的邪惡。如果他們對自己的邪惡知道得更多，他們對於別人的邪惡就會有一種超感知覺。如果一個女人對自己的嫉妒有所瞭解，就可以逮到另一個女人眼中閃爍著嫉妒，也就知道對那個女人必須非常小心，明智之舉是離她遠一點。但如果你不知道嫉妒是什麼，也從不曾看見自己嫉妒的那一面，你就不能保護自己，也可能會做一些蠢事讓其他人佔你便宜。男人也是一樣。一個人越常照鏡子並看見自己憎恨、嫉妒和不滿意等狀況下的臉孔時，就越能夠閱讀別人的臉色，並且能夠聰明地置身事外。只有藉由知道自己有多邪惡後，他才可以避免邪惡，因為只有在那之後他才有一種立即的、本能的覺察和確認。理想化的愚笨之人被每個人所欺騙，而且總是有壞的詭計會落到他身上，這種人同情心是無法幫助他的，只有帶領他進入自己的陰影才能得到幫助。瞭解自己的邪惡能夠讓他更有能力防禦自己。

如果你想要成為一個分析師，最重要的事情之一就是能夠保護自己免受破壞性的影響，這是因為你特別會暴露在這種影響之

下——就像一個在醫院工作的醫生會暴露在傳染病的影響下一樣。那些已經整合許多自己陰影面的人有一種隱藏的權威，就好像他們已經增加了體重和權威，而人們似乎不敢攻擊他們，本能地覺得會得到一巴掌反擊回來。有些學校的老師們並不需要用敲桌子和老是懲罰學生來宣告自己的威嚴，小孩看到他們就本能地害怕，因為他們可以感覺到鱷魚來了——或是站在那個人背後的任何事物——這讓他們瞭解魯莽行事就會遭殃。大師因此可以不受干擾地教學，相較於一些年輕的教師充滿熱情卻天真無知。當分析學校老師時，我經常發現他們越能夠看得見自己的陰影，就越能得到某些成人的品質，經過這個階段之後，整個權威的問題就消退下去了。一個人越瞭解自己的陰影就越濃縮，因此也更難以接近——關於自己黑暗面的知識，具有保護的作用。

那個女孩並沒有因為嫉妒而將繼母和她的兩個女兒燒死，那樣做的話只會讓她自己捲入自己的陰影裡面。但那會是自然的反應——因為她曾經遭受虐待，自然而然會產生極大的怨恨，但這樣的話邪惡就會像野火一般燎原。她擁有頭顱，也就是她所具有的破壞性力量，但使用這個力量的並不是她的自我。頭顱是自己行動的；報復採取它自然的方式，就像頭顱所採取的行動一樣，她並沒有參與其中。以實際的語言來說，那就像是給有邪惡意圖的人一條繩子讓他自己吊死一樣。例如，可能有一個職位是某個很有野心的人想要的，如果你和那個人對抗，就只是一個野心對抗野心的問題，但如果你放棄自己的野心並且退位讓另一個人擁有那個職位，或只是被動地防禦那個地位，那另一個人的懲罰就是得到他自己野心的果實而被它所吞噬。當你給其他人足夠的繩索——或許是權

力——他就可能得到最糟糕的懲罰：被自己的邪惡所吞噬。人們被自己的成功所驅使——但你可以選擇走開；畢竟沒有誰是誰的看顧者。若是對待一個朋友，你必須花些力氣去勸阻他或她，其他人的話就什麼都不必做了。在大自然的課程中，邪惡到最後總是會把自己燒死，而那就是讓自然採取它的方式。人類的陰影通常都和某種貪婪有關——或是性、權力或其他的東西。這種貪婪的原欲燃燒起來之後會把自己燒掉——人會被自己的貪婪所燒掉，而不要介入這種事是明智的。

在瓦希麗莎的例子，是繼母和她的女兒想要摧毀她，所以把她送去芭芭雅嘎那裡，但最後反而是她們被自己企圖加在瓦希麗莎身上的東西所焚燬。因此頭顱並不代表瓦希麗莎的陰影，而是代表繼母和繼姊妹的陰影，現在反噬她們自己，留下瓦希麗莎毫髮未損。有一次在巴塞爾的狂歡節，榮格說了一個有關毒龍的妙喻：如果毒龍出現了，不要覺得挫折，因為那隻龍只是忘了它自己的命運而已：它必須吃掉自己——這就是銜尾蛇（uroboros）！

因此你只須提醒龍盡自己的責任就好，牠就會說：「喔！是的！」然後把自己吃掉。但你必須提醒牠，換句話說，就是將一點點的意識帶進狀況當中。這並不表示讓事情就這樣過去，而是放一點點的意識進去，然後退出來。大自然自有它處理的方式，最終會將邪惡摧毀。在黑暗中的正向生命種子比整個黑暗還要堅強，就像聖約翰（Saint John）談到黑暗渴求光明的到來時所說的一樣。對邪惡的瞭解也有一種正向的意義，它會增強一個人想要活下去的願望。許多人在冷漠無感中受苦，真正的原因可能是缺乏活下去的欲望。這出現在生命力消退的初期或老年期的開端，也或許是某種疾

病的結果，甚至客觀上就是需要從生活中退休下來。但這種缺乏生存欲望也可以在那些和深度黑暗沒有連結或無知的人身上看見。他們就是太好了，也對他們自己的完美存有幻想。如果一個人穿透自己本性中對於破壞性黑暗的恐懼，還有自己想要死亡的願望，那麼正常的情況下，接著而來的就是相反的反應和想要活下去的欲望。正向本能是從瞭解對立面而產生的，生存就意味著從早到晚的謀殺；我們吃植物和動物、我們購買肉類，但並沒有看到對動物的屠殺，但事實上我們參與了整個大自然的運作。有位印度的植物學家錢德拉‧博斯（Chandra Bose）發現甚至連植物都會感受到痛苦，而且當它們受傷的時候會有點發燒。如果你把一棵樹的葉子砍掉，至少有兩天的時間，植物的溫度會升高。因此素食者不能有那種錯覺，認為他們並沒有參與毀壞之輪。我們是謀殺者，而且沒有謀殺就無法生存。整個大自然的生命就是建立在謀殺之上。這樣理解真是件可怕的事，但如果一個人沒有太討厭自然的話，這種理解會帶來接納，還有很奇怪的是，會有想要活下去的願望，以及接納自己個別罪疚感的欲望，因為那就是生存的罪惡，活著本身就是一種罪惡，就某種意義而言確是如此——對破壞性的瞭解和想要活下去的欲望是緊緊相連的。

有個病人的夢或許可以說明我心裡的想法。夢者有一種過於高高在上的宗教的、理想的態度，也因此有一種斷裂的陰影，這種陰影會以突然情緒爆發的方式顯現，但最常見的是偏執狂的想法；每件事每個地方都是邪惡的，每個人都有**背後的意圖**（arrière pensée），而通常這些指控都不是真的。當然這個病人本身就是個可怕的騙子。她夢到她去進行一個宗教的朝聖，突然間看到左邊的

一間房子裡有一個老朽的女人和一隻病貓，有一個聲音說：「這是存在的恐懼（Seinsangst）。」那個女人被這一幕嚇到了，於是她問一個年紀稍長的女人說：「當某些人受存在的恐懼和焦慮所苦時會喜歡貓，這是真的嗎？」那個年長的女人是自然智慧的象徵，她說：「是的。」接著夢者為了 15 生丁（centimes）³ 和一個非常情緒化的陰影人物吵了起來，那個陰影人物突然暴怒起來，讓夢者完全嚇呆了，但又不知道該做什麼，於是她們兩人一起去找那個年長的女人，那年長女人看了看她們兩個，然後說她們兩個人都是對的：也就是說，那個情緒性的陰影人物和這個受驚嚇的做夢者都是對的。

在這個夢者過於高高在上的態度背後，她其實是受著存在恐懼之苦，這或許是沒有得到足夠母愛的小孩身上最根本的問題之一，它是對每件事都深深覺得焦慮與不安全感。從某方面來看，貓是有補償性質的，因為牠的自我中心是一種自然的方式，人們只要想到埃及的貓神芭絲特（Bastet）的象徵就可以瞭解。在神話學上貓是一種享受生活和歡愉的象徵，因此也是存在恐懼的恰好對立面。一隻貓如果餓了，牠只要走進房間喵喵叫就有牛奶喝。狗的反應比較像是人類會做的事，牠會表現感激，但貓則是個公主。牠的表現就像牠賦予你榮耀好讓你去服侍牠、幫牠倒牛奶。然後牠會在你腳邊磨蹭賦予你特權可以撫摸牠！

這多麼具有挑逗性，你自然而然就會彎下身去謙卑地撫摸牠而覺得自己是多麼的榮耀！貓若是覺得夠了，牠就走開了，既不會感謝你也不會黏著你。誰去撫摸那隻貓並沒有太大的關係，重要的是她得到了關注。因此貓是某種純然神聖的東西，也是對有存在恐懼

的人很適合的補償。受這種恐懼之苦的人們應該培養這種態度：當他們走進一間房間而「讓自己被撫摸」時，那是在賦予別人一種榮耀。他們應該以此作為一種象徵，然後他們會覺得安全，並且會學到任何一個有負向母親情結的人所應該學到的事：帶著毫不在乎的本質來照顧自己。動物不會以嬰孩式的方式來哀悼事情，而只會以適合自己的方式來接受事情。牠會為了自己的目的而利用人類、動物以及其他各種東西，而那正是這種恐懼的解決之道。在這個女人的夢境中，她受控於自己恐懼的詛咒，也因此她應該學習愛貓並且沉思牠們的意義。

如果人們太過敏感，太容易受驚嚇，可能會說「如果任何人對我吼叫，我就無法忍受」這樣的話，那麼你大概可以非常確定他們自己的陰影面是非常具有攻擊性的。反之，那些總是以攻擊來爆炸的人就只是懦夫而已。如果你很具有攻擊性，那麼就檢查自己看看，你將會發現即使動物受到驚嚇時也會攻擊。人絕對不要突然去碰觸一隻狗，因為當牠受到驚嚇時，牠可能會咬人，但你靜靜地碰觸牠時，牠則不會咬人。動物園裡照料危險動物的看守者就知道，這其中的藝術就在於不要驚嚇動物。我們人類也是以相同的方式回應。自然地，受存在恐懼之苦的人會是危險的、具攻擊性的，也是情緒化的，這是所有偏執狂狀態和攻擊性的根源。

在夢境中那個成熟的女人說雙方都是對的，這指出了解決之道。她代表自性，將對立面的兩端拉在一起，好讓恐懼和攻擊都有恰當的比例。它也顯示問題不能經由瞭解而得到解決，只有隨著年齡增長才會慢慢消失。這是屬於那種只能帶著情緒慢慢自己長出來，而不能單單靠智性征服的那種問題。它需要長時間地練習，一

方面不要太受到驚嚇，另一方面則不要太有攻擊性，在觀察自己的恐懼時也試著給自己安全感，對自己的攻擊性踩煞車，一直到自己可以慢慢為這兩種自然的成份找到適當的平衡，如此就可以慢慢從這致命的匯聚中脫離出來了。在女性身上，負向的母親情結通常會造成缺乏根本而必要的安全感，那是各種破壞性及沒有能力應付生活的根源所在。如果她可以在情緒上整合那個問題，她就贏得了威信。

在伊里亞德關於薩滿教的書中，有許多關於統整過的攻擊這方面的廣泛素材。其中一章他談到薩滿是「炙熱的人」（hot ones）。世界各地的鐵匠因為他們掌控火而被視為是原始的巫醫和魔術師，巫醫是已經整合自己內心的魔鬼和危險成份的人，那是他威信的祕密。整合過的邪惡已經賦予他凌駕部落之上的威信。

本能的重要性

整個問題最終縮減成一個事實，這在以下有關男性心理學的愛爾蘭童話故事中有很精彩的說明，而這觀點也適用於女性心理學[4]。

有一位英雄去到另一個世界的國土，那裡的國王利用魔法競賽將所有來追求他女兒的求婚者都殺死了。他對那個英雄說：「你必須要躲藏三次而我必須要找到你，接著換我躲三次而你必須試著找出我來。那個找到對方三次的人可以將對方砍頭。」因此無可避免地，國王的女兒很久都維持單身。我們的英雄來到這個國家。他

擁有一匹會說話的馬，馬兒告訴他去參加那個競賽，並且說牠會幫忙。國王諮詢他的黑魔法師，他告訴他先藏在池塘的魚裡面，再藏在他女兒手指上的戒子裡等等，但那隻會說話的小馬總是告訴英雄到哪裡才能找到國王。接著換國王尋找英雄三次。在那匹會說話的馬的忠告下，英雄第一次藏在馬的斷牙裡面，第二次藏在馬尾裡面，第三次則藏在馬蹄下面。國王向黑魔法師求救，黑魔法師查遍了他所有的書，試著要找出英雄，但書上都沒有解答；他什麼也無法做。因此英雄就獲准將國王砍頭並和公主結婚。

這個故事的決定因素是動物比黑魔法或書本上的知識更為強大。魔法師擁有超自然的知識，但那是從書本得來的，而且是編撰過的，而英雄是從他的馬兒的生活智慧中得到幫助，這是這兩種競爭力量的唯一差別，因此勝負是由動物的本能來決定。榮格有一次竟然說超越本能的善就不再是好的，而違反本能的邪惡也無法成功。如果我試著要做出比自己本能還要好的行為，我就不再是在做好事了。反之，如果我想要做邪惡的事以求得生存，也只有在本能允許之下才可能。因為如果我所做之邪惡超出自己本能的許可，那就是在摧毀自己。本能或是動物才是最後的審判者，因為那是我善良或邪惡意圖的適當衡量標準。

莊子有一個著名的嘲諷故事叫做〈胠篋〉（Breaking Boxes Open）。[5] 他說人們為了保護自己的盒子不被打開──裡面有珠寶盒、絲綢布匹和寶藏等──所以用了很多繩索來綑綁並且將盒子用鎖鎖住，這就是世人所稱的聰明才智。但如果有一個很厲害的小偷來了，他把整盒珠寶放在肩上偷走，他也會希望鎖和繩索可以「保

住精華」，使盒子裡的內容物不會掉出來。莊子接著又說齊國是一個安居樂業的國家，那裡的農民都很有道德，而每件事也都很有秩序（繩和鎖代表道德和善行），因此國家非常富饒。但是一個盜賊把那個國家所有的東西都偷走了，還很要求善行應該繼續下去。亦即每個人都應該繼續工作並行為合宜，並且是在這個小偷的強迫之下，因為他想要國家繼續富饒下去。鄰里間無論大人或小孩都不敢批評他或是推翻他，而國家就在他和他後代子孫的統治下傳了十二代。因此，你可以看得出來，強盜和小偷對於善行是很感興趣的！

另外一個故事更有深意。有人問莊子是否強盜有道德感。他說：「當然，否則的話他們就不能成為強盜了。強盜必須靠本能才知道哪裡可以找到寶藏，那就是他偉大的地方；他必須是第一個進去的人，那顯示出他的勇氣；他必須知道是否有可能成功出擊，那是他的智慧；他後來必須將財寶公平的分配給其他的匪徒，那顯示他的仁慈。所以一個強盜如果沒有很高的道德品質的話是絕對不可能成為強盜的。因此你可以看到人們需要道德才能存活，同樣的，強盜也需要道德才可以成為好的強盜。現在世界上只有少數好人但有許多壞人，因此顯然教導道德的老師並沒有幫助世界反而造成了危害。」[6]

他真正的意思是，如果善良需要人為努力就不是善良了。這種人為的善良也可以被盜賊所用，而從另一方面來看，如果強盜是一個自然和善的人，他就不是一個壞的人。重要的是人的本性必須要真實自然而純真，那比矯情地表現道德或是不道德都更為重要。如果我是矯情地表現道德或不道德，那麼所造成的傷害比我只是本能而健康的做我自己還要大。後者的情形也會造成某種程度的傷害，

但——既然生存就是一種謀殺——我所造成的傷害相較之下是比較小的，這也是為什麼莊子總是出言反對道德名師，揭發他們私底下的破壞性——他們使人疏離自己的本然善心，而這種善心只是存在而已，只是為了存活的必要而造成很小的傷害。

現在我們故事中的娃娃就是這麼一種本能的象徵，但在這個例子當中它比較像是一個超自然能力的物神。其他的童話故事也有這種代表本能的類似象徵。著名的榮格分析師芭芭拉・漢娜（Barbara Hannah）在她所教導有關動物的課程中也提到過一種，那是一個奧地利的童話故事，叫做〈小白貓〉（The Little White Cats）。[7] 故事中的女孩落入她邪惡的繼母手中，繼母是一個具破壞性的巫婆，詛咒了統治國家的國王，把他變成一隻黑色的渡鴉，關在一座冰凍湖泊後面的山上。女孩拯救了四隻小貓，讓牠們免於溺斃並且照顧牠們。有一天牠們帶來了一輛金色的馬車，並且載著女孩橫過冰凍的湖面來到渡鴉那裡，女孩親吻了渡鴉並救贖了他，後來她就成為王后。在這個例子中，有助益的因素雖不是娃娃，而是一輛由四隻小白貓拖著的金色馬車，但它和娃娃完全類似。它是有助益的象徵，帶著女英雄達成目標並帶給她適當的生活，讓她成為皇后。在這裡我們可以看到正確的態度必須和本能有關，而且是和整體的本能有關，甚至連被我們視為不道德的貓這種生物，都代表完全正向並具有救贖能力的東西。馬車象徵意識的四個面向：相較於受無意識驅使的本能，這種能夠被人意識到的本能能夠建立正確的平衡態度。

再回到瓦希麗莎的故事：在繼母和她的女兒被燒死之後，瓦希麗莎回到城裡，找到一個孤單的老婦人，她決定要跟她住在一起。

她們住在一起的時候，瓦希麗莎紡紗並織出細緻的布引起國王的注意。透過孤單老婦人的媒介，國王請她縫製襯衫，後來就愛上了她，而她也就變成了王后。之後她把老婦人和父親接進宮中四個人住在一起。父親、孤單老婦（她顯然是正向母親，取代故事一開始時已經死去的正向母親）、國王和王后自己——這結局是一個典型的四位一體，也就是整體的四面象徵。從這個意義上來看，這是最完整的故事。故事來回擺盪在正向和負向母親之間好幾次：首先女英雄有一個正向母親，但她過世了；然後她落入繼母手中，繼母完全是個破壞性的人物；接著她到了芭芭雅嘎那裡，她也是具有破壞性的——但並不是針對瓦希麗莎——因此在這個時候的母親原型就已經比較能平衡白與黑（正向和負面）了。芭芭雅嘎只對壞的那一面有破壞性，對好的那一面並沒有破壞性，而且她尊重瓦希麗莎。後來故事又跳到正向母親人物——住在城裡孤單的老婦人，她從此之後就變成瓦希麗莎的正向母親。故事中關於這個孤單的老婦人並沒有太多著墨，但是她顯然是正向的。這是故事中所描述的母親完整的四個面向，而最後這個母親角色最出色的地方就是她完全符合人性。她一點也不有趣，甚至不像第一個母親那樣擁有一個娃娃；但第一個母親也因為能夠給女兒一個有魔力的娃娃，顯然不是個尋常之人；相較之下繼母是個徹底的人類，但卻具有破壞性；而芭芭雅嘎則是一位女神。現在我們回到剛剛所謂素樸的人性這個問題上，它是轉化的最終階段。

我們在前面提到獨居的女人通常都是邪惡的，就像愛斯基摩人故事中的賽德娜一樣。阿拉伯人甚至還說：「絕對不要靠近單獨住在靠近沙漠邊緣的女人，因為這種女人被神靈所擄獲了。」那也是

非常真實的。如果女性獨居一段很長的時間，她們通常會落入阿尼姆斯之手。忍受寂寞而不會被無意識所淹沒是一件非常困難的事，而這在女性身上自然就是指阿尼姆斯了。因此如果這個女性可以自己獨居而不落入邪惡，那麼她一定有很高的品質，有很高的意識和人性的水準，雖然在故事裡很少就這部份加以解釋。

對於關係的需求是女性本質的精髓和最高的價值，但只要有一點太超過就會使它變成是負面的，因為它會變成是依賴性的攀附，這是男性非常害怕女性會做的事，而且這完全是件邪惡的事，因為女性原本就很容易建立關係，這樣一來卻把她們所做的好事都破壞了。如果她們的愛欲——那表示對另一個人產生真誠的興趣並想和他建立關係，會陪在他身邊——有一點過於依賴、攀附和需要另一個人，就會被降級到女性吞噬的那一面去了。如果一個人對自己的關係很在意，要找到適當的平衡是無限困難的。例如說妳喜歡的某個人生病了，妳自然的動作就是打電話問候他，但如果妳做太多這樣的事，另外那個人會覺得妳想要像母親一樣的照顧他，讓他變得依賴。換言之如果妳什麼也不做，就失去連結，但如果做得太過，另一個人又覺得妳好像對他有所要求。需要做得非常得體才能讓對方不會有被吞噬的感覺，但也不是冷漠的不連結，而這就是正向的寂寞和吞噬的母親之間的差別，也是獨立的女性和吞噬的女性之間的差別。因此，既然故事的脈絡顯示她是一個正向的人物，這裡的孤獨女性或許代表的是獨立的終極能力，那是女性非常困難達到的品質。她需要不斷地觀看自己的陰影動機，而這種獨立的象徵就是那個孤獨的老婦人，她現在完全無私地變成瓦希麗莎和國王之間的媒介——她讓國王認識那個能夠紡出這麼漂亮布料的女孩。

童話中的女性：從榮格觀點探索童話世界

細緻的襯衫

非常漂亮的絲質襯衫吸引了國王的注意，這和〈六隻天鵝〉故事裡的女英雄必須編織星星花的襯衫來救贖自己的兄長，有某種程度的類似之處。但是，這一次國王不需要被救贖，而是女英雄透過襯衫來和他接觸並贏得他的愛——他想要那個可以做出這麼漂亮襯衫的女人；據說她用來紡紗、織布和縫製的線是那麼美好細緻，而材料也是那麼精細，因此做出來的襯衫是這麼精緻漂亮。

在德文裡，我們說「我的襯衫比我的外套更靠近我」；它意味著對於生命的理解有一種內在的微妙認知。這種國王不用規章來統治，也不用首相為他準備的粗糙演講，但卻能夠以一種很微妙的方式穿透情境當中的真實品質。那是分化過的阿尼瑪所能贈與一個男性的，也是更高層的意識所能給予一名女性的——能夠以適當的方式活出「井然有序」（just-so-ness）的生活，這種能力有時候是非常神祕而微妙的。它賦予人們一種親近的態度，能夠接受事物本來面貌，而不做概括籠統的判斷，使人有種微妙的情感碰觸。女性原則的正向功能並不是要變得向外支配，而是要給予統治原則必要的精細，這是一個女性所能夠成就的。她並不需要把自己推到前面凸顯的位置並穿上漂亮的衣服，而是她為國王縫製襯衫，如果國王穿上這些襯衫他將會成為一個好國王。就象徵上來看，他將會成為一個可以適應狀況的國王；他可以親切地看待問題，也會超越一般粗糙的集體反應而對它有所感覺。

如果我們將瓦希麗莎視為一個女性的象徵，那表示她會將善巧贈予自己的阿尼姆斯。榮格說阿尼姆斯總是有一點文不對題，那是

因為它缺乏善巧的緣故。這種文不對題確實令人非常反感，那是指某人所說的事在一般的情況下是真的，但卻不適用於當時實際的狀況。假設有一位女人的丈夫和其他的女人調情，太太可以說他們是享有自由的現代人，而把眼睛閉起來不去看正在發生的事。但她這麼做可能完全錯了。或許——而且我也見過這種案例——他希望她**會**利用她的權力來阻止，而且如果她不這麼做的話，他會覺得她並不愛他、她並不在乎。或是她的阿尼姆斯可能會告訴她**必須**以她的權力介入，說女人必須為自己的權力辯護、表達她的感覺，還會說如果她沒有大吵一架的話他就會認為她並不愛他——所以她就照著阿尼姆斯的話做了，結果全盤皆錯，因為這樣一來她就讓她丈夫的阿尼瑪發展窒息了，那原本應該有機會發展的。因此，她追隨其中任何一種處方都一定會犯錯，因為在所有這種情況都會有兩種可能性，而兩種可能性都各對一半。只要人緊握著規則不放，他就會做出錯誤的事來，很自然地，由於被自己的陰影所驅策，那個阿尼姆斯的論點只是讓她去做她本來就想要去做的事而已。一個嫉妒的女性只是單純受到自己的嫉妒心驅策而已，但是她會堅持說女性必須防衛自己的權益等等——事實上她只是嫉妒而已——而對方就會被逼到相反的方向去。賦予阿尼姆斯善巧或適合的襯衫，表示找到適合該情況的合宜態度，很本能的知道什麼**在這個特別的案例**上是對的、知道在每一個個別的案例該如何行動；要能做到這樣，就需要將更細緻和個別的情感放入情境裡面。在這種事情上面，女性的阿尼姆斯很容易冒然行事，那當然是因為陰影和阿尼姆斯之間有出了名的伙伴關係。當陰影急著去做某些事，阿尼姆斯就提供適當的集體藉口，然後整個情況就出差錯了！但是，和擁有這些漂亮襯衫的

國王結婚，表示這個人有比較優秀的方式來判斷情況。那會是這種襯衫的象徵，而那正是女性個體化歷程最高的成就之一——獲得善巧的正確性，那使得瓦希麗莎成為一個王后，也象徵即將到來的新世紀女性特質模式。

註釋

1　原書註：*Indianermärchen aus Nordamerika*, pp. 367, 368.

2　原書註：Cf. C. G. Jung, *Aion: Researches into the Phenomenology of the Self,* cw 9/ii (1959), paras. 75-114.

3　編註：歐元實行前，瑞士、法國、比利時和盧森堡等國的貨幣單位，相當於法郎或其他十進制貨幣單位的百分之一。此處指為了很小的數目而爭吵。

4　原書註："Der Königssohn und der Vogel mit dem lieblichen Gesang," *Irische Volks-Märchen* (Jena: Diederichs, 1923), p. 224.

5　編註：此段與後面 2 則小故事均出自《莊子‧胠篋》：「將為胠篋、探囊、發匱之盜而為守備，則必攝緘縢、固扃鐍；此世俗之所謂知也。然而巨盜至，則負匱、揭篋、擔囊而趨；唯恐緘縢扃鐍之不固也……」意在說明刻意為之的良善所造成的危害。

6　原書註：My translation of Richard Wilhelm's German translation. Cf. book 10 in B. Watson, *Complete Edition of Chuang-Tsi* (New York: Columbia University Press, 1968), or the versions by H. A. Giles (Allen and Unwin, repr. 1961) and J. Legge (Oxford, 1891).

7　原書註："Die Weissen katzerln," *Marchen aus dem Donaulande* (jena: Diederichs, 1926).

延伸閱讀

- 《童話中的陰影與邪惡：從榮格觀點探索童話世界》（2018），瑪麗-路薏絲‧馮‧法蘭茲（Marie-Louise von Franz），心靈工坊。
- 《公主走進黑森林：榮格取向的童話分析》（2017），呂旭亞，心靈工坊。
- 《積極想像：與無意識對話，活得更自在》（2017），瑪塔‧提巴迪（Marta Tibaldi），心靈工坊。
- 《與狼同奔的女人》【25週年紀念增訂版】（2017），克萊麗莎‧平蔻拉‧埃思戴絲（Clarissa Pinkola Estés），心靈工坊。
- 《附身：榮格的比較心靈解剖學》（2017），奎格‧史蒂芬森（Craig E. Stephenson），心靈工坊。
- 《解讀童話：從榮格觀點探索童話世界》（2016），瑪麗-路薏絲‧馮‧法蘭茲（Marie-Louise von Franz），心靈工坊。
- 《青春的夢與遊戲：探索生命，形塑堅定的自我》（2016），河合隼雄，心靈工坊。
- 《纏足幽靈：從榮格心理分析看女性的自性追尋》（2015），馬思恩（Shirley See Yan Ma），心靈工坊。

- 《榮格心理治療》（2011），瑪麗-路薏絲·馮·法蘭茲（Marie-Louise von Franz），心靈工坊。
- 《榮格人格類型》（2012），達瑞爾·夏普（Daryl Sharp），心靈工坊。
- 《轉化之旅：自性的追尋》（2012），莫瑞·史丹（Murray Stein），心靈工坊。
- 《榮格解夢書：夢的理論與解析》（2006），詹姆斯·霍爾博士（James A. Hall, M.D.），心靈工坊。
- 《童話心理學：從榮格心理學看格林童話裡的真實人性》（2017），河合隼雄，遠流。
- 《神話的力量》（2015），喬瑟夫·坎伯（Joseph Campbell），立緒。
- 《希臘羅馬神話：永恆的諸神、英雄、愛情與冒險故事（精裝珍藏版）》（2015），伊迪絲·漢彌敦（Edith Hamilton），漫遊者文化。
- 《丘比德與賽姬：陰性心靈的發展（修訂版）》（2014），艾瑞旭·諾伊曼（Erich Neumann），獨立作家。
- 《用故事改變世界：文化脈絡與故事原型》（2014），邱于芸，遠流。
- 《解讀童話心理學》（2014），苑媛，國家。
- 《巫婆一定得死》（2001），雪登·凱許登（Sheldon Cashdan），張老師文化。

※編按：以下斜體字處為書名與拉丁文。

七劃

阿尼姆斯 Animus

阿尼瑪 Anima

阿尼瑪女性 anima woman

阿多尼斯 Adonis

阿妮拉‧賈菲 Aniela Jaffé，瑞士分析師

阿波羅 Apollo

阿納托爾‧法朗士 Anatole France，法
國小說家

阿基米德點 Archemedean

阿堤密斯 Artemis

阿斯克勒庇俄斯 Asklepios

阿普留斯 Apuleius

阿塔加提斯 Atargatis

阿堤密斯女神 Artemis of Brauron

阿維拉的大德蘭修女 Saint Teresa of
Avila

克努茲‧拉斯穆森 Knud Rasmussen，
丹麥人類學家

克里特島 Cretan

克勞斯弟兄 Bruder Klaus，瑞士聖人

克羅妮絲 Coronis

忒修斯 Theseus

忒密斯 Themis

呂西安‧列維－布魯爾 Lucien Lévy-
Bruhl，法國人類學家

我有天鵝的想法 mir schwant

伯利恆 Bethlehem

努特 Nut，埃及天空女神

即便如此 eo ipso

希拉 Hera

快樂的錯誤 felix culpa

把戲 Mechane

汞 Mercurius

沃登神 Wotan

良知 conscience

那美西斯 Nemesis

邪靈 evil spirit

《更大又更好的大象》 *Bigger and Better
Elephants*

〈沙皇少女〉 Maiden Tsar

〈和生產有關的心理經驗〉
Psychological Experiences Connected
with Child-birth

八劃

帕西佛瑞特 Perceforet

帕西法爾 Parsifal

帕利克 Palikes

帕拉塞爾斯 Paracelsus，煉金術士

帕特莫斯 Patmos，希臘的島嶼

帕德列夫斯基 Paderewski，波蘭總理

波斯密特拉 Persian Mithraic

波瑟芬妮 Persephone

波瑟芬妮 Persephone

芭芭拉‧漢娜 Barbara Hannah，榮格分
析師

芭芭雅嘎 Baba Yaga

芭莎麗莎 Bassilissa

芭絲特 Bastet，埃及貓神

亞伯 Abel

亞里斯多德主義 Aristotelian-Arabic

亞格曼農 Agamemnon

物自身 an und für sich

物質 matter

佩爾契他 Perchta

紡錘血親 spindle kinship
紡織女 spinster
真實的源起 germs
真福享見 visio beatifica
個體化 individuation
陰影 shadow
鬼靈 ghost
倍數增殖 *multiplicatio*
冥河 Styx
埃斯庫羅斯 Aeschylus，希臘詩人
宮廷愛情 Minnedienst
家庭中母系的那一邊 distaff side of the
　family
悔悟 *contrition*，字源為 *Tero*，磨的意思
時代精神 Zeitgeist
桑那托斯 Thanatos，死神
浪漫式反諷 romantic irony
海倫時期 Hellenistic time
琉森湖 Vierwaldstättersee，瑞士第五人
　湖
納帕谷州立醫院 Napa Valley State
　Hospital，位於加州
索爾‧海爾達 Thor Heyerdahl，挪威海
　上探險家
馬丁‧寧克 Martin Ninck
《埃特納》 *Aetnae*
《格林之後的德國童話》 *Deutsche*
　Marchen seit Grimm
〈特露德太太〉 Frau Trude

十一劃
第一的 primus
第二的 secundus

第三的 gamma
麥可‧佛登 Michael Fordham，英國精
　神醫學家
麥克斯‧綠提 Max Lüthi，民俗學者
密窖 caches
密賽爾 Misère
參孫 Samson
啟蒙 initiation
婆羅門 Brahman
康瑞德‧勞倫茲 Konrad Lorenz，動物
　學家
敏 Min，月神
救世軍的憐憫癖 Salvation Army
　sentimentality
曼陀羅 mandala
清晰度 clarité
理法 logos
狄密特 Demeter
莫札特 Wolfgang Amadeus Mozart，奧地
　利音樂家
《寂寞的維納斯》 *The Lonely Venus*
〈野玫瑰〉 Briar Rose

十二劃
猶太教卡巴拉 Jewish kabbalistic
猶太教與基督教共有的 Judeo-Christian
善的缺席 *privatio boni*
復活節島 Easter Islands
惡魔 the Evil One
斯多噶學派的 Stoic
普羅米修斯 Preomethean
智慧老人 *senex*
無意識 unconscious

英中譯詞對照表

※編註：以下斜體字處為書名與拉丁文。

A

Abel 亞伯

Adonis 阿多尼斯

Aeneas and Dido〈伊尼亞斯與黛朵〉

Aeschylus 埃斯庫羅斯，希臘詩人

Aetnae《埃特納》

Agamemnon 亞格曼農

Allwis 艾維思

alpha 首要的

Amor and Psyche〈丘比德與賽姬〉

an und für sich 物自身

Anatole France 阿納托爾・法朗士，法
　國小說家

anemones 銀蓮花

Aniela Jaffé 阿妮拉・賈菲，瑞士分析師

Anima 阿尼瑪

anima woman 阿尼瑪女性

Animus 阿尼姆斯

anthroposophy 人智學

Apollo 阿波羅

Apuleius 阿普留斯

Archemedean 阿基米德點

archetypal 原型的

arctos 熊，拉丁文為 beri

Ares 艾瑞斯

Aristotelian-Arabic 亞里斯多德主義

arrière pensée 背後的意圖

Artemis 阿堤密斯

Artemis of Brauron 阿堤密斯女神

Ash Wednesday 聖灰日

Asklepios 阿斯克勒庇俄斯

Atargatis 阿塔加提斯

Atman 宇宙靈魂

Auschwitz 奧斯維辛，納粹集中營

Auseinandersetzung 辯論

B

Baba Yaga 芭芭雅嘎

Barbara Hannah 芭芭拉・漢娜，榮格分
　析師

Basel Fasnacht 巴賽爾狂歡節

Bassilissa 芭莎麗莎

Bastet 芭絲特，埃及貓神

Baubo 包玻

Bergen-Belsen 卑爾根—貝爾森，納粹集中營

Berserk 熊皮者

beta 次要的

Bethlehem 伯利恆

Bigger and Better Elephants《更大又更好的大象》

blanc 白色

blank 空白

Bluebeard〈藍鬍子〉

Book of Enoch 以諾書

Brahman 婆羅門

Breaking Boxes Open〈胠篋〉

Briar Rose〈野玫瑰〉

Bruder Klaus 克勞斯弟兄，瑞士聖人

C

caches 密窖

Cain 該隱

Carol Baumann 卡羅・鮑曼

Cassel 卡希爾，法國地名

catatonic state 緊張性思覺失調症狀態

centimes 生丁

Chandra Bose 錢德拉・博斯，印度植物學家

Chivalry 騎士制度

Clarité 清晰度

Colt 柯爾特式自動手槍

collective unconscious 集體無意識

coniunctio 合體

conscience 良知

consciousness 意識

constellation 星座

contritio 悔悟；字源為 *Tero*，磨的意思

Coronis 克羅妮絲

coup de grâce 致命的一擊

Cretan 克里特島

cross-cousin marriage 交叉表親婚姻制度

D

Danaides 丹尼亞斯

Delilah 黛利拉

Demeter 荻密特

Deo concedente 上帝同意

Der goldene Topf《金色花盆》

Deutsche Marchen seit Grimm《格林之後的德國童話》

distaff side of the family 家庭中母系的那一邊

div 神

Doggeli 或 Toggeli 小娃娃，指瑞士山上的幽靈娃娃

dramatis personae 戲劇人物

E

E. T. A. Hoffmann 霍夫曼，德國作家

Easter Islands 復活節島

ego 自我

ego complex 自我情結

ego consciousness 自我意識

eine Pointe 重重一擊

Einsiedeln 艾因西德倫，瑞士城鎮

Eliade 伊里亞德

Elijah 以利亞

enantiodromia 反向轉化

eo ipso 即便如此

incarnation 化身

infantile ego 嬰孩自我

initial dream 初始夢

initiation 啟蒙

Introductory Pre Remarks to the Study of the Elephant《大象研究之預備性前導評論》

Iphigenia 依芙吉麗雅

Ishtar 伊絲塔

J

Jack Frost 霜精傑克

Jakob Boehme 雅各布・伯梅，神祕主義者

Jewish kabbalistic 猶太教卡巴拉

Job 約伯

John Erskine 厄斯金，美國作家

John Moses Browning 約翰・摩西・白朗寧

Judeo-Christian 猶太教與基督教共有的

Juno 朱諾，古羅馬生育女神

just-so 只是如此而已

just-so-ness 井然有序

K

Kabbalah 卡巴拉

Kabiri 卡比里

Kali 迦莉，印度的女神

Karl Kerényi 卡爾・克蘭伊，匈牙利學者

karma 業力

King Rhrush-Beard 〈畫眉嘴國王〉

Knud Rasmussen 克努茲・拉斯穆森，丹麥人類學家

Konrad Lorenz 康瑞德・勞倫茲，動物學家

Krino 辨別

Kusnacht 屈斯那赫特，瑞士城鎮

L

L'Eléphant Amoureux《大象之戀》

L'Elephant, existe-t-il?《大象存在嗎？》

le roi soleil 太陽王

libido 原欲

Little Mother Evergreen 長青小母

logos 理法

Lucien Lévy-Bruhl 呂西安・列維－布魯爾，法國人類學家

Lucina 露西娜

Luger 魯格手槍

M

Maiden Tsar 〈沙皇少女〉

makeup 構成氣質

mandala 曼陀羅

marriage quarternity 四位一體婚姻

Mars 火星

Mars 瑪爾斯

Martin Ninck 馬丁・寧克

matter 物質

Max Lüthi 麥克斯・綠提，民俗學者

Maya 瑪雅，印度女神

Mechane 把戲

Meister Eckehart 艾克哈特大師，德國神學家

Mendelian laws 孟德爾遺傳定律

mercurial 墨丘利

Mercurius 汞

Michael Fordham 麥可・佛登，英國精
　神醫學家

Min 敏，月神

Minnedienst 宮廷愛情

Minos 米諾斯

mir schwant 我有天鵝的想法

Mircea Eliade 米爾恰・伊里亞德，羅馬
　尼亞歷史學家

Misère 密賽爾

modus 方法

Mother 大母神

Mother Nature 自然母神

multiplicatio 倍數增殖，

Mundus patet 世界開啟了

mutatis mutandis 適當的修正、微調

Mysterium Coniunctionis 《神祕合體》

mysticism 神祕主義；字源 myo，指把
　嘴巴閉起來

N

Napa Valley State Hospital 納帕谷州立醫
　院，位於加州

Nemesis 那美西斯

Neoplatonic 新柏拉圖學派的

neurotic disturbance 神經性的干擾

Nikolai 尼可萊

Njodr 尼奧爾德，北歐神話神祇

Noah 諾亞

Nut 努特，埃及天空女神

O

Old Rinkrank 〈老頭倫克朗〉

P

Paderewski 帕德列夫斯基，波蘭總理

Palikes 帕利克

Pantheistic 泛神論

Paracelsus 帕拉塞爾斯，煉金術士

Parsifal 帕西法爾

participantion mystique 神祕參與

Patmos 帕特莫斯，希臘的島嶼

per definitionem 由定義上來看

Perceforet 帕西佛瑞特

Perchta 佩爾契他

Persephone 波瑟芬妮

Persephone 波瑟芬妮

Persian Mithraic 波斯密特拉

personification 擬人化

plasma 原生質

Platonic 柏拉圖學派的

Preomethean 普羅米修斯

priestesses 神職人員

prima materia 原初物質

primus 第一的

privatio boni 善的缺席

Psychological Experiences Connected with
　Child-birth 〈和生產有關的心理經
　驗〉

Psychology and Alchemy 〈心理學與煉金
　術〉

puer aeternus 永恆少年

Q

Quattrocento 十五世紀

R

Reader's Digest 《讀者文摘》

reflection 映射

représentations collectives 集體表徵

revengefulness of nature 自然方式的報復

romantic irony 浪漫式反諷

Rumpelstiltskin 《侏儒妖》

S

Saint Augustine 聖奧古斯汀

Saint Catherine 聖・凱薩琳

Saint Gertrude 聖格特魯德

Saint John 聖約翰

Saint Teresa of Avila 阿維拉的大德蘭修女

Saint Thomas 聖・多瑪斯，歐洲中世紀神學家

Salvation Army sentimentality 救世軍的憐憫癖

Samson 參孫

schizophrenia 思覺失調症

Schopenhauer 叔本華，德國哲學家

Scmerzensreich 充滿哀傷

secundus 第二的

Sedna 賽德娜

Seelisberg 塞利斯貝格，瑞士城市

Sefiroth tree 生命樹

Seinsangst 存在的恐懼

Self 自性

senex 智慧老人

serkr 皮、外衣

shadow 陰影

shamanism 薩滿教

Shamanism 《薩滿教》

Shekhinah 舍姬娜

signatura rerum 萬物印記

Sisyphus 薛西佛斯

Snow White and Rose Red 〈白雪與紅玫〉

Son 聖子

Son Godhead 上帝之子

sonare 鳴響

Soteira 拯救女神

spindle kinship 紡錘血親

spinster 紡織女

stella 星星

Sternblume 星辰花

Stoic 斯多嗢學派的

Styx 冥河

synchronistic 共時性

T

Talia 塔莉亞

Tammuz 塔穆茲

Tantalus 坦塔羅斯

Tante Einsprung 隨時跳進來的姑媽

Teresa von Konnersreuth 德雷絲・馮・科內爾斯羅伊特

tero 磨

Thomas Morgan 托馬斯・摩爾根

Thanatos 桑那托斯，死神

The Aeneid 《伊尼亞德》

the Beyond 未知的世界

PsychoAlchemy 18

童話中的女性：
從榮格觀點探索童話世界
The Feminine in Fairy Tales, Revised Edition

作者——瑪麗-路薏絲‧馮‧法蘭茲（Marie-Louise von Franz）
譯者——黃璧惠

出版者—心靈工坊文化事業股份有限公司
發行人—王浩威　總編輯—徐嘉俊　責任編輯—林妘嘉
封面設計—羅文岑　內頁排版—龍虎電腦排版公司
通訊地址—10684台北市大安區信義路四段53巷8號2樓
郵政劃撥—19546215　戶名—心靈工坊文化事業股份有限公司
電話—02）2702-9186　傳真—02）2702-9286
Email—service@psygarden.com.tw　網址—www.psygarden.com.tw

製版‧印刷—中茂分色製版印刷事業股份有限公司
總經銷—人和書報圖書股份有限公司
電話—02）8990-2588　傳真—02）2990-1658
通訊地址—248新北市新莊區五工五路二號
初版一刷—2018年07月　初版三刷—2023年07月
ISBN—978-986-357-125-4　定價—440元

The Feminine in Fairy Tales.
First published by Spring Publications, New York, 1972.
Boston: Shambhala, 1993.
© Stiftung für Jung'sche Psychologie, Küsnacht
Complex Chinese edition Copyright © 2018 by PsyGarden Publishing Company
ALL RIGHT RESERVED

版權所有‧翻印必究。如有缺頁、破損或裝訂錯誤，請寄回更換

國家圖書館出版品預行編目資料

童話中的女性：從榮格觀點探索童話世界 / 瑪麗-路薏絲.馮.法蘭茲
(Marie-Louise von Franz)著；黃璧惠譯. -- 初版. -- 臺北市：心靈工坊文化, 2018.07
　面；　公分. -- (馮.法蘭茲談童話系列) (PsychoAlchemy；18)
譯自：The feminine in fairy tales, Rev. ed.
ISBN 978-986-357-125-4(平裝)

1.童話 2.文學評論 3.精神分析

815.92　　　　　　　　　　　　　　　　　　　　　107010180

心靈工坊 ₰ PsyGarden 書香家族 讀 友 卡

感謝您購買心靈工坊的叢書，為了加強對您的服務，請您詳填本卡，
直接投入郵筒（免貼郵票）或傳真，我們會珍視您的意見，
並提供您最新的活動訊息，共同以書會友，追求身心靈的創意與成長。

書系編號— PsychoAlchemy 18　書名—童話中的女性：從榮格觀點探索童話世界

姓名　　　　　　　　　　　　　　　　是否已加入書香家族？ □是 □現在加入

電話 (O)　　　　　　　(H)　　　　　　　　手機

E-mail　　　　　　生日　　年　　　月　　　日

地址 □□□

服務機構　　　　　　　職稱

您的性別—□1.女 □2.男 □3.其他

婚姻狀況—□1.未婚 □2.已婚 □3.離婚 □4.不婚 □5.同志 □6.喪偶 □7.分居

請問您如何得知這本書？
□1.書店 □2.報章雜誌 │3.廣播電視 □4.親友推介 □5.心靈工坊書訊
□6.廣告DM □7.心靈工坊網站 □8.其他網路媒體 □9.其他

您購買本書的方式？
□1.書店 □2.劃撥郵購 □3.團體訂購 □4.網路訂購 □5.其他

您對本書的意見？
□ 封面設計　1.須再改進 2.尚可 3.滿意 4.非常滿意
□ 版面編排　1.須再改進 2.尚可 3.滿意 4.非常滿意
□ 內容　　　1.須再改進 2.尚可 3.滿意 4.非常滿意
□ 文筆／翻譯 1.須再改進 2.尚可 3.滿意 4.非常滿意
□ 價格　　　1.須再改進 2.尚可 3.滿意 4.非常滿意

您對我們有何建議？

□本人同意　　　　　　（請簽名）提供（真實姓名/E-mail/地址/電話/年齡/
等資料），以作為心靈工坊（聯絡/寄貨/加入會員/行銷/會員折扣/等之用，
詳細內容請參閱http://shop.psygarden.com.tw/member_register.asp。

廣 告 回 信
台 北 郵 政 登 記 證
台北廣字第1143號
免 貼 郵 票

心靈工坊
PsyGarden

10684台北市信義路四段53巷8號2樓
讀者服務組 收

免 貼 郵 票

（對折線）

加入心靈工坊書香家族會員
共享知識的盛宴，成長的喜悅

請寄回這張回函卡（免貼郵票），
您就成為心靈工坊的書香家族會員，您將可以——

⊙隨時收到新書出版和活動訊息

⊙獲得各項回饋和優惠方案